LA SÉDUCTION DE BRAN

JULES BARNARD

Prologue

Les yeux rivés sur le tapis persan qui courait le long du couloir qui menait à la salle de bal du Club Tahoe, Bran Cade secoua la tête, incrédule face à la tournure que sa vie avait prise. Jamais il n'aurait pu imaginer que ses frères et lui continueraient de diriger le Club Tahoe après la mort de leur père. Et pourtant, ils étaient bel et bien là, célébrant ce soir leur premier anniversaire à la tête du luxueux complexe hôtelier dont ils avaient hérité bien malgré eux.

Perdu dans ses pensées, Bran ne remarqua pas que quelqu'un arrivait en sens inverse… jusqu'au moment où il faillit percuter la fille qu'il évitait depuis des mois.

Ireland leva les bras dans un geste théâtral, comme pour se rattraper.

– Oh, pardon Bran… Je suis tellement désolée. Je ne regardais pas où j'allais.

À moins qu'elle n'ait aussi regardé le sol, personne n'était aveugle *à ce point*.

Elle portait une robe longue bleu nuit qui faisait ressortir sa peau de porcelaine. Malgré lui, le regard de

Bran s'attarda sur son corps. La chevelure rousse d'Ireland tombait en vagues sur son front et son cou, et effleurait le pourtour de ses seins. Des seins qui débordaient d'un soutien-gorge push-up, et menaçaient de jaillir de la robe.

Ses frères aimaient le qualifier de moine, mais Bran était un homme — *il touchait avec les yeux*. Et il savait reconnaître d'emblée de faux nichons.

Ireland était le genre de fille que Bran évitait depuis près de dix ans. Vive, séduisante… belle. Il devait reconnaître une certaine faiblesse dès qu'il s'agissait de femmes belles et sexy.

– Pas de problème.

Il s'avança pour la contourner, et Ireland lui posa la main sur le bras.

Elle lui envoyait des regards appuyés depuis leur rencontre , mais son cinéma ne l'intéressait pas. Bran retira son bras.

– Ai-je fait quelque chose qui t'a offensé ?

Elle eut l'air blessée.

Évidemment, il l'avait blessée — son amour-propre, du moins. Impossible qu'une femme aussi séduisante qu'Ireland ait souffert un seul jour de sa vie. Elle surmonterait son refus et passerait au suivant.

– Non.

Il s'éloigna, non sans avoir surpris une lueur de peine sincère dans ses yeux.

Son émoi était peut-être en partie réel. Peu importe au fond.

Bran entra dans la salle de bal au bout du couloir et balaya la pièce des yeux, la tête ailleurs. Qu'il ait ou non blessé Ireland, il était difficile de ne pas la remarquer. Ses frères le croyaient indifférent au beau sexe. Ils avaient tort. Il aimait les femmes autant que ces quatre chauds lapins ; simplement, il choisissait des femmes différentes. Il ne sortait pas avec les dames qui le draguaient dans les bars. Et il ne sortait pas avec les jolies filles tape-à-l'œil. Point final.

Les belles femmes comme Ireland étaient des nids à problèmes, car Bran se sentait encore trop fragile face à elles. C'est pourquoi il faisait tout son possible pour les éviter, et vivre selon les règles qu'il s'était fixées. Pas de filles faciles. Port obligatoire du préservatif. Du moins, quand il faisait suffisamment confiance à une femme pour s'envoyer en l'air.

Bran se comprima le front, tentant de chasser l'incident du couloir.

La fête battait son plein. Son vieux copain Jaeg se tenait près de la porte avec sa fiancée, Cali.

Jaeg s'avança et lui serra la main.

— Bien joué, mec. Je pensais que vous auriez jeté l'éponge au bout de six mois et engagé une société de gestion.

— Tout le monde pensait comme toi, dit Bran en affichant un sourire de circonstance. On verra comment se passera l'année prochaine.

Il se pencha et embrassa Cali.

Elle lui rendit sa bise, scrutant la salle par-dessus son épaule.

— As-tu vu ma cousine ?

Bran tiqua. Ireland était la cousine de Cali.

— On s'est croisés dans le couloir. Tamponnés pour être plus précis.

Jaeg s'esclaffa.

— Sa vision n'est pas le…

Cali lui donna un coup de coude dans les côtes qui lui coupa la chique.

Trop drôle de voir ces deux-là ensemble. Jaeg était une armoire à glace de deux mètres, et sa copine était petite et menue. Sans doute était-elle de taille moyenne, mais elle paraissait minus à côté de lui. Et pourtant, Jaeg était une bonne pâte entre ses mains.

Jaeg lui envoya un regard noir qu'elle lui retourna.

— Ireland est maladroite, c'est tout, dit Cali. Elle est encore nouvelle en ville et j'ai envie qu'elle s'amuse ce soir. Elle était bizarre quand elle est partie aux toilettes.

Bran jeta un regard aux invités.

— Ireland a l'air sociable. Je ne l'imagine pas avoir du mal à se faire des amis.

Un euphémisme. Cette fille ne l'avait pas bousculé par hasard dans le couloir. Et cette façon de lui lancer des regards intéressés à la moindre occasion.

Ouais, elle était du genre à éviter.

— Oh, tant mieux, se réjouit Cali. Je la coache.

Le regard de Bran se reposa sur la jolie blonde vénitienne.

— Tu la coaches ?

Cali n'était pas aussi sculpturale qu'Ireland, mais Bran nota un air de famille. La rousseur devait dominer dans leurs gènes. Même le frère de Cali, Tyler, était roux foncé. Cela dit, Ireland était la seule vraie rousse.

Jaeg broncha.

— Cali pense qu'Ireland a besoin de s'éclater plus dans sa vie.

— Eh bien, c'est vrai, se défendit Cali.

— Bébé, tu te souviens ce qui s'est passé la dernière fois que tu as voulu jouer les entremetteuses ?

Bran réprima un sourire. Il avait entendu cette histoire. Cali avait d'abord essayé de caser Jaeg avec sa meilleure amie, Gen, avant de tomber amoureuse de lui. Le radar amoureux de Cali n'était pas très précis.

Cali chassa les propos de Jaeg d'un revers de la main.

— C'est totalement différent. Ireland est timide, et elle a

cumulé plusieurs emplois pour financer ses études ; elle n'a pas eu l'occasion de rencontrer beaucoup de monde. Pas des gens amusants, en tout cas. C'est là-dessus qu'on travaille.

Bran attira l'attention de la serveuse à qui il parlait avec désinvolture depuis des semaines. Elle esquissa un sourire. Et détourna immédiatement le regard.

Voilà, *cette* fille était timide. Et tout à fait son type. Il n'avait ni besoin ni envie d'une femme rentre-dedans.

— Vous m'excusez ? Je dois aller saluer quelqu'un.

— On se retrouve plus tard, dit Jaeg tandis que Cali continuait de discourir sur sa cousine.

Bran fit la sourde oreille et s'éloigna d'eux. Il ne voulait plus entendre parler d'Ireland, la rouquine « maladroite ». La serveuse avec qui il discutait depuis quelques semaines était jolie et douce. Simple. Bran n'avait pas encore franchi le pas. Il n'avait pas rassemblé le courage nécessaire pour l'inviter à sortir. C'est pour cela qu'il savait qu'il ne craignait rien avec elle.

Son cerveau ne s'embuait pas en la voyant et sa libido ne s'enflammait pas.

Plus jamais le désir ne dicterait sa conduite.

<h1 style="text-align:center">Chapitre Un</h1>

Le coup de coude de sa cousine faillit renverser Ireland de son tabouret en bois, à la pizzeria.

Cali pointa du menton une table un peu plus loin.

– Regarde qui est là.

Ireland prit des lunettes dans son sac et les chaussa. Elle les retira aussitôt et les remit dans son sac, puis tritura le coin de sa serviette.

– J'ai rencontré les frères Cade une demi-douzaine de fois. Je sais qui ils sont.

Cali bigla vers le sac d'Ireland.

– Mais tu ne les as pas *vus*, n'est-ce pas ? Quand j'ai dit que tu devrais sortir sans tes lunettes, j'ai pensé que tu mettrais des lentilles. Tu vas te faire tuer si tu n'en portes pas.

– Les lentilles m'irritent les yeux. Et Dieu merci, je ne conduis pas sans lunettes.

Cali n'eut pas l'air convaincue.

– Tu as déjà envisagé la chirurgie ?

Ireland fronça les sourcils.

– Tu aimerais qu'on te charcute le globe oculaire ?

Cali plissa le nez.

— Exactement, continua Ireland. Quand j'aurai le courage de me faire opérer au laser, je te le ferai savoir. De toute façon, je n'ai pas les moyens pour le moment.

— Eh bien, en attendant, remets tes fichues lunettes, car il y a deux Cade célibataires ici, et ils sont hyper sexy. Tu devrais sortir avec l'un ou l'autre.

Ireland leva ses yeux myopes au plafond. Elle n'avait pas besoin de voir net. Elle avait parfaitement conscience de la présence des frères Cade.

— J'apprécie que tu veuilles m'aider à trouver un mec pendant mon séjour au lac Tahoe parce que tu as dégoté Jaeg ici, et il est, eh bien, *Jaeger*, mais je n'ai pas ta chance. Et puis, je veux une histoire qui arrive naturellement. Comme ça s'est passé pour Jaeg et toi.

Elle croisa le regard de Cali.

— Je ne dirais pas que ma relation avec Jaeg a commencé en douceur, mais on a tenu le coup. Eh oui, c'est un amant fabuleux, ajouta-t-elle en remuant les sourcils.

Ireland se pinça l'arête du nez.

— Pas de détails obscènes, merci.

Cali lui donna un nouveau coup dans l'épaule.

— En parlant de mon incroyable fiancé, il est pote avec les Cade. Ce sont des mecs bien ; tu devrais donner une chance à l'un d'entre eux. Ton approche faut-que-ça-arrive-naturellement est nulle. Tu n'as pas eu un seul rencard depuis ton arrivée.

Ireland fronça les sourcils.

— J'ai passé les cinq dernières années à côtoyer des inadaptés sociaux en me tuant au travail. Sortir avec un mec n'est pas une priorité. Ce qui ne m'empêche pas de trouver certains hommes attirants.

Dont un frère Cade qu'Ireland n'allait pas mentionner. Cela ne ferait qu'exciter Cali.

— C'est pourquoi il est temps que tu fréquentes des hommes normaux. Tous les mecs avec qui tu as travaillé n'étaient que des geeks boutonneux sans vie sociale, non ?

— Pas tous. Et si ce sont des geeks, moi aussi.

— Tu dois résilier ton abonnement au club des intellos. Tu n'utilises même pas les applications que tu as développées pour chatter en ligne avec des célibataires.

— Pour rencontrer un inconnu qui se révèle être un sociopathe ?

Cali recula sur son siège.

— Mince. Tu t'es vraiment fait esquinter dans cette boîte de merde.

— Quel rapport avec ma vie amoureuse ?

— Parce que tous les mecs avec qui tu travaillais étaient des connards, d'après ce que tu m'as raconté. Je crois que ça t'a laissé des cicatrices.

C'est le cas de le dire.

— Je veux que tu oublies cet endroit. Ce n'était pas la vie normale. Tu es au lac Tahoe maintenant, et les choses sont différentes ici. Tu peux soit draguer en live – par exemple en entreprenant l'un des beaux gosses Cade –, soit utiliser une appli de rencontres. Selon ce qui marche le mieux, sourit Cali. Parce qu'on sait toutes les deux que passer tes journées enfermée avec des petits génies de l'informatique n'a pas servi ta vie amoureuse.

— Je travaille dans un des hôtels-casinos les plus chics du lac Tahoe. Certains de mes collègues sont vraiment sympas.

— Tu m'as dit que tous les beaux mecs sont mariés.

Je n'aurais pas dû le préciser.

— En revanche, les frères Cade… insista Cali en jetant

un coup d'œil dans la salle. C'est du capital humain local de premier choix.

— Tu viens vraiment de les qualifier de *capital humain* ?

— Oui, et alors ? Ils sont canon.

Les Cade *étaient* séduisants. Un en particulier. Et il manifestait zéro intérêt pour Ireland.

— Ils ne s'intéressent pas à moi.

Cali se frappa le front du plat de la main.

— Bon sang, Ireland. Tu t'es regardée dans la glace ?

— Oui, tout à fait. Lunettes, peau blanche, chevelure flamboyante, dit Ireland en levant les yeux comme si elle réfléchissait. Hanches un peu trop larges.

Cali secoua la tête.

— On appelle ça des courbes, et réjouis-toi d'en avoir. Certaines filles n'ont pas cette chance.

— La beauté physique est subjective. Je pense personnellement que je me situe quelque part dans la moyenne.

— À l'évidence, nous sommes cousines, parce que tu es bornée. Ireland, tu es intelligente *et* belle. As-tu seulement envisagé de laisser un homme t'approcher maintenant que tu es loin du monde débilitant de la Silicon Valley ?

Ireland repensa à la fête d'anniversaire du Club Tahoe à laquelle elle avait assisté avec Cali et Jaeg. Et à sa tentative d'aborder Bran.

— Oui. Et si tu penses aux Cade, c'est mort. Du moins de leur côté.

Cali plissa les yeux.

— Alors tu les aimes bien. Lequel ? Trois sont intouchables à cause d'une fiancée, épouse ou autre, mais les deux derniers ? Genre, ceux qui sont assis à une dizaine de mètres ?

— Bran n'est pas intéressé. Il me regarde méchamment.

Cali fit la moue.

— D'après ce que je sais, Bran n'est pas du genre à avoir

des rencards. Ce qui est bien dommage parce qu'il est délicieux. Et Hunt ?

– Le don Juan ?

– Don Juan, Don Camillo – on s'en fout. Il est sublime
et très amusant. Inutile de t'impliquer émotionnellement.
Tu as juste besoin d'un tour de chauffe après six ans de
réclusion chez les geeks, et Hunt est pile le mec qu'il te faut
pour relancer la machine.

Ireland lui lança un regard noir.

– Est-ce une référence à mes ovaires ?

Les lèvres de Cali s'entrouvrirent pour prononcer un
silencieux *quoi ?*

– Vois-le comme une séance de remise en forme. Ça
fait combien de temps que tu n'es pas sortie avec un
homme ?

Un an ? Deux ans ?

– Un moment.

– C'est là où je veux en venir. Tu dois sortir avec quelqu'un pour être à l'aise quand le mec dont tu vas tomber
amoureuse se présentera. Tu peux être un peu…

Ireland soupira.

– Dis-le. Je suis maladroite.

– Seulement quand tu es nerveuse, précisa rapidement
Cali.

– Donc tout le temps quand je suis avec des gens que je
ne connais pas.

Cali se tordit la bouche.

– Il faut de l'entraînement. Tout le monde n'est pas à
l'aise en présence d'inconnus.

Ou d'hommes séduisants, pensa Ireland.

– Si tu fais quelques rencards sans pression, tu seras
moins stressée.

Malheureusement, Cali avait raison.

– Oui, je comprends ce que tu veux dire.

Elle sourit. Mais cette fois, ce n'était pas à Ireland.

Ireland chaussa ses lunettes et suivit le regard de sa cousine.

Jaeg venait d'entrer dans la pizzeria et se dirigeait vers elles.

Ireland rangea ses lunettes.

– Ton amoureux est là.

Un ronronnement monta de la poitrine de Cali, parce que visiblement, elle avait déjà perçu sa présence. Ses phéromones avaient dû l'avertir au moment où il franchissait la porte.

Ces deux-là. Heureusement que la chambre d'amis se trouvait à l'autre bout de la maison. Ireland portait des bouchons d'oreille la nuit pour ne pas entendre par inadvertance des bruits qu'elle n'avait pas du tout envie d'entendre.

Jaeg arriva à leur table et se pencha pour embrasser Cali sur la bouche.

– Bonsoir, mesdames. Comment ça va ?

Il prit un siège à côté de Cali et étendit son grand bras sur le dossier de sa chaise. Cali lui souriait comme si elle ne l'avait pas vu depuis des semaines alors qu'ils s'étaient quittés ce matin.

Cali voyait son fiancé plus souvent que la plupart des couples, Jaeg travaillant chez lui dans son atelier de menuiserie et sculpture sur bois. On aurait pu penser que la passion des débuts aurait déjà disparu, mais non, ils déclenchaient toujours l'alarme incendie d'un simple regard.

Ce qui était plutôt sympa.

Ireland n'était pas jalouse. Pas du tout.

D'accord, elle les enviait à mort.

Ireland n'avait jamais eu ce genre d'alchimie avec un homme. Elle était heureuse pour Cali, mais elle mentirait en disant qu'elle ne voulait pas vivre la même chose. Voilà pourquoi elle envisageait sérieusement de sortir avec ce Hunt, même si c'était un don Juan. Et même si c'était son frère Bran qui attirait son attention. Cali avait raison : Ireland avait besoin d'un tour de chauffe niveau rencard, et Bran n'était pas intéressé par elle.

Ireland avait appris il y a longtemps qu'une relation avec un homme qui n'était que légèrement intéressé n'en valait pas la peine.

— Tu es sûre que Hunt sortirait avec moi ? demanda-t-elle. Je ne coucherai pas… si jamais c'est ce qu'il cherche.

Cali s'arracha à sa fascination pour Jaeg et reporta son regard sur Ireland.

— Hunt n'est pas comme ça. Il semble aimer la compagnie des femmes — toutes les femmes. En plus, ce mec n'a pas besoin de faire d'efforts pour s'envoyer en l'air. Les filles jettent leur culotte sur son passage. Un rencard avec toi serait un rince-bouche rafraîchissant.

Jaeg mâcha une bouchée de leurs restes de pizza et s'essuya la bouche, posant son avant-bras nu sur la table.

— Hunt t'intéresse ?

— Pas exactement, dit Ireland.

Ireland a juste besoin de…

Cali traîna distraitement les doigts le long du bras de Jaeg. Où ils s'attardèrent. Elle aplatit la main et la fit coulisser de haut en bas sur son avant-bras musclé d'un geste évocateur.

— Cali, s'offusqua Ireland.

Cali retira la main du bras de son fiancé.

— Comme je disais (elle s'interrompit et regarda Jaeg comme si elle ne venait pas tout juste de palper ses muscles), Ireland a besoin d'un ou deux rencards pour briser les scellés. Elle a été enfermée avec des geeks férus de jeux vidéo qui n'avaient aucune vie sociale.

Ireland leva l'index.

– J'ai beaucoup joué aux jeux vidéo. Et je suis aussi déficiente qu'eux sur le plan de la sociabilité.

– Exactement, dit Cali. Des aveugles qui guident des aveugles ! Et dans ton cas, c'est littéralement.

Véridique. Ireland ne voyait rien sans lunettes. Mais elle tentait de changer son image d'intello binoclarde à intello-mais-pas-trop. Et elle ne mentait pas au sujet des lentilles de contact. Elles lui tuaient les yeux. Jusqu'à ce qu'elle en achète de nouvelles ou ait le courage de se faire opérer, elle était myope comme une taupe.

– Si tu veux sortir avec Hunt, je peux lui glisser deux mots, dit Jaeg.

Puis il but la bière de Cali et lorgna une autre part de pizza. Apparemment, l'appétit d'ogre allait de pair avec les géants, car Jaeg semblait manger tout le temps. Ireland et Cali avaient beau manger comme quatre, l'appétit de Jaeg les faisait passer pour des grignoteuses.

Ireland secoua la tête.

– Non. C'est gênant.

– Il suffit de pas grand-chose, dit Cali. N'est-ce pas, Jaeg ?

– Nan. Il n'y verra que du feu. Je lui dirai qu'on veut te faire visiter Tahoe, et je lui demanderai les trucs sympas à faire.

Ireland froissa la serviette qu'elle avait déchiquetée.

– Alors d'accord.

– Tu vois ? dit Cali en lui pressant la main. Ça va être super cool. Hunt est un chic type.

––––––

– C'était quand, la dernière fois que tu t'es envoyé en l'air ? s'enquit Hunt.

Les frères de Bran l'asticotaient sans cesse sur sa vie intime, et cette discussion devenait lassante.

Il baissa la visière de sa casquette de baseball. Il ne voyait pas au-delà du comptoir de la pizza bondé.

– Je n'ai pas besoin de baiser. Je me suffis à moi-même.

Hunt ricana.

– J'emmerde l'autosuffisance. Le destin de nos parents ne t'a rien appris ? La vie est trop courte. Tu dois vivre à fond pendant que tu le peux encore.

Bran, Hunt et leurs trois frères avaient perdu leur mère quand ils étaient enfants. Hunt était un bambin à l'époque. Leur père étant lui aussi mort d'un cancer à un âge relativement jeune, leur famille se limitait désormais à eux cinq. Pas de tantes, oncles, ni cousins à contacter, car leur père avait coupé les ponts avec la famille après la mort de leur mère.

Bran jeta un regard noir à Hunt.

– Je ne veux pas m'amuser comme toi.

– Qu'est-ce que tu insinues ?

Bran pencha la tête en arrière et contempla le plafond.

– Voyons… d'abord, il y a eu la petite amie de Levi.

À dix-huit ans, Hunt avait couché avec la copine de leur frère aîné. Cela avait été un cauchemar.

Hunt remua sur son siège.

– C'était il y a des années, et Levi m'a pardonné.

– Parce qu'il est tombé amoureux d'Emily.

– Exactement.

Bran secoua la tête. Emily avait mis du plomb dans la cervelle de leur frère aîné Levi, l'adoucissant, et lui faisant réaliser l'importance de la famille. Elle avait aidé à apaiser les tensions entre Levi et Hunt. Quoique…

– Il y a aussi le fait que tu te tapes tout ce qui bouge.

Hunt fit la moue.

– Là, tu es insultant. J'ai des critères de sélection.

Bran arqua un sourcil.

– D'accord, je n'ai pas les mêmes critères que toi, mais tu n'as pas dragué depuis des années. On est tous curieux de connaître tes critères, vu qu'ils t'empêchent de fréquenter le sexe opposé.

Bran n'avait pas demandé l'avis de son frère, mais c'était inutile. Il se prenait des scuds régulièrement, qu'il le veuille ou non.

Ce n'était pas tant que Bran avait des principes qui régissaient sa vie, mais il pesait soigneusement ses options avant de faire quoi que ce soit d'inconséquent.

Comme ce qu'il avait fait quand il était au lycée.

Cela avait changé sa façon de voir le monde.

Mais Bran ne manquait pas une occasion de moucher Hunt.

– Mes critères sont simples. Je préfère la discrétion au tape-à-l'œil.

Hunt pointa Bran du doigt.

– Et c'est bien là ton problème. Il n'y a rien de déshonorant à taper dans l'œil. Le bling-bling, c'est fun. Ça t'évoque quelque chose, frérot ? *Fun* ? Je crois me souvenir d'une époque où tu savais t'amuser, mais c'est tellement loin, putain, que ma mémoire est floue.

Cela faisait un moment que Bran ne s'était pas lâché. Parce que pour lui, c'était synonyme d'emmerdes. L'expérience avait prouvé que son jugement était nul, alors il avait choisi de bannir ce genre d'amusement.

– Où veux-tu en venir ?

– Tu ne penses pas qu'il est temps de te lâcher ? dit Hunt en bougeant les épaules comme un boxeur qui se prépare au combat. Je ne dirais pas que tu es coincé, mais…

Bran roula des yeux, puis balaya la salle à la rechercher de la serveuse. Où était sa bière, bon sang ?

Son frère Wes lui boucha la vue et tira une chaise.

– Je ne reste pas longtemps. Kaylee est épuisée, alors je dois m'occuper du bébé pour qu'elle se repose. Qu'est-ce que j'ai manqué ? Ça parlait de s'amuser ?

Leur frère Adam débarqua ensuite, son regard passant rapidement de Wes à Bran.

– Bran s'amuse ?

Adam héla la serveuse d'un élégant geste du poignet plaqué Armani. Il portait un costume tous les jours pour travailler et il s'en *fichait complètement*. On ne pouvait pas en dire autant de ses frères qui préféraient les tenues décontractées aux costards griffés.

– Non, c'est bien le problème, dit Hunt en tendant le cou. Où est Levi ?

Ils tournèrent la tête vers l'entrée, juste au moment où Levi arrivait avec sa petite amie, Emily, qui travaillait avec eux au Club Tahoe.

Parfait. Ils étaient tous là maintenant, et décidés à faire chier Bran.

Levi et Emily s'assirent en face de lui.

– On ne reste pas longtemps, annonça Levi.

– C'est le thème de ma soirée, grommela Hunt. Aucun de vous n'est drôle. Rappelez-moi de ne pas me caser. Ça vous a tous rendus chiants à mourir.

Levi le fusilla du regard.

– Ça n'a rien à voir avec le fait d'être en couple, même si ça te permettrait de travailler plus et t'amuser moins. Certains d'entre nous essaient de faire tourner le Club Tahoe pour qu'il continue d'être une source d'emplois dans la région. Oh, et on a mûri avec les années. Mais je suppose que ça te passe au-dessus.

Si Levi et Hunt avaient rebâti les ponts coupés entre eux, certaines choses ne changeaient pas. Ils se tapaient toujours sur les nerfs.

— Travailler plus ? dit Hunt, ignorant le commentaire de Levi sur le fait de mûrir avec les années. Je travaille à plein temps au club, tout comme toi. Mais quand je ne travaille pas, je m'amuse. Parce que je sais comment passer du bon temps, contrairement à vous, pauvres andouilles.

Levi secoua la tête et s'adressa à Bran.

— Il est irrécupérable. Et toi ? Le nouveau système de commande est en place et fonctionne ?

Dans le but d'attirer une plus grande clientèle dans ses restaurants, sur un site touristique où la concurrence faisait rage, Bran avait convaincu Levi d'investir un paquet de fric dans les nouvelles technologies pour la restauration. Bran était responsable des quatre restaurants du Club Tahoe, et estimait qu'ils pourraient traiter un nombre de commandes bien plus élevé avec ce nouveau matériel. Seulement le système exigeait un effort d'apprentissage énorme de la part de son personnel.

— En grande partie, répondit Bran. Les employés sont encore en formation.

— Et le service technique du fournisseur ? Ils vous aident ?

— Ils nous aident, mais j'ai plus de soixante employés à plein temps et à temps partiel à gérer. Ça prend des semaines de les mettre tous à niveau.

— Compris, dit Levi avant de s'adresser à Emily, posant une main possessive sur sa cuisse. Tu as testé le système ?

Les yeux d'Emily s'illuminèrent.

— Bien entendu. Tu sais à quel point j'aime ma tablette. Et les tablettes du restaurant sont bien plus pointues que la mienne, avec toutes sortes de fonctions amusantes pour divertir les clients. On a déjà constaté un bond des revenus de l'affiliation avec la nouvelle app de Keno qu'on a installée.

La serveuse posa une bière devant Levi, qui avala une gorgée.

– Bien vu, Bran. Tant qu'il n'y a pas d'incident, je ne vois pas en quoi être hi-tech pourrait nuire au club.

Bran se frotta la mâchoire. Le nouveau système s'annonçait comme un succès, mais Bran avait du mal à se fier à son instinct, et cet investissement reposait uniquement sur son intuition. Si ça faisait un flop, il en porterait la responsabilité.

– Regardez qui est là, dit Hunt tout sourire en se levant pour serrer la main de Jaeg qui les rejoignait.

Immédiatement, les poils de Bran se hérissèrent. Si Jaeg était dans la pizzeria…

Bran balaya la salle des yeux. Et repéra la fiancée de Jaeg. Avec sa cousine, Ireland.

Et merde.

Jaeg et Bran discutèrent de la commande artistique que le club avait passée à Jaeg pour le steakhouse, et dont les croquis étaient finalisés.

Jaeg fit un signe de tête à Hunt.

– Tu fais quoi ces jours-ci ?

– Pas grand-chose. Pourquoi ?

– Cali veut faire découvrir le lac Tahoe à sa cousine. Si tu as prévu d'explorer les environs dans un futur proche, appelle-nous. On aimerait t'accompagner.

Hunt jeta un regard entendu à Bran et aux autres.

– Voilà de quoi je parlais. Jaeg et Cali savent s'amuser.

Et Ireland, pensa Bran.

Son petit frère chaud lapin allait faire le quatrième pour qu'Ireland ne tienne pas la chandelle à Cali et Jaeg.

Bran crispa la mâchoire. Il n'aimait pas imaginer Ireland avec un mec, surtout son frère. Et le fait que ça le contrarie l'énervait encore plus.

Chapitre Deux

Ireland savourait son café du matin à la table de la cuisine, quand Cali entra dans la vaste pièce, vêtue d'un peignoir douillet ayant pour motif des teckels caricaturés. Et elle portait dans les bras son teckel, Buddy, ce qui rendait la scène comique.

– Bonjour.

Cali éternua et sortit un mouchoir froissé de la poche de son peignoir. Buddy lui lécha la joue. Son nez était rouge vif et son visage était anormalement pâle.

– Ça va ? s'enquit Ireland.

– Oui. Je suis juste un peu malade.

– Très malade ! cria Jaeg de la chambre.

Cali jeta un regard derrière elle et fronça les sourcils.

– Mais je peux quand même y aller, dit-elle à Ireland. Ne t'inquiète pas.

Un grognement réprobateur résonna dans le couloir. Les yeux d'Ireland dépassèrent Cali pour se porter vers l'endroit d'où Jaeg venait d'émerger, visiblement mécontent.

— Si tu ne te sens pas bien, dit-elle à Cali, on peut annuler. Je suis sûre que Hunt comprendra.

Hunt les avait rejoints à table l'autre soir, après que Jaeg était allé le saluer. Les autres frères étaient partis, mais Hunt était resté discuter avec eux pendant qu'Ireland, Cali et Jaeg finissaient leurs bières. Il les avait invités à la *croisière alcool'eau* qu'il organisait chaque semaine au Club Tahoe, et qui avait lieu aujourd'hui.

— Non ! protesta Cali d'une voix proche du croassement. Je peux y aller.

Jaeg planta les doigts sur ses hanches, ses bras musclés formant des ailes triangulaires sur les côtés.

— Cali.

Elle se retourna.

— Quoi ? J'ai promis à Ireland.

— Si c'est pour moi, dit Ireland, ça ne m'embête pas de rester là.

Elle enfilerait un jogging et des chaussettes, et materait des séries sur Netflix avec Cali. De préférence un truc mettant en scène des Vikings sexy et luisants de sueur.

Cali fronça les sourcils.

— Tu as enfin décroché un rencard et…

Les joues d'Ireland s'empourprèrent.

— Ce n'est pas un rencard !

— Et tu vas annuler ?

L'expression de Cali était presque peinée.

Ireland était-elle si pathétique ?

Ouais, plutôt.

Elle avait passé tous les week-ends à la maison depuis son arrivée — sauf quand Cali et Jaeg l'avaient traînée dehors — et voilà qu'elle allait laisser filer une occasion de sortir.

Ireland posa le coude sur la table et soutint son menton.

– Je suppose que je pourrais y aller seule.

Le visage de Cali s'illumina et elle passa Buddy à Jaeg, qui cala le petit chien sous son bras comme un ballon de foot avant d'ouvrir le frigo et verser du jus d'orange dans un verre.

Il le tendit à Cali.

– Bois, ma petite malade.

Cali prit le jus d'orange et s'assit à table à côté d'Ireland.

– C'est parfait. Il y aura d'autres personnes sur le bateau, et sans moi, tu seras obligée de leur parler. En plus, tu pourras passer du temps avec Hunt, c'est le plus amusant.

Elle lui fit un clin d'œil et Ireland tressaillit.

Non pas qu'Ireland n'aimait pas les inconnus, ou Hunt ; elle avait peur d'être godiche en société. Mais Cali avait raison. Ireland était venue au lac Tahoe pour changer de vie. Pour une vie meilleure.

– Je vais y aller, et ça va bien se passer. Tu restes à la maison et tu te soignes.

Jaeg articula un *merci* silencieux dans le dos de Cali.

———

IRELAND PASSA par la piscine du Club Tahoe pour se rendre à la plage. Elle regarda au-dessus du sable en direction du ponton, puis tint ses lunettes devant ses yeux. Un élégant bateau rétro en bois acajou, avec une grande cabine couvrant une partie du pont, était arrimé à quai.

Tout était élégant au Club Tahoe. Ethan Cade, le patriarche, n'avait pas regardé à la dépense lorsqu'il avait imaginé et construit cet endroit.

Ireland jeta un œil à sa tenue, craignant qu'elle ne soit trop décontractée. Elle portait un short blanc et une chemise en jean, sur un bikini lavande. Le nom *croisière alcool'eau* n'évoquait pas la grande classe, mais cet élégant bateau, certainement.

Ce matin, Ireland avait boutonné sa chemise jusqu'en haut, mais avant qu'elle ne franchisse le seuil de la maison, Cali avait ouvert le décolleté et rentré le devant de la chemise dans son short, rendant ainsi visibles sa taille et sa poitrine, bien trop généreuse à son goût. Mais quand elle avait voulu reboutonner le haut, Cali lui avait donné une tape sur les mains.

Finalement, Ireland s'était dit que son bikini dévoilerait ses formes, alors quelle différence cela faisait-il ?

Ireland mit sa main en visière et scruta le bateau une dernière fois avant de fourrer ses lunettes dans son sac. Il n'y avait personne sur le pont, mais un homme se trouvait dans la cabine. Il était penché et fouillait dans un coffre.

Ça ne pouvait être que Hunt.

Ireland remonta son grand sac de plage sur l'épaule. Une excursion exigeait du matériel. C'était une vraie rousse ; elle avait donc embarqué cinq tonnes de crème solaire et un gigantesque chapeau.

Ireland se mordit la lèvre. Arriver la première, ce n'était jamais une partie de plaisir. Hunt avait l'air sympa, mais elle ne s'était jamais retrouvée seule avec lui. Et s'ils n'avaient rien à se dire ?

Elle prit son temps pour marcher jusqu'au ponton, espérant que les autres participants à la croisière allaient arriver et la dépasser.

Mais la chance n'était pas de son côté. N'était-ce pas l'histoire de sa vie ? À l'approche du bateau, elle était toujours la seule passagère en vue. Et maintenant, elle tournait en rond comme une imbécile.

Elle redressa les épaules.

– Salut ?

Hunt s'était relevé et observait le lac, une casquette de baseball lui protégeant le visage. Il se tourna au son de sa voix.

Ce n'était pas Hunt.

Merde.

Même sans lunettes, Ireland reconnaissait cette moue sévère. Les épaules larges, la mâchoire ciselée. Que faisait Bran ici ?

— Qu'est-ce que tu fais là ? dit-il, faisant écho à ses propres pensées, et lui donnant l'impression d'être l'intruse.

Malgré un ton cassant, le regard de Bran se balada sur son corps, grâce aux retouches judicieuses que Cali avait apportées à sa tenue.

Ireland soupira. Elle ignorait ce qu'elle avait fait pour mériter les foudres de Bran, mais sa réaction naturelle consistait à désamorcer les conflits par la gentillesse.

— Hunt a dit qu'il y avait de la place sur l'excursion d'aujourd'hui, déclara-t-elle gaiement. Cali et moi avons pris des billets, mais elle est tombée malade… Où est Hunt ? demanda-t-elle en regardant autour d'elle.

Les épaules de Bran se raidirent et il se pencha pour plonger la main dans une grande glacière en bois.

— Ailleurs. Soi-disant malade.

Cali était malade, et maintenant Hunt ?

— Oh… dommage.

Oui, *vraiment* dommage, pensa Ireland, dépitée. Hunt était le frère le plus avenant des deux.

— Il doit y avoir un virus qui traîne.

Bran lui lança un regard dur par-dessus son épaule.

— Sans blague, tu crois ?

Les yeux d'Ireland s'étrécirent. On la considérait comme une fille bienveillante, mais Bran mettait sa gentillesse à rude épreuve en se comportant comme un trouduc. Comment allait-elle supporter cette virée en bateau s'il était à la barre ? Il la détestait.

Quoi qu'il en soit, elle ne pouvait pas faire demi-tour. Cali la tuerait si elle se défilait.

Ireland plaça ses mains et ses pieds à des points d'équilibre stratégiques, et monta à bord, faisant tanguer le bateau sous son poids. Les autres allaient bientôt arriver. Tout se passerait bien.

Bran prépara le bateau, et après quelques minutes, elle jeta un coup d'œil sur la plage à la recherche des retardataires.

— Le départ n'est-il pas prévu à quatorze heures ?

Bran se redressa et se passa une main sur le visage. Il fixa l'eau du lac.

— Le groupe de six a annulé.

Nom d'un chien !

— Pardon ? dit-elle d'une voix mal assurée.

Elle était l'unique participante de l'excursion ? Avec Bran ? Seule ?

Non. Non, non, non.

— Tu peux annuler si tu en as envie, sourit-il avec suffisance comme s'il devinait ses pensées. Je serai heureux de te rembourser ton billet. Inutile de préciser que j'ai autre chose à faire avec mes quatre restaurants et le reste.

— Bien sûr, je…

Attends, elle ne pouvait pas annuler la seule sortie qu'elle avait enfin promis à Cali de faire, même seule, au lac Tahoe. Elle n'aurait pas fini d'en entendre parler. En plus, pour une raison étrange *(son attitude de merde)*, elle n'avait pas particulièrement envie de faire plaisir à Bran.

Ireland avait beau détester les confrontations, elle en avait marre de se faire marcher dessus par les hommes.

— Ça ne me dérange pas. Allons-y.

Elle s'installa confortablement sur la banquette en cuir

blanc et sortit son chapeau de soleil. Elle jeta un coup d'œil à Bran par-dessous le large bord.

Sa mâchoire se crispa.

– Comme tu voudras. Ne t'attends pas à ce que je te fasse la causette.

– Comme si tu étais causant, marmonna-t-elle.

Il fronça les sourcils.

Bon, Bran n'avait pas de problème d'audition.

– Comment se fait-il que personne d'autre que toi ou Hunt ne puisse diriger l'excursion ?

Bran remonta les manches longues de son t-shirt. La température était déjà chaude ce matin pour Tahoe, et en ce début d'après-midi, il faisait presque vingt-sept degrés.

– Levi a des règles strictes sur qui peut conduire les bateaux. Il ne veut que des pilotes formés à la sécurité nautique et à la réanimation cardio-respiratoire. On n'a pas eu le temps de former quelqu'un d'autre. Je ne peux pas lui reprocher. Avec le nombre de crétins sur le lac en été, il vaut mieux être prudent. Je serai de retour avant le coup de feu en cuisine et c'est tout ce qui compte, ajouta-t-il en détachant l'amarre du ponton.

Ça ne lui posait donc pas de problème de faire l'excursion ; il était revêche, c'est tout. Excellent.

Ireland zieuta la glacière.

– Ces bières sont pour moi ?

Bran tendit le cou et lui jeta un regard noir.

– Pas toutes. Je ne suis pas d'humeur à porter une femme ivre jusqu'au rivage.

Elle leva les yeux au ciel.

– Je mesure un mètre soixante-douze et je pèse soixante-cinq kilos. Je peux supporter l'alcool.

Il observa son corps comme si elle avait communiqué une information qu'il approuvait, alors qu'elle venait d'avouer qu'il n'y avait pas de taille 34 dans son placard.

Elle n'était pas en surpoids pour sa taille, mais elle n'était pas non plus filiforme.

Ireland changea de position parce que Bran la fixait sans discrétion, et visiblement il n'en avait pas conscience.

– Alors, quel est le programme de la journée?

Il finit par lever les yeux et lui tendit une bière fraîche. Elle remarqua qu'il n'en prenait pas lui-même.

– Pas de programme. On fait un tour sur le lac. Tu bois une bière ou deux. On rentre.

Son ton autoritaire sur le nombre de bières autorisées n'échappa pas à Ireland. Comme s'il avait son mot à dire ! Et elle n'aimait pas ça. Pas du tout. C'était une croisière *alcool'eau,* bon sang ! Quel était son problème ?

Cette excursion s'annonçait aussi amusante qu'un double rencard avec son frère aîné et sa copine. Eh bien, Bran allait devoir se détendre, car elle se saoulerait si ça la chantait.

Elle porta la bouteille de Corona à ses lèvres et avala une rasade pour se donner un coup de fouet. Cali et elle avaient prévu de rentrer à la maison en Uber. Elle allait s'en tenir à ce plan et se faire plaisir, car, bon sang, elle allait bien avoir besoin d'une bière ou deux pour survivre à son accompagnateur.

Alors que Bran s'affairait sur le bateau en préparation du départ, Ireland s'appliqua une surcouche de crème solaire, teintant sa peau laiteuse d'une nouvelle nuance de blanc. En observant Bran du coin de l'œil.

D'accord, elle le reluquait. Sale caractère mis à part, Bran était incroyablement sexy, s'occupant des manœuvres sur le bateau comme un pro. Avec son t-shirt roulé au-dessus des biceps et son short de surf qui révélait des mollets musclés, tout était consommable chez lui.

Les muscles de ses épaules et de son dos ondulaient

quand il déplaçait des objets sur le bateau et rangeait les amarres dans des compartiments secrets. Il se retourna.

– Prête ?

Le regard d'Ireland remonta prestement de son fessier vers son visage.

– C'est quand tu veux.

Bran se dirigea vers la cabine du bateau en bois et fit rugir le moteur. Ireland jeta un coup d'œil par-dessus bord et vit l'eau claire jaillir de l'hélice du bateau.

Elle vira ses tongs, posa les pieds sur la banquette et s'allongea. Autant se mettre à l'aise. Elle pencha la tête en arrière pour voir le ciel azur, mais pas trop. L'indice 100 n'était pas magique à ce point.

Peut-être que cette sortie se passerait bien après tout. Une virée sur un lac, une bière à la main, pouvait-elle mal tourner ?

Apparemment, oui. Très mal.

Chapitre Trois

Bran se retrouvait coincé avec Ireland, la pire passagère possible.

C'était la faute de Hunt. Il chambrait sans cesse Bran sur sa vie de moine, et maintenant ça ? Il ignorait comment son frère s'y était pris, mais Hunt l'avait manipulé pour qu'il se retrouve seul en bateau avec Ireland.

Bran gérait *quatre* restaurants. Il avait besoin d'une preuve physique de cette prétendue maladie avant de sacrifier deux heures de sa vie pour remplacer Hunt. Alors il avait fait ce que tout frère consciencieux ferait, et il avait traîné ses fesses jusque chez Hunt pour s'assurer que ce crétin était réellement malade. Mais quand ce dernier lui avait ouvert la porte, il avait le nez rouge vif, les yeux brillants et le teint livide. Même Bran pouvait voir que son frère ne mentait pas. Cela n'avait pas atténué sa frustration. Surtout quand il avait vu Ireland s'approcher du bateau.

Bordel.

Bran avait vu Ireland vêtue de jolis vêtements dans lesquels sa poitrine débordante attirait son regard. Il s'en était toujours tenu à la règle de ne pas sortir avec des femmes trop sensuelles en raison de sa faiblesse à leur égard. Mais Ireland n'essayait pas d'être sexy, elle l'était naturellement. Son bikini jaillissait de la chemise déboutonnée. Et ça le tuait.

Durant la dernière demi-heure, il avait réussi à la distraire en naviguant le long de quelques spots touristiques du lac, suffisamment lentement pour qu'elle puisse les admirer de la poupe. Tant qu'ils restaient à bonne distance, pas de problème. Mais au programme de l'excursion figurait un arrêt à Emerald Bay, avec collation, alcool et baignade possible.

Donc la probabilité d'assister à un strip tease et de voir plus de chair tentatrice que nécessaire.

Bran retarda au maximum l'arrêt à Emerald Bay, mais il fut bien obligé à un moment de stopper le bateau dans les eaux cristallines entourant l'île, au milieu de la baie.

Il coupa le moteur et serra la barre à roue à s'en blanchir les jointures.

— Tout va bien ? s'écria Ireland.

Bran relâcha sa prise et se leva.

— J'ai pensé que tu aimerais manger un en-cas et te baigner.

— Oh.

Sa voix était proche maintenant.

Il jeta un œil derrière lui et aperçut Ireland penchée sur l'ouverture de la cabine.

— Je veux bien manger. Et boire une autre bière, dit-elle en brandissant sa bouteille vide.

Ireland s'avança en même temps que Bran se dirigeait vers la glacière. L'espace entre eux se réduisit. Mais ce qui les rapprocha vraiment fut la grande vague d'un sillage qui souleva la coque.

Bran se rattrapa en plaquant une main au plafond.

Ireland, quant à elle, se rattrapa à Bran.

Son corps voluptueux s'écrasa contre le sien alors qu'elle s'accrochait à lui pour garder l'équilibre. Pendant ce temps, Bran serrait les dents.

Stupide vague.

N'importe qui aurait perdu l'équilibre avec de tels remous, mais elle exagérait un peu. Trop pour qu'il espère garder le contrôle. Son visage était pratiquement enfoui dans son cou.

– Tu permets ?

Ireland s'écarta et agrippa la banquette pour gérer les vaguelettes qui suivirent la première secousse.

– Je suis vraiment désolée.

Bran ouvrit la glacière et sortit une bière – *et merde* – il en prit une pour lui. Ses frères le tueraient de boire en bateau. Cette règle était ancrée dans leur tête depuis qu'ils étaient adolescents. Mais s'il y avait un moment où Bran avait besoin d'une bière, c'était bien maintenant.

Il décapsula la première bouteille et lui tendit.

– Pique une tête. On dirait que tu as besoin de te rafraîchir.

– Qu'est-ce que tu insinues ?

Il haussa les épaules.

– Tu as l'air d'avoir un peu chaud… et d'être un peu troublée.

Bran décapsula sa bière et avala une grande gorgée en la regardant. C'était plutôt *lui* qui avait chaud et était troublé, en réalité.

– Pardon ? Tu… tu… souffla-t-elle brusquement, puis elle inspira par le nez et ferma les yeux. Es-tu en train d'insinuer que je me suis rattrapée à toi exprès ?

– Ce n'est pas le cas ?

Son visage s'empourpra.

– J'ai perdu l'équilibre ! Pourquoi es-tu si désagréable avec moi ?

– Tu confonds ma méfiance naturelle avec un quelconque intérêt pour toi.

Il passa devant elle pour se diriger vers le pont supérieur. Pour prendre l'air. Avoir de l'espace. Il sentait encore son corps plaqué contre le sien, et cela remuait la merde qui devait rester au fond.

Il l'entendit taper du pied (un pied nu) derrière lui. Un joli pied, aux ongles vernis en rouge. Non pas qu'il l'ait remarqué.

Merde. Il l'avait remarqué. Ses pieds étaient menus pour une femme aussi grande.

Elle lui avait balancé sa taille et son poids comme si c'était une tare. Mais elle ignorait que sans les règles qu'il s'était fixées, elle correspondrait à son type de femme fatale.

Jolie, il pouvait gérer. Mais belle et sexy ? Non.

Il ne se passerait rien entre eux.

– Tu… tu…

Elle reprit son souffle et il la regarda du coin de l'œil.

– Tu bégaies ou quoi ?

Elle eut l'air blessée, et cette fois, il eut honte. Son expression lui indiqua qu'il avait touché un point sensible.

– Oui, abruti ! Je bégaie quand je suis stressée. Ou en colère.

Elle fronça les sourcils et croisa les bras, puis sembla se souvenir qu'elle tenait une bouteille. Elle but au goulot et le fusilla du regard.

Bran arqua un sourcil. Elle voulait se saouler ? Pas de problème. Elle trimballerait seule son cul d'ivrogne jusqu'au sable une fois descendue du bateau. Ce n'était pas une cliente de l'hôtel. Il n'était pas obligé de lui accorder un traitement de faveur.

Normalement, il n'enlèverait pas son t-shirt devant quelqu'un comme Ireland. Il ne voulait pas donner une fausse idée à une femme. Mais là, il était impossible qu'elle le drague encore. Il l'avait vraiment mise en rogne. Il ne voulait pas se moquer de son bégaiement, mais au moins, elle n'essaierait pas de flirter avec lui.

Convaincu qu'elle ne tenterait plus de manœuvre de séduction, Bran enleva son t-shirt pour avoir moins chaud.

Il s'enfonça dans le siège en face du carré utilisé par Ireland, baissa la visière de sa casquette et ferma les yeux. Autant ne pas être tenté de la mater pendant qu'elle mangeait un morceau et picolait.

Des bruits de froissement d'emballages parvinrent de son côté du pont. Il les ignora.

Puis il entendit un glouglou comme si elle descendait la fin de sa bière. Suivi du bruit sourd d'une bouteille qu'on pose, supposa-t-il, sur l'une des petites tables escamotables du carré.

Bran se retint de pousser un soupir excédé. Elle allait bientôt se poser et il pourrait faire un petit somme jusqu'à l'heure du départ. Ensuite, il en aurait fini avec cette foutue excursion.

Le bateau pencha légèrement et un grand splash le fit sursauter.

– Iiiii !

Bran releva sa visière et s'assit.

Que signifiait *iii* ?

– Qu'est-ce que tu fous ?

Il ne pouvait pas la voir, et elle ne répondit pas. Bordel de merde.

Bran se leva et regarda par-dessus bord… le plus beau spectacle qu'il ait jamais vu.

Ireland flottait sur le dos, son corps galbé ondulant

légèrement dans l'eau bleu foncé, sa longue chevelure rousse déployée autour d'elle.

Mais elle avait les yeux fermés et claquait des dents. Sa peau semblait plus pâle que la normale.

Sans réfléchir, il enleva ses tongs et plongea. Il remonta à la surface et rejeta la tête en arrière, dégageant l'eau de ses yeux.

Ireland le dévisageait, à la verticale maintenant, en claquant toujours des dents.

— Qu-qu'est-ce que tu fais ?

Cette fois, son bégaiement semblait causé par l'entre-choquement des dents. Ses lèvres viraient au bleu.

— Je vérifie que tu vas bien.

Bran et ses frères étaient habitués à l'eau glacée du lac, mais ils avaient grandi ici.

— Tu t'intéresses à moi maintenant ?

— Pas vraiment, mais je suis tenu de te ramener à terre vivante.

— Salaud !

— Il va falloir que tu me trouves un autre surnom. Celui-là est lassant.

— Arrogant, grossier, borné, porteur de casquette…

— Porteur de casquette ? Tu essaies de m'insulter ou tu décris ma tenue ? Parce que je dois avouer que ce surnom est très loin de me vexer.

Elle racla l'eau du tranchant de la main, et lui envoya une tonne d'eau au visage.

Il se passa la main sur les yeux.

— Tu veux jouer à ça ?

— Tu es méchant avec moi depuis le début, espèce d'abruti borné!

— Oh, attends, j'aime bien ce surnom. J'y suis habitué, mes frères m'appellent comme ça.

Elle faillit s'étrangler.

– Es-tu en train de me comparer à tes frères ? Je suis peut-être grande et maladroite, mais je ne suis pas un homme !

Un quoi ?

C'était un peu limite. Pas la réaction d'Ireland, mais la sienne. Il aurait pu régler ça sur le champ en expliquant ce qu'il avait voulu dire. Que ses frères le traitaient tout le temps d'abruti borné, d'où cette tonalité affectueuse. Mais il n'en fit rien. Non, cela aurait été trop facile.

Et plus prudent.

Il pouvait gérer la vue de son corps voluptueux en bikini ou collé contre le sien après le tangage malencontreux. Mais dès que la jolie fille se mit à l'incendier avec insolence et férocité, il perdit le contrôle.

Putain, le feu intérieur d'Ireland s'accordait à la flamboyance de ses cheveux. Bran la saisit par la taille et l'attira contre lui. Sa bouche atterrit sur la sienne au moment où leurs corps se soudèrent.

Érection instantanée. Folie instantanée.

Il avait perdu la tête. Et son foutu contrôle ne l'avait pas trahi depuis…

Depuis qu'il avait déconné il y a des années.

Bran se recula d'un centimètre.

– C'est ce que tu veux ? souffla-t-il, ses lèvres frôlant les siennes.

Il aurait dû s'arrêter là et s'éloigner à la nage, mais son corps était pressé contre le sien, et il ne trouva pas la force. Sauf si elle répondait non. Il s'arrêterait alors. Ça lui coûterait, mais il se plierait à sa volonté. Seulement, elle ne le repoussait pas.

Ses yeux verts étaient à moitié clos. Bon sang, elle était magnifique. La plus belle femme qu'il ait jamais vue.

Il l'embrassa encore. C'est lui qui était puni cette fois parce qu'elle avait des lèvres douces, un goût acidulé, et qu'il ne pouvait pas s'arrêter de l'embrasser. D'autant qu'elle ne le repoussait toujours pas.

Ireland passa les doigts dans ses cheveux et il la plaqua contre lui.

Il soutint l'arrière de sa tête d'une main et enroula la langue autour de la sienne, son autre main lui palpant les fesses.

Elle gémit.

Ses petits soupirs de plaisir auraient dû l'extirper de sa folie. Merde, la perte absolue de contrôle aurait dû le ramener à lui. Mais elle avait un goût incroyable. Son corps était encore meilleur. Et il avait déjà compris qu'il était perdu.

Bran dut être trop entreprenant en lui pétrissant les fesses. La serrer d'un peu trop près. Parce que son érection frotta contre son ventre et c'est là qu'elle se raidit.

Ireland le repoussa.

– Qu'est-ce qui te prend ?

– Je suis désolé…

D'avoir frotté ma trique contre ta peau douce ?

D'avoir envie de pénétrer ce coin de paradis féminin ?

Merde.

– Tu m'as *embrassée*.

Elle lui tourna le dos et nagea vers le bateau.

C'était ce qui la dérangeait ? Leur baiser était la chose la plus innocente qu'il avait faite dans les soixante dernières secondes. Fourrer sa langue dans sa bouche était assurément sa pensée la plus sage.

Elle ajusta son haut de bikini et s'agrippa à l'échelle du bateau.

– Tu te comportes comme un vrai connard avec moi, grommela-t-elle en grimpant. Tu es grossier. Tu m'humilies devant tes frères et mes amis… puis tu m'embrasses quand il n'y a personne. Oh, mais seulement après m'avoir insultée.

Okay, elle marquait un point.

Il nagea jusqu'à l'échelle et ne leva pas les yeux pour la mater quand elle monta à bord.

D'accord. Il mata. À s'en décoller la rétine.

Bran ferma les yeux et grimpa à bord, puis il ramassa son t-shirt.

– Je te ramène à terre.

Elle saisit sa serviette et s'enroula dedans sans le regarder.

Cette froideur glaciale tombait à pic pour gérer la crise, car *c'était* une crise. Il avait passé trop de temps avec Ireland aujourd'hui. Trop de proximité — tout ça à cause de cet enfoiré de Hunt et de son rhume.

Bran ne perdait jamais le contrôle. Il y a des années, il avait érigé un rempart mental contre les femmes qui l'attiraient. C'était un mec bien aujourd'hui. Il s'était entraîné à le devenir.

Ireland était différente. C'était une femme adulte, et intelligente en plus. Mais Bran était tellement habitué à se discipliner que même si son corps ne voulait pas obéir, son cerveau endurci ne laissait pas la situation déraper.

Jusqu'à aujourd'hui. Ireland était la première femme en dix ans qui lui avait fait complètement perdre la tête.

Bran ne pouvait pas laisser cela se reproduire. Il devait prendre des mesures de précaution. Il ne savait pas encore quelles seraient ces mesures, mais il allait en trouver et les appliquer comme un beau diable.

Il fouilla dans la grande glacière sur mesure du bateau, et récupéra des crackers et du fromage préparés par le restaurant. Il prit également une autre Corona.

Il n'avait pas l'habitude de fréquenter des femmes fougueuses. La plupart des filles le laissaient prendre l'initiative, imprimer le rythme. Alors que devait-il faire maintenant ?

Dire des mots gentils pourrait aider à calmer le feu, mais il était rouillé côté compliments, alors ça n'aiderait pas. Préparer une collation en guise d'offrande de paix était une autre solution. D'autant que le fait d'être piégé sur un bateau ne lui permettait pas de prendre ses jambes à son cou.

Va pour la bouffe et la bière.

Ireland jeta un regard noir au plateau qu'il lui tendait.

Il méritait ce regard.

Mais ensuite, elle prit un canapé et mangea en silence tandis qu'il levait l'ancre pour rentrer au club.

Bran s'enfonça dans le siège du pilote, un pincement douloureux dans la poitrine. Il se frappa plusieurs fois le torse et se racla la gorge.

Tout allait bien se passer. Il déposerait Ireland sur le ponton, s'excuserait – pour le baiser, pas pour le frottage de queue –, puis resterait le plus loin possible d'elle. Pour de bon.

Chapitre Quatre

Il… grrr ! Bran était odieux, carrément odieux !

Ireland était tellement furieuse qu'elle ne voyait pas clair, autrement dit, elle ne voyait rien du tout, car ses lunettes étaient dans son sac. Elle se frotta les yeux pour éliminer la pellicule humide qui s'était formée en raison de son exaspération, et fourra un canapé au fromage dans sa bouche tandis que Bran ramenait le bateau au Club Tahoe.

Il avait été odieux avec elle — puis il l'avait embrassée. Et pas n'importe quel baiser. Un baiser à vous faire chavirer l'utérus, et donner envie à votre bas de bikini de se faire la malle.

Bran ne s'était jamais intéressé à elle. Et maintenant, il lui donnait le baiser le plus sensuel de sa vie ?

Elle avait envie de l'étrangler.

Non, mais *non*. Elle en avait marre des salauds. Comment faisait-elle pour se fourrer dans ces situations ?

Ce foutu sillage de hors-bord. Tout allait bien jusqu'à ce que cette énorme vague frappe la coque et la projette contre Bran.

Il était grand, solide et dur comme du béton. Elle avait bien tenté de se désincarcérer de son corps, mais avec tous ces muscles et bras puissants, elle avait peut-être effectivement un peu pris son temps. Qu'avait-il fait alors ?

Il l'avait insultée. S'était moqué d'elle. Et quand elle avait enfin réussi à retrouver sa sérénité, même si c'était dans l'eau glacée du lac, il avait plongé et conclu ses insultes par le baiser le plus renversant de sa vie.

Bran. Était. Le. Mal. Incarné.

Ireland remit sa chemise par-dessus son maillot de bain et enfila son short blanc. Elle ramassa ses affaires, prête à sauter du bateau dès qu'ils accosteraient au ponton du Club Tahoe. Elle sortit même ses lunettes du sac et les chaussa pour pouvoir s'enfuir fissa sans trébucher ni se tuer.

Bran la verrait avec ses lunettes, et alors ? Elle n'avait plus besoin d'impressionner ce mec. Même s'il l'avait embrassée et pelotée, il pensait le plus grand mal d'elle. Et elle en avait soupé des hommes qui la traitaient comme de la merde. Quel genre de taré embrassait une femme qui ne lui plaisait pas ? Bran était illogique, raison suffisante pour le chasser de sa vie.

Bran approcha le bateau du ponton et Ireland se prépara à sauter.

– Attends, dit-il.

Il jeta des pare-battages par-dessus bord d'un côté de la coque, puis amarra le bateau à quai.

Elle croisa les bras et tapa avec impatience du pied, refusant de le regarder.

Sentant ses yeux la transpercer, elle lui jeta un regard irrité.

– Je peux descendre maintenant ?

Il la dévisagea avec stupéfaction.

– Tu portes des lunettes ?

— Oui, je porte des lunettes. Tu as un problème avec ça aussi ? Parce que…

La plupart du temps, Ireland était un être passif.

Mais elle était capable de libérer l'agressivité furieuse qu'on attribuait à l'engeance des rousses. Et Bran avait le don de la faire jaillir en elle. Elle était sur le point de déverser un torrent d'injures jamais vu de mémoire d'homme, quand il lui coupa les pattes.

— Tu es jolie avec des lunettes.

Ses lèvres s'ouvrirent et elle cligna des yeux. Elle ferma la bouche et marmonna un vague au revoir.

Elle allait descendre du bateau quand Bran sauta sur le ponton et lui offrit sa main.

Elle la prit immédiatement, parce que mince, elle appréciait qu'un homme soit galant. Mais elle lâcha sa grande paume dès qu'elle fut à terre, et marcha à toute vitesse dans le sable jusqu'à l'entrée donnant à l'arrière de l'hôtel-casino. Elle avait hâte de se barrer du Club Tahoe et de retrouver l'univers paisible et contemplatif de son écran d'ordinateur.

Certes, elle avait besoin d'aventure, et elle était tout à fait ouverte à cette idée, mais elle n'avait pas besoin de Bran dans sa vie.

———

IRELAND BUVAIT un chai latte en se rendant à son travail au Blue Casino ce lundi matin. Elle avait réussi à éviter les questions de Cali la veille sur la *croisière alcool'eau* en disant qu'elle avait la gueule de bois et qu'elle lui raconterait plus tard. Mais Ireland ne pourrait pas esquiver éternellement l'interrogatoire de son opiniâtre cousine.

D'un côté, Cali serait ravie qu'Ireland ait exploré un peu les ressources en *capital humain* du lac Tahoe. D'un autre, la relation entre Ireland et Bran étant un fiasco total, cela ne ferait qu'inciter Cali à l'obliger à sortir pour effacer ce mauvais souvenir. Elle savait comment fonctionnait l'esprit de sa cousine. C'était une machine à marier qui n'abandonnait jamais.

Ireland était en avance, aussi elle fit un détour par le bureau de Hayden pour la saluer. Hayden Cade avait épousé Adam, un frère de Bran, mais Ireland ne lui en tenait pas rigueur. Adam était un homme agréable, *lui*, et elles étaient devenues amies depuis que Cali l'avait aidée à décrocher un poste au Blue Casino.

Ireland s'arrêta devant la porte ouverte du bureau de Hayden.

– Toc-toc, dit-elle. Je te dérange ?

Hayden se frottait les tempes, les coudes posés sur son bureau. Elle leva les yeux et grimaça comme si elle souffrait.

– Entre.

Ireland s'avança dans le bureau et fronça les sourcils.

– Ça va ?

– Je suis sortie boire un verre avec Adam et ses frangins hier soir et j'ai un peu abusé. Si seulement il existait des pilules pour dissiper la brume cérébrale et les coups de marteau sur le crâne.

Ireland s'assit en face de son amie.

– Tu gagnerais des millions sur les campus avec une telle invention.

Hayden sourit.

– Ou avec les frères Cade. Ils étaient en grande forme. Et plus étonnant encore, c'est Bran qui menait la danse. Je ne l'ai jamais vu comme ça.

Le dos d'Ireland se raidit.

– C'est bizarre. Bran semble pourtant le plus sage des cinq.

Bran était toujours réservé les rares fois où elle s'était trouvée en leur compagnie, mais l'excursion avait prouvé qu'il n'était pas si sage. Ou agréable. Mais par moments – seulement par moments –, il pouvait être agréable. *Avec ses lèvres et ses mains.* Et son corps ne lui avait toujours pas pardonné.

Hayden écarta les mains de ses tempes.

– Il a enchaîné les shots. Je te jure, on aurait dit qu'il essayait d'exorciser un démon avec tout cet alcool.

Ireland se tortilla sur son siège, incapable de regarder Hayden dans les yeux. Elle évitait Cali alors qu'en réalité, elle aurait dû éviter Hayden.

– Ça ne va pas ? demanda cette dernière.

Ireland se força à sourire.

– Non, tout va bien.

– Comment s'est passée l'excursion ? J'ai oublié de demander à Hunt. Il s'est bien occupé de Cali et toi ?

Zut. Ireland avait l'honnêteté dans le sang. Elle était incapable de mentir à son amie. Mais inutile de donner plus de détails que nécessaire.

– Pas tout à fait. Hunt était malade. C'est Bran qui l'a remplacé.

Hayden pencha la tête sur le côté.

– Intéressant. Hunt reniflait un peu, mais ça ne l'a pas empêché de se remplir les boyaux d'alcool hier soir. (Ses yeux s'écarquillèrent.) Voilà sans doute pourquoi Bran était si irritable. Il n'est pas du genre extraverti. Ça a dû le rendre fou de devoir divertir tous ces touristes.

Mal à l'aise, Ireland gigota. Hayden fronça les sourcils.

– Vous étiez combien à bord ?

– Eh bien, c'est le problème. Bran n'avait personne d'autre à divertir. Il n'y avait que moi.

Hayden arqua un sourcil. Puis elle se leva, traversa le bureau et ferma la porte.

– Oh, tu dois absolument me raconter.

Merde.

– Je ferais mieux d'y aller. Je ne veux pas être en retard au travail.

– Pas question.

Hayden se rassit et tapa un texto sur son téléphone.

– Tu ne partiras pas tant que je n'aurai pas entendu cette histoire. Je viens d'informer ton boss que tu es en « réunion » avec moi et que tu auras quelques minutes de retard.

Hayden reposa son téléphone et se pencha sur le bureau.

– Alors, que s'est-il passé ? De toute évidence, il s'est passé un truc. Bran était déchaîné hier soir, ça ne lui ressemble pas. Il évitait le regard des femmes comme d'habitude, mais il a bu comme un trou en nous poussant tous à picoler. On l'a suivi parce que c'était le seul moyen de savoir ce qui se passait. Mais il n'a pas craqué. Au lieu de me détruire le foie, j'aurais dû venir te voir et m'épargner le casque à boulons de ce matin.

– Il n'y a rien à raconter. Bran ne m'aime pas. Il a toujours été froid avec moi. Et ce n'était pas différent pendant l'excursion. La plupart du temps.

– La plupart du temps ? Et pourquoi il ne t'aimerait pas ? Tu es ma nouvelle collaboratrice préférée. C'est quoi son problème ?

– Je suis ta *seule* nouvelle collaboratrice.

– C'est un détail, dit Hayden en chassant sa remarque de la main.

– Je t'ai dit, c'était comme d'habitude. J'ai trébuché. Bien que cette fois, ce n'était pas à cause de ma myopie…

Ireland mettait ses lunettes au travail, aussi ce n'était pas un scoop pour Hayden et les employés du Blue qu'elle était myope. Elle redressa les épaules et poursuivit son récit.

— Un stupide sillage a fait tanguer le bateau. Puis Bran m'a reproché d'être tombée sur lui et de m'être accrochée à lui trop longtemps.

Hayden lui fit un sourire malicieux.

— Tu t'es accrochée trop longtemps ?

— À ton avis ?

— Je pense que oui.

Ireland haussa les épaules.

— C'est Bran Cade. Naturellement, je l'ai collé trop longtemps. Mais ce n'était pas une raison pour être méchant. Après qu'il ait fait son gros con, j'ai plongé pour lui échapper. Mais ce fichu lac est glacial. Bran m'a hélée, mais j'étais en mode hypothermie et je ne pouvais pas parler. Alors il a sauté dans l'eau, cet abruti, et gâché mon moment de tranquillité.

— L'horreur, sourit Hayden. Et puis ?

— Et puis…

Hayden se pencha en avant.

— Oui ?

— Il m'a embrassée.

Mince, pourquoi Ireland ne pouvait-elle pas mentir comme un être humain normal ?

Hayden abattit sa paume sur le bureau.

— Non ! Bran ?

Ireland se dévissa le cou, craignant que quelqu'un fasse irruption dans le bureau.

— Chut ! Parle moins fort ! chuchota-t-elle d'un ton dramatique. Ce baiser ne m'a rien fait.

Ireland sentit la chaleur lui monter au visage.

— Bien sûr, ricana Hayden. Rien du tout, je le vois. C'était bon, hein ?

Ireland se mordit l'intérieur de la lèvre.

– Malheureusement. Alors bien sûr, je l'ai repoussé. Enfin, après qu'il…

– Tu l'as repoussé ? Tu es cinglée ou quoi ? Pourquoi tu as fait ça ?

– Parce que. Il m'a plaquée contre son… corps.

Hayden plissa les yeux.

– Je veux des détails.

Ireland désigna d'un geste la zone génitale.

– J'y crois pas ! Le moine s'est frotté contre toi ?

Ireland grimaça.

– Un peu… Et c'était super sexy. C'est comme ça que j'ai compris que j'étais dans de beaux draps, ajouta-t-elle en se grattant la joue. J'avais envie de lui sauter dessus – *l'enfoiré* –, alors je l'ai repoussé. Je ne couche pas avec des sales types. Du moins, plus maintenant.

Hayden secoua la tête.

– Merde alors, Ireland. C'est *toi*.

– Moi quoi ?

– Tu es celle qui va défroquer le moine ! C'est un robot, il ne sort jamais, sauf avec ses frères. Adam est à deux doigts de l'emmener voir un médecin. Mais Bran t'a *embrassée*, et il était excité. C'est chaud !

– Chut ! Je me fiche de ses problèmes. Je ne suis pas *l'élue*. Je ne veux rien avoir à faire avec ce mec.

– Mouais…

Hayden se tapota le menton.

– Qu'est-ce que tu insinues ?

– Oh, rien, dit Hayden en vérifiant son téléphone. Tu ferais mieux d'y aller ou ton chef va m'appeler et me reprocher de te faire perdre du temps.

Ireland se leva, hésitante.

– D'accord, mais tu me promets de garder ça pour toi ?

Hayden sourit.

– Motus et bouche cousue.

Alors pourquoi Ireland était-elle inquiète ?

Chapitre Cinq

Bran tambourinait des doigts sur la table d'angle à l'intérieur du Prime, la brasserie du Club Tahoe. Que fichait ce technicien, bon sang ?

Finalement, l'expert technique (un certain James) franchit la porte et Bran bondit sur ses pieds. Il rejoignit le gars en trois enjambées.

– Merci d'être venu. Je ne sais pas exactement les infos qu'on vous a données, mais on a un problème critique avec notre nouveau système de commande en ligne. J'espère que vous pourrez le refaire fonctionner d'ici ce soir.

James installa son portable sur une table au fond de la salle.

– Voyons voir ça. Je suis sûr que c'est une simple mise à jour logicielle. Ce sont des choses qui arrivent.

Bran eut envie de répondre qu'il espérait vraiment, putain, vu que c'était un système hyper récent, mais il tint sa langue.

– On a reçu quarante commandes incorrectes dans la dernière demi-heure. Mauvais plat, mauvaise adresse et j'en passe.

Bran se passa la main dans les cheveux. Il avait un mauvais feeling sur le dysfonctionnement du logiciel.

– Nous n'avons que des restaurants haut de gamme au Club Tahoe, notamment la brasserie. On ne peut pas se permettre ce genre de bévue.

James lui sourit d'un air rassurant, mais au lieu d'être rassuré, Bran sentit sa nuque le picoter.

– Je vais arranger ça en un rien de temps.

C'était les mots qu'il voulait entendre, mais quelque chose clochait. James était propre sur lui, il portait une chemise à col sous une veste en cuir. Il n'avait pas l'air d'un technicien, mais plutôt d'un requin de la finance, et c'est peut-être ce qui désarçonnait Bran.

– J'aimerais que vous désactiviez le système jusqu'à ce que le problème soit résolu, dit Bran. Je ne veux pas risquer d'entacher la réputation du Prime.

Il avait offert un repas gratuit aux clients ayant reçu une commande erronée, mais il n'aimait pas l'image désastreuse que le club avait laissée cet après-midi. Sans parler du coût du dédommagement des quarante commandes erronées.

Avant que Bran ne prenne la direction des restaurants du Club Tahoe, il gérait une auberge familiale en ville. C'était une adresse locale très populaire et pas chic pour deux sous. Et pourtant, il se retrouvait aujourd'hui à la tête non seulement de l'un des meilleurs restaurants de la ville, mais de trois autres établissements. Ses frères lui faisaient confiance. Ils comptaient sur lui. Il ne voulait pas les décevoir ni faire couler les restaurants à cause d'un système hi-tech de commande défectueux acheté sur son insistance.

James jeta un coup d'œil à son téléphone.

– Vous me donnez trente minutes ?

Il était quinze heures et les restaurants étaient entre deux services.

– D'accord. Mais si ce n'est pas réparé dans les trente prochaines minutes, désactivez-le.

———

JAMES, l'informaticien de Tech Banquet, ne répara pas le logiciel de prise de commande en trente minutes. Pas plus qu'il ne l'avait réparé deux jours plus tard. Et maintenant, les tablettes de table fonctionnaient mal aussi. Bran était sur le point de péter les plombs.

Il arpentait nerveusement le bureau de Levi.

– Je suis désolé, Levi. J'ai merdé.

Levi et Emily, assis devant le bureau, l'observaient.

– Tu n'as pas merdé, dit Levi. On a fait des recherches. L'entreprise que tu as choisie est sérieuse. Son devis était inférieur à celui de certains de ses concurrents, mais ce n'est pas toujours un gage de qualité. Qu'en dis-tu ? demanda-t-il à Emily.

– Je suis d'accord. J'ai vérifié l'historique de l'entreprise. Rien n'indiquait qu'on aurait les problèmes qu'on rencontre aujourd'hui. Bran, vont-ils envoyer un nouveau technicien ?

– On est l'un de leurs plus gros clients, dit Bran. Le type qu'ils ont envoyé *est* l'expert. Mais il ne travaille pas assez vite. J'ai laissé partir dix serveurs et engagé plus de chefs quand le service a été ouvert, anticipant une augmentation de plats préparés et une diminution du personnel en salle. Mais là, on est revenus à la prise de commande par téléphone, ce qui prend beaucoup plus de temps à mon équipe. Les responsables et moi, on se tape des journées de quatorze heures pour remplacer le personnel que j'ai laissé partir. Je ne peux pas continuer à leur demander cela.

– Compris, dit Levi. Laissons quelques jours de plus à ce type. Engage du personnel si tu as besoin.

Bran les salua d'un signe de tête, et rejoignit son bureau au Prime. Levi et Emily le soutenaient ; c'était Bran qui flippait à mort. Ses doutes initiaux sur James de Tech Banquet ne faisaient que se renforcer. Bran devait faire quelque chose, et vite.

Seulement, il ne savait pas quoi.

Chapitre Six

Bran descendit de son pick-up Ford Super Duty et traversa le jardin de Jaeg pour se rendre dans l'atelier situé sur le côté de la maison de son ami. Jaeg était connu pour ses paysages incrustés dans les veines des panneaux en bois qu'il utilisait. Artiste apprécié au lac Tahoe, sa notoriété s'était accrue à mesure que les magazines et de nouveaux points de vente présentaient son travail.

Cali avait contribué à l'essor de son entreprise. Artiste également, elle avait créé les dessins originaux de certaines des œuvres les plus populaires de Jaeg ; leurs talents réunis fonctionnaient à plein régime. Bran venait prendre des nouvelles de la commande que le Club Tahoe avait passé pour le Prime.

Il guetta le bruit des machines à l'approche de l'atelier. En général, quand les machines tournaient, Bran et ses frères entraient. Elles faisaient un tel vacarme que Jaeg ne les entendait pas arriver. Mais comme aucun bruit ne lui parvenait de l'atelier, il frappa avant de pousser la porte.

Jaeg était à l'autre bout de la pièce, penché sur une table à hauteur de taille.

Il releva ses lunettes de protection et se retourna en entendant Bran entrer.

– Salut, vieux. Merci d'être venu. Elle a encore besoin d'être travaillée, dit-il en étudiant l'œuvre sur la table, mais je veux ton avis avant d'apporter la touche finale.

Bran était débordé par ses obligations professionnelles, mais c'était un rendez-vous qu'il attendait avec impatience. Il ne doutait pas que l'œuvre que Cali et Jaeg avaient créée pour le restaurant serait fantastique.

– Pas de problème. Levi est impatient de voir ce que tu as fait, et moi aussi. Merci d'avoir accepté la commande malgré ton planning chargé.

– Ça me fait plaisir. C'est plus facile maintenant que Cali dessine les motifs. Il me faut une semaine pour réaliser un dessin qu'elle peut faire en un après-midi. Et en plus, ses fichues créations cartonnent.

– On dirait que tu as choisi la fiancée idéale pour ton métier.

Jaeg éclata de rire.

– Je serais tombé amoureux d'elle si elle avait travaillé dans un fast-food. Mais le fait qu'elle soit douée n'enlève rien à son charme.

Bran jeta un coup d'œil par-dessus l'épaule de Jaeg.

– Bon, ne me fais pas languir. Montre-moi ce chef-d'œuvre.

Jaeg redressa le panneau en bois d'un mètre cinquante sur deux, et les yeux de Bran s'écarquillèrent.

– Putain, c'est notre complexe touristique ?

– Par les yeux de l'artiste, ouais. Cali voit les choses à sa façon, c'est pourquoi ses dessins sont incroyables. Elle a un œil de tueuse.

Bran se passa la main sur la bouche.

– C'est incroyable. Bien que pas tout à fait exact, je remarque qu'elle a fait abstraction du parking.

Jaeg pouffa.

– Licence artistique.

Le dessin était réaliste sans l'être. Un millier de formes complexes créait une représentation tridimensionnelle chaleureuse et accueillante du club, avec le lac qui apparaissait à travers les pins. Et conformément à la technique de Jaeg, les veines du bois s'incorporaient au tracé du dessin.

– C'est du chêne ?

Jaeg opina.

– Du chêne blanc.

Bran secoua lentement la tête, la poitrine serrée. Depuis la mort de leur père, l'atmosphère du Club Tahoe avait changé. Bran n'arrivait pas à définir précisément ce qui était différent, mais c'était bien là. Et Cali l'avait capté. Le club vibrait d'une nouvelle énergie. Quelque chose rempli – *bon sang* – d'espoir.

Bran et ses frères avaient des sentiments mitigés vis-à-vis du Club Tahoe. Leur père avait passé tout son temps libre à assurer la réussite de ce luxueux complexe hôtelier au lieu d'élever ses fils. L'appel du devoir avait été douloureux quand il était mort en laissant Bran et ses frères à la tête de l'établissement.

Ils auraient pu se défiler. Vendre le Club Tahoe, ou engager un nouveau directeur. Au lieu de cela, ils avaient uni leurs efforts.

Pour la première fois, Bran réalisa que garder le Club Tahoe était devenu plus qu'une obligation. C'était un contrat moral entre eux, même s'ils n'admettraient jamais de l'avoir fait les uns pour les autres.

Leur relation tendue avec leur père les avait tous affectés de manière différente. Mais quand Bran regardait l'œuvre créée par Cali et Jaeg, il l'aimait pour quelque chose de plus profond que sa beauté. Il l'aimait, car elle représentait le Club Tahoe actuel, et le lien solide tissé avec ses frères depuis la disparition de leur père.

Bran abattit une lourde main sur l'épaule de Jaeg.

– Merci. C'est… plus que ce à quoi je m'attendais. Peux-tu dire à Cali que mes frères et moi lui sommes très reconnaissants ?

Jaeg reposa le panneau sur la table et le couvrit d'un drap.

– Viens lui dire toi-même. Tu as le temps de boire une bière ?

Le cœur de Bran s'affola. Ireland vivait chez eux, et il y avait de fortes chances qu'elle soit à la maison. Après son moment d'égarement lors de l'excursion sur le lac, il avait prévu de l'éviter totalement. Mais Cali et Jaeg avaient réalisé pour ses frères et lui une œuvre qui venait du cœur. Il ne pouvait pas partir sans remercier Cali.

Il fit un grand sourire à Jaeg.

– J'ai toujours le temps pour une bière.

Ireland resta immobile pendant que Cali lui passait autour du cou ce qu'elle appelait un *porte-verre à vin*, sorte de support fixé à une sangle et reposant sur ses seins. Cali inséra un verre de vin rouge dans l'attirail.

Ireland baissa les yeux.

– Vraiment ?

– Oh que oui, dit Cali en repositionnant le verre bien droit. Attends un peu. Tu vas adorer ce machin.

Elle fit les marionnettes avec ses mains, son propre verre suspendu à un porte-verre amélioré sur lequel elle avait dû coudre des strass, car ce bidule scintillait comme un costume de *Danse avec les stars*.

– Regarde, sans les mains, dit-elle en faisant un clin

d'œil à Cali avant de prendre un cracker sur le comptoir. Note : je n'ai pas eu besoin de poser mon verre pour me servir à manger.

Elle leva son verre au-dessus de son décolleté amplifié Victoria's Secret et avala une gorgée.

– Tu as deux mains, Cali. Tu n'as besoin que d'une pour prendre un cracker.

Cali lui lança un regard agacé.

– *Pas* si tu tiens une assiette.

Ireland éclata de rire et secoua la tête. Impossible d'avoir le dernier mot avec sa cousine. De plus, il était *vraiment laborieux* de boire du vin en tenant une assiette de hors d'œuvres. Cela dit, il n'était pas question qu'Ireland porte ce truc en public. Elle allait en informer Cali quand des voix masculines entrèrent par la fenêtre ouverte.

Des voix familières.

L'enfoiré.

Ireland fit le tour de l'îlot et se baissa. Parce que Bran Cade était sur le point de franchir la porte. Qu'est-ce qu'il fichait ici, bon sang ?

Après l'épisode de l'excursion, elle pensait qu'il maintiendrait une très longue distance entre eux. Mais elle aurait reconnu sa voix rauque et sensuelle entre mille. D'accord, elle attribuait une charge sexuelle à sa voix uniquement parce que des images de ses lèvres brûlantes surgissaient dans son esprit, mais était-ce sa faute ? Non, c'était sa faute à *lui*. Elle avait tenté de s'éloigner de lui en se baignant. C'était lui qui l'avait suivie en sautant dans l'eau.

Les voix devinrent plus fortes et Cali pencha la tête sur le côté.

– Qu'est-ce que tu fais ?

– Chut ! N'est-ce pas évident ? chuchota Ireland. Je me cache.

Avant que Cali ne puisse ajouter un mot, le bruit de la porte les interrompit.

C'était stupide. Et si Bran la voyait se cacher ? Il comprendrait qu'il la troublait, ce qui serait embêtant.

Elle fronça les sourcils. *Mieux vaut ne pas être découverte.*

Ireland étudia la disposition de la cuisine ouverte sur le salon et se demanda si elle pouvait ramper jusqu'au couloir sans se faire repérer.

Impossible.

Cali regarda vers la porte d'entrée.

— Salut, Bran. Comment vas-tu ?

Jaeg fit le tour de l'îlot et embrassa Cali sur la joue. Il leva un sourcil en apercevant Ireland.

Pincée. Pas moyen de s'échapper maintenant.

Ireland se redressa et arrangea sa coiffure.

— Oh, salut. J'étais en train de… euh, faire des squats.

Elle fléchit les genoux, les mains tendues, et se releva lentement.

Le mensonge le plus nul de tous les temps.

Bran jeta un coup d'œil à Jaeg, prit la bière qu'il lui tendait, puis tourna les yeux vers Ireland. Son regard tomba sur le porte-verre.

— Tu fais de la gym… en buvant du vin ?

— Oui, dit-elle en donnant un coup de coude à Cali. Comme tout le monde, non ?

Cali fit un squat.

— On a des porte-verres, dit-elle sans conviction, et Ireland la maudit intérieurement. Tu en veux un pour ta bière, Bran ? C'est super pratique, n'est-ce pas Jaeg ?

Jaeg lui lança un regard perplexe.

— Quoi ? Non.

Il se tourna vers Bran, lui faisant signe de sortir de la cuisine.

– Tu connais les lieux ? Que dirais-tu d'une visite rapide ?

Une fois qu'ils furent partis, Cali fit un clin d'œil à Ireland.

– Jaeg utilise un porte-verre quand on est que tous les deux.

Ireland grimaça.

– Pas de manière grivoise. Pour regarder la télé.

Ireland avait du mal à imaginer Jaeg, ce grand costaud viril, avec un collier porte-verre, mais elle crut Cali sur parole.

– Maintenant, tu vas me dire ce qui se passe, déclara Cali. Les porte-verres ne sont pas si honteux. Pourquoi te cachais-tu ?

Ireland poussa un gros soupir.

– Pour ne pas voir Bran.

– Tu as dit que tu le trouvais mignon à la pizzeria. Il n'est pas aussi cordial que Hunt, mais…

Ireland avala son vin d'un trait, malgré la brûlure.

– Tu es sûre que j'ai dit ça ? Peu importe de toute façon parce que c'est un salaud.

Cali plissa le nez. Puis elle inclina la tête comme si elle réfléchissait intensément.

– Bran ? Je ne l'ai jamais vu sous cet angle, mais il n'a pas intérêt à être salaud avec toi. Tu veux que j'aille lui casser la figure ?

Ireland saisit Cali par les épaules.

– Non, bon sang. Garde tes miches ici. Je me fous de Bran ou de ce qu'il a fait.

Ce n'était pas tout à fait vrai, mais Ireland s'efforçait de s'en persuader.

Cali avait l'air exaspéré.

– Qu'est-ce qu'il a fait ? Dis-le-moi ou j'irai demander.

– Ne commence pas à poser des questions.

Elle croisa les bras.

– Je pourrais si je pense qu'un mec a fait du mal à ma petite cousine.

Ireland se pinça l'arête du nez.

– J'ai vingt-six ans, un an de moins que toi, et je vais régler ça moi-même.

– Mais qu'est-ce que tu dois régler ? Qu'est-ce qui s'est passé, enfin ? Et quand ? Je suis toujours avec toi et je ne vous ai pas vus vous disputer.

– Ce n'était pas la dispute le problème. Enfin, si, mais… Et puis merde. Il m'a embrassée. Voilà, tu es contente ?

Chapitre Sept

Un grand silence s'ensuivit, ce qui affola le cœur d'Ireland. Elle aurait peut-être mieux fait de ne rien dire. Et puis, lentement, un sourire illumina le visage de Cali.

— Pardon ? dit-elle. Il t'a *embrassée* ? Quand a eu lieu ce roulage de pelle ?

Ireland leva les yeux au ciel.

— Tu es ridicule.

Puis elle relata à Cali ce qui s'était passé pendant l'excursion.

— Bien joué, ma belle ! s'exclama Cali. Je n'avais aucune idée que tu fricotais derrière mon dos. J'approuve à deux cent pour cent.

— Comment peux-tu approuver ? Je n'approuve pas *moi-même*.

— C'est parce que tu es rouillée. Les chamailleries sont ce que nous, les dragueuses plus expérimentées, appelons « préliminaires ».

Ireland lui donna un coup d'épaule.

– Tu ne dragues plus, tu es fiancée ! Et je sais ce que sont les préliminaires. Ce n'était pas ça. C'était du genre : je vais t'étrangler, mais d'abord je vais t'embrasser.

Cali la dévisagea comme si elle était longue à la détente.

– *Oui*, aussi connu sous le nom de préliminaires. Peu importe. (Elle fronça les sourcils et se pencha sur le comptoir.) Alors, ça t'a plu, hein ?

Ireland se tortilla.

– Peut-être. Et ça me fout vraiment en rogne. Est-ce que je suis déjà sortie avec un mec gentil ?

– Pas vraiment, non.

– Exactement. Et je refuse de continuer ce schéma malsain. Bran n'est pas gentil. Enfin, il est peut-être gentil avec les autres, mais pas avec moi. Les hommes normaux m'humilient. Je refuse – *refuse* – de recommencer ces conneries avec quelqu'un qui est censé me respecter.

Cali plissa les yeux.

– De quoi tu parles ? Qui sont ces connards qui t'humilient ?

Ireland agita la main.

– Tu sais pourquoi j'ai quitté mon ancien boulot.

– Parce qu'il était chiant comme la pluie et que tu travaillais avec des branleurs.

– Et à cause du harcèlement.

Cali attrapa le bras d'Ireland, la tira vers la table et la fit asseoir sur une chaise.

– Quel harcèlement ? Tu as dit que tu bossais avec des connards. Il n'a jamais été question de harcèlement sexuel de la part de ton patron.

Ireland déglutit.

– Parce que ce n'était pas lui qui me harcelait.

Cali secoua la tête.

– Je ne te suis pas.

– Mon patron ne me harcelait pas… mais les types avec qui je travaillais. Mes subordonnés, marmonna-t-elle.

C'était déjà terrible d'être harassée par un patron, celui qui avait le pouvoir. C'était une forme d'humiliation vicieuse que de subir un harcèlement sexuel de la part de ses subordonnés, ceux censés la respecter. Ireland ne s'était jamais sentie aussi impuissante de toute sa vie.

– Répète. J'ai cru que tu as dit que tes sous-fifres te harcelaient ?

– Ce n'était pas des sous-fifres, c'était des professionnels. Enfin, pas aussi professionnels que je l'aurais souhaité, soupira Ireland en se tordant les mains. Les types sous mes ordres me faisaient des avances déguisées. Ils me touchaient de manière déplacée en feignant prendre des trucs. C'était des salauds et ils ont fait de ma vie professionnelle un enfer.

– Putain de merde !

Ireland regarda vers le couloir où les hommes avaient disparu. Qui sait quand ils allaient revenir ?

– Baisse d'un ton.

– Pourquoi tu n'as rien dit à ton patron ?

Ireland sortit son verre du porte-verre, et le posa sur la table.

– Comment étais-je censée dire à mon patron, *un homme*, que je n'avais aucune autorité sur les types qui travaillaient sous mes ordres ?

– Tu avais peur d'avoir l'air nulle.

– J'étais nulle. J'étais censé les manager, pas quitter mon poste et la ville à cause d'eux.

Ireland baissa la tête et se frotta les tempes.

– J'ai essayé une fois, reprit-elle. De dire à mon boss que l'un des types sous ma responsabilité m'avait mis une main aux fesses. (Elle releva la tête.) Il a botté en touche en me disant de voir ça avec les RH.

— Et ?

— Le DRH a parlé au type ; il a raconté que c'était un accident. Puis la rumeur s'est répandue que j'étais une chieuse et cette réputation ne m'a jamais lâché. À partir de là, tout a empiré. Les types qui travaillaient pour moi ne me touchaient pas, mais quand je leur parlais, ils faisaient semblant de ne pas m'entendre. Quand je rentrais dans une pièce, ils ricanaient. Ils faisaient leur travail, donc je ne pouvais pas aller me plaindre aux RH de leur niveau d'immaturité. On ne les aurait pas suspendus ni virés pour ça. C'était… horrible. Humiliant. Ils ne me respectaient pas. Même pas un minimum. Et je ne les en blâmais pas parce que tu sais comment je suis. Dès qu'on me manque de respect, je ne parle plus. Je passais pour une imbécile, alors que j'étais censée leur donner des directives.

Cali tendit le bras sur la table et lui serra le poignet.

— Tu l'as dit toi-même, ces types étaient des connards. Je savais que tu devais te barrer de cet endroit, mais je n'avais pas réalisé à quel point c'était horrible.

Ireland lui fit un sourire contrit.

— Ça aurait pu être pire. En tout cas, je suis ici maintenant et bien plus heureuse.

— Sauf avec Bran.

— Vous parlez de nous ? demanda Jaeg en entrant au même moment dans la pièce avec Bran.

Cali se leva et disposa sur un plateau les canapés qu'elle avait préparés.

— En fait, c'est Bran qui a fait l'excursion sur le lac l'autre jour, dit-elle à Jaeg.

Ireland lança un regard noir à sa cousine.

Cali la lorgna en haussant les épaules comme pour dire : « il fallait bien que je trouve une explication ».

Bran jeta un coup d'œil à Ireland et son cou s'empourpra. Son regard était brûlant et intime, comme s'il repensait à leur baiser dans l'eau.

– Hunt était malade, alors je l'ai remplacé au pied levé pour quelques heures, expliqua Bran en se frottant le menton. Je ne suis pas le meilleur animateur nautique.

– En fait, tu es un vrai touche-à-tout.

Ireland ne savait pas d'où venait ce commentaire sarcastique. C'était peut-être le fait de réaliser qu'elle en avait marre des types qui la traitaient comme une moins que rien. Quoi qu'il en soit, elle voulait faire savoir à Bran qu'*elle* n'avait pas oublié ce qu'il lui avait fait. *Foutu baiser inoubliable.*

Bran plissa les yeux.

– Hunt a intérêt à trouver un autre remplaçant. Je n'ai pas le temps de faire des tours en bateau. J'ai trop à faire avec les restaurants.

Jaeg prit une poignée de crackers au fromage.

– Levi m'a parlé des nouvelles technos pour la restauration. Comment ça se passe ?

– On a dû désactiver le système de commande en ligne jusqu'à ce que leur prétendu expert informatique trouve pourquoi il fonctionne mal.

– Et ça prend du temps ? demanda Cali, puis elle but son vin à la paille en mangeant des crackers avec Jaeg.

– Trop longtemps, soupira Bran. Et apparemment, ils ont envoyé leur meilleur technicien. Il ne m'impressionne pas. Ça fait des jours, et il essaie toujours de comprendre quel est le problème.

Cali jeta un coup d'œil à Ireland et se mordit la lèvre.

Oh non, elle ne ferait pas ça…

– Tu sais, Bran, déclara Cali. Ireland est un génie de l'informatique.

Les épaules de Bran se raidirent, faisant écho à la panique glaciale qui s'était emparée du corps d'Ireland.

– Non, pas du tout, protesta immédiatement Ireland.

À quoi jouait Cali jouait, bon sang ?

– Ne sois pas modeste, dit cette dernière en souriant. As-tu la moindre idée de la difficulté que j'ai eue à t'obtenir un poste au Blue Casino ?

– Tu m'as dit que tu as reçu une réponse quelques minutes seulement après avoir envoyé mon CV, rétorqua Ireland avant de se réaliser ce qu'elle venait de dire.

– Exactement ! Ils ont vu tes références, et ils t'ont engagée dans la demi-heure parce qu'ils savaient qu'ils étaient tombés sur une perle rare.

Ireland n'aimait pas la tournure que prenait cette discussion.

– Où veux-tu en venir ?

– Tu as tes prêts étudiants à rembourser et Bran a besoin d'aide. Pourquoi ne pas travailler en freelance pour le Club Tahoe et aider Bran avec son petit problème informatique ?

– Pas si petit, grommela Bran.

Il était évident qu'Ireland pouvait solutionner le bug informatique du système de restauration. Elle était experte dans une demi-douzaine de langages de programmation. Le problème était de savoir si elle voulait endurer le calvaire de travailler avec lui.

Bran lui jeta un regard sceptique comme s'il lisait dans ses pensées.

– Merci, mais ça va aller. Je suis sûr que ce type va s'en sortir.

– Non, sérieusement, insista Cali en dépit des regards exaspérés que lui lançait Ireland. Si ça fait plusieurs jours, et que ce type n'a toujours pas compris, il faudra probablement quelques heures à Ireland pour résoudre le problème. Elle est douée à ce point.

Ireland fusilla Cali du regard. Ne lui avait-elle pas fait clairement comprendre qu'elle refusait désormais de travailler pour des connards ? Pourquoi Cali la poussait-elle dans le viseur de Bran ? Oh, Ireland avait parlé du baiser, et Cali avait eu ce regard… comme si elle y voyait une idylle naissante.

Merde.

Bran secoua la tête.

– C'est un logiciel spécialisé. Elle ne pourra pas faire plus que le développeur qui l'a programmé.

Ireland serra les poings. Doutait-il de ses compétences ? Comme les hommes avec qui elle travaillait avant ? Oh, *non putain.*

Au moins l'équipe technique du Blue Casino la respectait. Bien sûr, elle avait dû s'imposer et prouver qu'elle était douée, mais ils n'étaient pas aussi arrogants que les types avec qui elle travaillait chez son précédent employeur. Certes, ça aurait été sympa qu'elle gagne autant chez Blue que dans son ancien job, mais un environnement de travail plaisant était un avantage énorme. L'argument de Cali sur l'argent et les prêts étudiants était donc valable. *Putain.*

– Je peux le faire, dit Ireland les yeux braqués sur Bran.

– Youpi ! s'exclama Cali. C'est réglé. Ireland passera au Club Tahoe cette semaine.

Un muscle de la mâchoire de Bran se contracta.

– Ce n'est pas si simple. Je dois d'abord voir ça avec Levi. Et c'est un logiciel propriétaire. Je doute que l'entreprise accepte l'intervention d'une consultante extérieure.

– Ils accepteront si elle répare le bug, dit Cali. Ireland pourrait signer un de ces… (elle claqua les doigts) machins de non-divulgation — un AND.

Bran enfonça une main dans la poche avant de son

jean — un bleu foncé délavé avec la bonne coupe qui mettait en valeur son fessier musclé et ses cuisses en acier.

Ireland se leva et se posta à côté de Cali, endroit d'où elle ne pouvait pas mater son cul.

— Bran a raison. (Peu importe à quel point elle voulait prouver à Bran qu'il avait tort, l'affolement de son cœur lui disait qu'il n'était pas sage de passer du temps en sa compagnie.) Et je doute de pouvoir trouver le temps avec mon planning de travail.

Cali leva les yeux au ciel.

— Tu bosses quarante heures par semaine. C'est, genre, la moitié de ce que tu travaillais avant. Et ce n'est pas comme si tu sortais beaucoup…

Ireland pinça sournoisement sa cousine, et Cali se racla la gorge.

— Je voulais dire, corrigea-t-elle en souriant, ce n'est pas comme si tu n'avais pas de *temps libre*. Mais tu devras sans doute ralentir le rythme de tes marathons télé devant *Total Rénovation*.

Ireland ferma les yeux. Cette conversation allait-elle finir un jour ?

— Cali !

— Je plaisante, s'esclaffa Cali. Mais tu as le temps, reconnais-le.

Bran afficha un petit air satisfait. Était-ce si évident qu'elle ne voulait pas travailler pour lui ?

Ireland redressa les épaules.

— Tu sais quoi ? Tu as raison, Cali. Je peux ajouter le Club Tahoe à mon emploi du temps.

Prends ça, Bran Cade ! Il pensait avoir gagné ? Pas cette fois.

Bran fronça les sourcils.

— Je dois encore vérifier avec la société informatique.

Cali balaya sa remarque de la main.

— Envoie-leur le CV d'Ireland. Ils l'engageront.

Ireland avait besoin de ce revenu supplémentaire et c'était une piste sérieuse pour travailler en freelance. Mais elle avait une autre raison d'accepter la mission. En matière de programmation et d'informatique, Ireland était une tueuse.

Et elle voulait prouver à Bran qu'elle était son égale, une fois pour toutes.

Chapitre Huit

Quand Bran retourna au Club Tahoe, James travaillait toujours sur la panne informatique. Au fond de lui, il espérait trouver le problème miraculeusement réglé en arrivant.

– Des progrès ?

– Quelques-uns, dit James. J'ai juste besoin d'un peu plus de temps.

Mouais, c'est ça.

– Et il n'y a pas quelqu'un d'autre à qui vous pourriez faire appel ?

Bran avait perdu toute confiance en James.

– J'ai conçu le programme. Je le connais par cœur.

Ce qui rendait d'autant plus incompréhensible le fait qu'il ne l'ait pas encore réparé.

Le prétendu « expert techno » recula sur son siège et leva les bras au-dessus de sa tête pour s'étirer. Il était au Prime depuis sept heures du matin, et il était plus de neuf heures du soir.

– En plus, les autres techniciens sont tous pris sur d'autres missions en ce moment. Mais ne vous inquiétez pas, dit James en se penchant sur son ordinateur, je vais réparer ça en un rien de temps. J'y suis presque.

Bran se gratta le cou. Il y avait un truc chez ce type… Ce n'était pas seulement son air de crétin BCBG – agaçant, mais supportable – mais Bran avait également remarqué des écarts dans le revenu total des commandes en ligne depuis la mise en place du système. James avait balayé la question en évoquant les taxes et les fluctuations des taux de change.

Quels taux de change ? On était au lac Tahoe.

Ils ne vendaient pas de plats à emporter en Ouganda.

James affirmait que leur société informatique étant basée en Europe, des variations monétaires se produisaient lors des transactions par carte de crédit. C'était comme lui proposer un vol de Seattle à Los Angeles, en faisant un détour par Chicago. Pourquoi l'argent aurait-il besoin de transiter par l'Europe pour que le Club Tahoe soit payé ?

Si quelqu'un d'autre avait pu réparer le programme, Bran aurait insisté pour que Tech Banquet remplace James. Mais le PDG lui avait confirmé hier que Bran était leur meilleur élément et que les autres étaient tous pris.

Bran quitta le Prime pour se rendre à la réception du Club Tahoe. Il tourna sur la droite et entra dans la zone des bureaux de la direction. Il parcourut un long couloir et s'arrêta devant les doubles portes en acajou du bureau de Levi.

La tête du standardiste était à peine visible derrière une pile de dossiers et une grande plante verte dont les lianes dégoulinaient jusqu'au sol.

– Levi est dans le coin ?

Le standardiste leva les yeux et indiqua le fond du couloir d'un mouvement de la tête.

– Il est avec Emily. Ils travaillent sur un projet.

Bran jeta un coup d'œil vers le bureau d'Emily. Au

moins, la porte était ouverte. D'après ses frères, la porte fermée signifiait que Levi et Emily s'envoyaient en l'air dans son bureau.

Il secoua la tête. Il était heureux que son grand frère bourru ait trouvé la femme de sa vie, mais mince, Bran ne voulait pas tomber accidentellement sur tout ce bonheur.

Même si la porte était ouverte, il toqua.

– Salut ?

Il passa la tête à l'intérieur, et ouvrit plus grand la porte.

Levi se tenait derrière Emily, lui enlaçant la taille, et ils contemplaient un mur de post-it.

Cette scène romantique était la norme depuis que Levi et Emily étaient ensemble, et Bran avait encore du mal à s'y habituer. Levi pouvait être dur et insensible, mais Emily avait adouci ses côtés rugueux. Et il la tripotait en permanence, donc visiblement, il y avait une bonne alchimie entre eux.

Wes appelait Emily la Main de fer, et Bran était du même avis.Force était de constater qu'elle pouvait être aussi douce que le miel, et se battre bec et ongles. Elle avait aidé les fils Cade à assurer la survie du Club Tahoe après le décès de leur père, et rien que pour cela, Bran et ses frères lui étaient reconnaissants.

Levi tourna la tête.

– Tout va bien ? Le problème logiciel est résolu ?

Il baissa les bras et se frotta le visage comme s'il avait fixé le mur trop longtemps.

– Non. Malheureusement. Vous travaillez sur quoi ? demanda-t-il en pointant de la tête Emily qui observait les notes, le menton appuyé sur son poing.

– Le programme pour enfants, répondit Levi. Le grand projet d'Emily connaît une croissance incroyable depuis qu'on l'a lancé.

— N'oublie pas Hunt, corrigea Emily. C'était son idée au départ.

Levi roula des yeux.

— C'est toi qui en as fait un succès commercial.

Emily fronça les sourcils.

— Très bien, Hunt a contribué à ce succès, concéda-t-il en soupirant.

Levi et Hunt avaient surmonté leur mésentente passée, mais Levi avait encore du mal à faire confiance à leur plus jeune frère.

— Organiser un tournoi du PGA Tour sur le golf était une aubaine l'année dernière, grâce à Wes, déclara Levi. Mais on a besoin de revenus pérennes. Le club se maintient et le programme pour enfants se développe bien. On essaie de trouver d'autres idées. Emily, ajouta-t-il en se tournant vers elle, appelle Hunt et dis-lui de rappliquer.

Elle sourit.

— Très bonne idée. Hunt sait vraiment y faire avec les enfants.

— Hunt ?

Bran n'imaginait pas son petit frère expert en pédagogie. C'était lui-même un grand enfant.

Emily s'approcha du mur et repositionna un post-it.

— As-tu déjà vu ton frère avec les mômes du club ? Il est vraiment doué avec les enfants. Et il trouve toujours des idées amusantes.

Bran avait l'esprit occupé par une femme à laquelle il ne voulait pas penser, et la recherche de solutions pour que les restaurants ne siphonnent pas la trésorerie du Club Tahoe.

— Je ne peux pas dire que j'ai fait attention à lui.

Levi leva le menton, l'air préoccupé.

— Qu'est-ce que tu vas faire pour le logiciel du restaurant ?

Bran secoua la tête.

Quand Cali avait évoqué l'idée qu'Ireland apporte son aide, Bran avait paniqué comme un insecte englué dans un papier tue-mouche. Mais ensuite, il avait réfléchi à toutes les conditions préalables pour qu'elle puisse travailler pour eux : l'approbation de Levi, l'accord de Tech Banquet, l'autorisation de son patron pour qu'elle soit consultante en freelance en plus de son emploi au Blue Casino. Cela n'arriverait jamais. Ce qui lui avait permis de se détendre un peu.

Mais maintenant, Bran n'était plus aussi serein. Concernant Ireland, il avait l'impression de se coller au papier tue-mouche bien trop souvent, et peu importait sa volonté de l'éviter. Et si elle était aussi bonne que le disait Cali… il avait absolument besoin d'elle.

Peut-être que si Bran menaçait Tech Banquet de faire intervenir un tiers, ils se bougeraient le cul.

– J'ai rendu visite à Jaeg tout à l'heure. Il m'a montré l'œuvre pour le Prime et elle est sublime.

– J'ai hâte de la voir, dit Levi. Mais qu'est-ce que l'art a à voir avec un logiciel ?

– Cali m'a entendu parler à Jaeg de nos problèmes et m'a suggéré d'engager Ireland comme consultante. C'est soi-disant un gourou de la programmation. Cali a l'air de penser qu'elle est capable de régler le problème.

Levi se frotta la mâchoire.

– Comment Ireland pourrait-elle être meilleure que l'expert envoyé par la boîte ?

Bran haussa les épaules.

Levi interrogea Emily du regard.

– Sans parler du coût de son intervention. Ireland avait une excellente réputation dans les boîtes de tech de Bay Area. D'après Hayden, le Blue Casino a trouvé la perle rare. L'engager est une dépense supplémentaire, mais si elle répare le logiciel rapidement, on s'y retrouvera.

– Je ne pense pas qu'on en arrivera là, dit Bran. J'espère que la menace d'engager quelqu'un d'autre va motiver le PDG de Tech Banquet et le pousser à envoyer un autre technicien.

– La panne informatique nous fait perdre de l'argent tous les jours, souligna Emily. Même si ça coûte quelques milliers de dollars de l'engager, ça les vaut si on peut de nouveau traiter les commandes en ligne.

Cela remua un peu plus le couteau fiché dans la poitrine de Bran. Personne n'avait plus conscience de son échec que lui.

– Engage Ireland, déclara Levi. Fais ce qu'il faut pour que ça remarche. Pour ma part, je considère que Tech Banquet devrait prendre en charge les honoraires d'Ireland.

Levi et Emily avaient raison. Le club avait besoin de quelqu'un avec le bagage d'Ireland. Bran pouvait garder les mains dans ses poches en sa présence. Il avait réussi à tenir les femmes à distance depuis dix ans. Il pouvait faire pareil avec Ireland, même si elle l'attirait terriblement.

Chapitre Neuf

Ireland resserra sa main autour du téléphone.

— Pardon ?

Son patron était sur l'autre ligne, il l'appelait depuis autre casino du groupe.

— Hayden m'a dit que tu as besoin de temps pour du consulting en freelance. Ça ne me pose pas de problème tant que tu fais correctement ton travail au Blue. Ça te convient ?

Il était sérieux ? Il lui demandait si *elle* était d'accord pour un job en freelance ? Mais *quel job* ? Hayden ne pouvait pas être au courant pour le Club Tahoe et Bran. Ireland ne lui avait parlé qu'hier soir.

— O-oui, bien sûr.

Entre-temps, elle découvrirait ce que Hayden manigançait, bon sang.

Il rit.

— Tu es la meilleure fichue programmeuse que j'ai jamais engagée. Il aurait fallu deux personnes pour accomplir le travail que tu as fait depuis ton arrivée. Je vais bientôt pouvoir te donner une augmentation. Pas énorme

– j'ai les mains liées avec le plafonnement du salaire des cadres – mais j'espère que ça sera suffisant pour t'inciter à rester.

Il lui donnait carte blanche pour faire des freelances… et une augmentation ?!

– J'aime travailler au Blue. Je n'ai pas l'intention de partir.

– Ravi de l'entendre. Jusqu'à ce que je puisse t'obtenir cette augmentation, je comprends ton besoin de faire des petits boulots à côté, et j'apprécie que tu me tiennes au courant.

Ireland avait travaillé pour l'une des plateformes de médias sociaux les plus connues au monde. Ils embauchaient des femmes au motif de la parité, mais c'était des conneries. Les femmes n'étaient pas traitées sur un pied d'égalité. Dans la précédente entreprise, elle était méprisée. Mais pas au Blue. Et cela avait plus de poids que le montant du salaire.

– Préviens Hayden des jours où tu partiras plus tôt, poursuivit son boss, et communique ton emploi du temps à ton assistant.

Abasourdie et un peu perdue, Ireland acquiesça. Son nouveau patron était l'homme le plus gentil pour lequel elle avait travaillé.

Elle sauva les lignes du programme qu'elle développait, un nouveau système de surveillance doté d'une intelligence artificielle, et mit fin à sa session de travail.

Elle se leva et se dirigea vers Mark, son assistant. Il portait un casque audio, aussi elle lui tapa doucement sur l'épaule.

Il ôta son casque et leva les yeux.

– Je vais voir Hayden. Envoie-moi un texto s'il y a du nouveau, d'accord ?

– Sans problème. Je suis en train de faire les sauvegardes que tu as demandées. J'aurais terminé d'ici la fin de la journée.

– Oh… très bien, merci.

Mince, elle n'était pas habituée à travailler avec des mecs sympas. Mark avait la trentaine, marié, jeune papa. Il était compétent et respectueux. À l'opposé de ses précédents collaborateurs.

Elle prit le couloir menant au bureau de Hayden, pleine de gratitude pour cet endroit et tout ce qu'il avait fait pour elle ces derniers mois.

Elle tourna au coin, et aperçut Hayden devant la porte de son bureau, souriant aux mots qu'Adam lui chuchotait à l'oreille.

Ireland leva les yeux au ciel. *Ces deux-là.*

Hayden la vit et Ireland articula en silence : *y a des hôtels pour ça.*

Hayden sourit.

– Comment se passe ta journée ?

– Tout allait très bien, dit Ireland, jusqu'à ce que mon patron m'appelle pour m'apprendre que j'ai un job en freelance. De quoi s'agit-il ?

Hayden regarda Adam.

– Je passerai dans ton bureau plus tard pour discuter de la fusion qu'on a évoquée.

Adam sourit de toutes ses dents.

– Je t'attendrai. Salut, Ireland.

Adam partit en roulant des mécaniques, Ireland comme Hayden le matant sans vergogne.

Hayden soupira quand il tourna au bout du couloir. Elle entra dans son bureau, suivie par Ireland.

– Vous n'êtes pas du tout discrets. Une fusion ? Je ne veux même pas savoir à quoi ça fait allusion.

– Tu as l'esprit mal tourné, dit Hayden en souriant.

– Peut-être, admit Ireland.

Vu tous les fantasmes indésirables qu'elle avait à propos de Bran et des plans d'eau, elle était convaincue qu'il avait déclenché quelque chose en elle. Un esprit mal tourné, certainement. N'empêche…

– Depuis combien de temps vous êtes mariés ? Un an ? La lune de miel devrait être terminée depuis longtemps, non ?

Hayden s'assit derrière son bureau.

– Pas vraiment. Tu as vu mon mari. Tu penses que je pourrais dire non à cet homme ?

Bien vu. Ces frères Cade étaient dangereux.

Ireland était en plein conflit au sujet de Bran.

– Et pour ton info, il y a une fusion en cours avec la société qui possède le Blue, et ça n'a rien à voir avec des acrobaties à l'horizontale sur un bureau.

– *C'est cela*, oui. Il y a peut-être une fusion en cours, mais ces messes basses dans le couloir n'étaient pas discrètes ni au sujet d'une fusion.

– On est discrets, se défendit Hayden.

– Oh que non !

– D'accord. On est discrets en public. Tu ne comptes pas parce que tu es une amie.

Ireland leva les mains en l'air.

– N'importe qui d'autre que moi aurait pu arriver dans le couloir.

Hayden lui lança un regard apitoyé.

– Je t'ai repérée à un kilomètre. J'ai des yeux derrière la tête. C'est comme ça que j'ai survécu quand cet endroit était un cloaque.

– Heureusement que la direction a changé avant que j'arrive, dit Ireland. Mon patron est le plus gentil des hommes. Il vient de m'autoriser à faire des freelances. Et ça ne le dérange pas si je pars plus tôt pour ça. Quel genre de patron accepte cela ?

Hayden brassa des papiers.

– Un homme généreux ?

– Mouais… Et tu n'y serais pas pour quelque chose, par hasard ?

Hayden leva les yeux.

– Bien sûr que si. Le Club Tahoe a besoin d'aide avec le logiciel de restauration, alors j'ai proposé tes services.

– Comment savais-tu qu'ils ont besoin d'aide ? Je ne l'ai appris qu'hier soir.

– Cali.

Ireland s'enfonça dans son siège et ronchonna.

– Ma cousine est une vraie pipelette.

– Ta cousine l'a vu comme moi : il y a un truc entre Bran et toi.

– Une envie irrépressible de tuer l'autre ?

Hayden sourit.

– Un crime passionnel, alors…

Ireland fit une grimace.

– Je ne tomberai jamais amoureuse de ce mec. C'est un connard !

– Tu n'arrêtes pas de le dire.

Ireland pinça les lèvres.

– Écoute, Bran n'est pas venu me demander de bosser pour lui.

– Je pensais qu'il l'avait fait hier soir ?

– Hier soir, Cali l'a forcé à accepter de se pencher sur la question.

Hayden haussa les épaules.

– En tout cas, dit-elle en se levant et contournant le bureau, tu as la permission du Blue Casino d'adapter tes horaires en conséquence.

Gagner plus d'argent n'était pas une mauvaise idée.

Mais passer du temps avec Bran…

Ireland leva les yeux et vit Hayden debout près de la porte.

– Pardon, tu dois aller quelque part ?

Hayden fit un clin d'œil.

– Je dois discuter de la fusion.

Ireland secoua la tête.

Fusion, mon cul.

Chapitre Dix

B ran pressa les doigts sur son front en étouffant un juron. Il avait appelé le PDG de Tech Banquet et lui avait expliqué la situation. Il lui avait dit que cela avait été trop long et qu'il fallait faire appel à un consultant extérieur pour résoudre les problèmes de logiciel.

Et le type avait accepté.

Si Bran et ses frères n'avaient pas déjà investi une petite fortune dans la mise à jour, Bran aurait abandonné tout le projet ou trouvé une autre entreprise pour fournir le service. Mais il ne pouvait plus faire marche arrière maintenant.

On lui avait vivement recommandé Ireland. D'après ce que Bran avait entendu dire, elle pourrait travailler pour n'importe quelle entreprise aux États-Unis. C'était une chance qu'elle ait choisi le lac Tahoe pour se rapprocher de sa cousine, ou une malchance terrible selon la façon de voir la situation.

Bran leva la tête et repoussa la feuille qui se trouvait devant lui. Cali avait dérobé le CV d'Ireland et le lui avait envoyé : il était impressionnant. Il n'avait jamais entendu parler de la plupart des langages informatiques qu'elle maîtrisait, mais une chose était sûre : Ireland serait en mesure d'aider le Club Tahoe.

Ce qui signifiait que Bran allait engager Ireland, qu'il le veuille ou non à titre personnel. Enfin, si Ireland était d'accord.

Les seules conditions exigées par le PDG étaient une vérification rapide des antécédents d'Ireland et des formulaires à remplir pour les ressources humaines. Il ne restait donc qu'une dernière chose à faire.

Bran tendit les bras au-dessus de sa tête et tira sur ses doigts entrecroisés, faisant craquer les articulations. Il décrocha son téléphone et composa le numéro indiqué sur le CV.

– Allo ?

Sa gorge se serra. C'était quoi, le truc avec cette fille ? Sa seule voix, douce et suave, faisait réagir son corps.

– Ireland, c'est Bran Cade. Tu as un moment ?

– B-bien sûr.

Le fameux bégaiement. Il la rendait nerveuse. Il se rendait nerveux *lui-même*.

– J'aimerais t'engager pour résoudre les bugs du système de commande qu'on a évoqués l'autre soir. Si ça ne t'intéresse plus…

– Ça m'intéresse, le coupa-t-elle immédiatement, puis elle s'éclaircit la voix. Le Blue Casino m'autorise à avoir des horaires flexibles pour faire du consulting ailleurs.

– Oh. D'accord.

Était-ce normal ?

Bran secoua la tête. Peu importait. Tout ce qui comptait, c'était de réparer le projet désastreux qu'il avait tellement insisté pour mettre en place, pour le bien du complexe hôtelier.

Bran transmit les documents à l'adresse email indiquée

par Ireland. Et vingt-quatre heures plus tard, elle était engagée.

Pour travailler avec Bran. En étroite collaboration. En soirée...

Que Dieu lui vienne en aide.

———

LE LENDEMAIN SOIR, Ireland franchit la porte du Prime, et Bran laissa échapper un long soupir. Elle portait un pantalon noir moulant et un chemisier en soie bleu clair boutonné jusqu'en haut qui ne dévoilait rien. Et pourtant, sa beauté lui coupait le souffle.

Ireland réveillait les instincts les plus primaires chez Bran, qu'elle lui crie dessus ou qu'elle pousse de petits gémissements quand il l'embrassait. Il avait perdu la raison lors de l'excursion, ses mains se baladant – *contre son gré* – sur toutes les courbes généreuses à leur portée.

Jusqu'à ce qu'elle le repousse.

Sage fille.

Il se méfiait de ses réactions en sa présence. Mais le club et ses frères comptaient sur leur étroite collaboration.

Une très mauvaise idée.

Bran traversa le restaurant et s'arrêta près de l'entrée, maintenant une distance de sécurité.

– Tu as trouvé le Prime facilement ?

Le Club Tahoe avait la forme d'un T vu de l'arrière. Les boutiques, les restaurants et le casino occupaient le niveau inférieur, tous cachés de l'entrée épurée de l'hôtel.

– Oui, sans problème, dit-elle d'un ton impatient.

Il la matait. Il devait arrêter de la fixer. Bran cligna des yeux et fit un geste vers le bar.

– Je t'offre à boire avant de commencer ?

Le regard d'Ireland balaya le luxueux plafond en verre

taillé aux accents dorés, comme le bar, qui créait une surface de réflexion digne d'un spectacle féérique.

– De l'eau, s'il te plaît. Cet endroit est splendide.

Bran passa derrière le bar et remplit un verre au pistolet à boisson.

– Mon père était un perfectionniste. Il ne lésinait pas sur les moyens quand il s'agissait du Prime.

Elle plissa le front et le regarda attentivement.

– Je ne pense pas te l'avoir dit, mais je te présente mes condoléances.

Bran serra les poings. Cela faisait plus d'un an que son père était décédé, mais sa colère, sa frustration et son chagrin étaient toujours présents. Il ne s'était pas réconcilié avec son père, et il le regretterait toute sa vie.

– Merci, dit-il en indiquant de la main l'arrière de la salle pour chasser cette pensée. Je vais te montrer où sont installés les ordinateurs dédiés aux commandes en ligne.

Ireland opina et Bran l'accompagna dans un bureau en lui expliquant les problèmes qu'ils avaient rencontrés. Il n'y avait pas de tablettes tactiles sur les tables du Prime étant donné son positionnement haut de gamme, mais il en avait apporté d'un autre restaurant du complexe pour montrer le fonctionnement à Ireland. *Quand* ça fonctionnait.

Ireland secoua la tête.

– C'est un logiciel de base et de l'électronique. Pourquoi la société à laquelle vous l'avez acheté n'a-t-elle pas résolu le problème ?

C'était la pointe des nouvelles technologies de restauration. Enfin, c'était censé l'être.

Bran leva les yeux et vit James entrer dans le restaurant.

– Voilà l'homme à qui tu devrais poser cette question. Peut-être que le programmeur de leur société pourra te l'expliquer, parce que moi, je ne peux pas.

Ireland observa James et se mordit le coin de la lèvre.

– Je travaille mieux seule… mais je comprends qu'ils veuillent que leur informaticien soit présent.

– Ah, c'est un informaticien ? grogna Bran. Pour moi, il ne fait que vider mon stock de cannettes de soda light et discuter en ligne. Mais qu'est-ce que j'en sais ? ajouta-t-il avec un sourire sardonique.

Ireland battit des paupières derrière ses lunettes sexy, puis son regard se posa sur sa bouche.

Le sourire de Bran s'effaça. *Reste concentré.* Elle ne pensait pas à leur baiser — leurs baisers. Il n'y avait que lui pour y songer sans cesse.

Ireland s'éclaircit la voix.

– Je vais réparer la panne, sans problème.

C'était exactement les mots qu'il avait besoin d'entendre, pourtant ce n'était pas ce qui le fascinait. Ses yeux erraient sur ses lèvres charnues. Des lèvres qu'il avait embrassées il y a quelques jours… Et qu'il n'embrasserait plus jamais.

Il serra les dents.

– Je te fais confiance.

C'est en *lui* qu'il n'avait pas confiance.

Ils se dirigèrent vers l'endroit où James avait installé son bureau temporaire. James qui reluquait la poitrine d'Ireland.

Bran inspira pour se calmer. Vicelard de technicien. Décidément, il n'aimait pas ce James. D'accord, il venait lui-même d'admirer les lèvres d'Ireland et d'autres attributs charnels, mais il la respectait.

Ah, il la respectait ?

Putain de logiciel. S'il n'y avait pas eu de problème informatique, Bran n'aurait pas eu besoin de se poser ces questions. Il garderait ses distances avec Ireland et il ne mettrait pas sa volonté à l'épreuve.

Ireland était une jolie fille, et extrêmement sexy avec ses cheveux roux et son corps de rêve. Peu d'hommes seraient capables de détourner le regard de sa plastique. Mais Bran avait envie d'étrangler James. Et il ne pouvait pas dire si c'était parce qu'il détestait ce type ou le fait qu'un mec la reluque. La deuxième raison était plus inquiétante.

– Voici Ireland, notre nouvelle consultante en informatique, dit Bran. Elle va vous aider à résoudre les bugs.

Un tressaillement déforma le sourire de James.

Non. James n'appréciait pas du tout l'intervention d'Ireland. Dommage. Il aurait dû y penser avant de faire perdre du temps au club.

Ireland se mit immédiatement à le questionner sur la nature du problème, et Bran prit un malin plaisir à regarder James se tortiller. Il était tendu, mais il fit une description générale des incidents. Puis ils se mirent à parler de codage Internet et Bran, les yeux dans le vide, perdit le fil.

– Bon, je vous laisse, dit-il en s'éloignant, un poids en moins sur les épaules.

Ce qui était paradoxal. En général, Ireland le *stressait*. Mais la pression qu'elle mettait sur James était extrêmement stimulante et rassurante à la fois.

Bran sourit. Des phrases comme « avez-vous fait ceci » et « qu'en est-il de cela » flottaient dans la salle déserte tandis qu'Ireland interrogeait James. Durant la demi-heure suivante, Bran les écouta discrètement, derrière le bar. Le visage de James avait viré au rouge et il semblait pédaler dans la choucroute pour la suivre. Le spectacle était jouissif.

Ireland avait de bonnes chances de lui sauver les fesses, et c'était une chose à prendre en compte plus tard. Car si elle remettait le système en état de marche, il aurait une dette envers elle.

Et Bran n'avait pas l'habitude de devoir quoi que ce soit aux femmes.

Les femmes avec qui il avait couché n'étaient pas vraiment des coups d'un soir, mais plutôt des sex friends. Et aucune n'avait été vexée quand il avait cessé d'appeler.

Du moins, c'était ce qu'il supposait…

Il fit la moue. S'il y avait une chose dont Bran était sûr, c'était qu'Ireland lui passerait un sacré savon pour lui avoir manqué de respect. Ou peut-être avait-il envie de la contrarier, finalement ?

Merde.

Assez d'introspection. Il jeta le torchon sous le comptoir. Vivement qu'elle ne travaille plus pour le Club Tahoe. Il se posait trop de questions à cause d'elle.

Chapitre Onze

Bran passa la soirée à s'occuper de la paperasse en essayant de ne pas penser à Ireland, assise au fond de la salle.

Deux heures plus tard, James rassembla ses affaires et s'approcha de lui.

– Vous avez progressé ? demanda Bran.

James jeta un regard dans la direction d'Ireland.

– Ça ne va pas le faire. Cette fille est… insupportable.

Bran poussa ses papiers sur le côté. Il croisa les bras, s'efforçant de calmer la rage qui gonflait sa poitrine et ses biceps — avant de commettre un acte irréparable comme zigouiller James.

– Et pour quelle raison ?

– Elle fout en l'air mon code. Retirez-la du projet ou je m'en charge.

Bran pencha la tête sur le côté.

– C'est une menace ? Il me semble me rappeler que vous travaillez pour moi. Et aucun de mes employés ne me menace, ou ne menace les personnes que j'engage.

James lorgna les bras croisés de Bran et sa pomme d'Adam tressauta.

– Je dis juste qu'elle aggrave le problème.

Bran tapota son biceps du doigt. Il n'avait pas confiance en James, mais il garda une expression neutre.

– Ah bon, vous croyez ?

James ouvrit la bouche comme s'il attendait une réponse différente.

– Je le sais.

– Je tiendrai compte de votre avis. Mais que ce soit clair : vous continuerez à travailler avec Ireland.

– Mais…

– Son CV a impressionné votre patron. Avant de la condamner, vous pourriez attendre de voir ce qu'elle peut faire.

James détourna le regard.

– C'est le problème, marmonna-t-il avant d'afficher un sourire conciliant. Je reviens demain matin (il jeta un coup d'œil à Ireland), pour réparer les dégâts.

Bran le regarda partir. Il doutait fort que ce soit James qui trouve la solution. S'il était joueur, il parierait que James *était* le problème.

Bran vérifia l'heure. Presque onze heures du soir. Il jeta un œil en direction d'Ireland. Elle avait relevé ses cheveux en chignon, les mèches rousses ondulées tombant sur son cou laiteux et son front. Elle avait les yeux rivés sur l'écran de l'ordinateur, et tapait plus vite que cela semblait humainement possible.

Il ferma les yeux et respira difficilement. Le combo jolie, intelligente et nerd avait apparemment un effet puissant sur lui, et ça l'énervait carrément.

Il allait continuer la paperasse administrative pendant une petite heure. Puis il insisterait pour qu'Ireland rentre chez elle. Bran avait encore du travail, mais Ireland avait un job à plein temps à honorer demain matin. Il ne voulait pas l'exploiter jusqu'à l'épuisement alors qu'elle lui rendait service — à lui et à ses frères.

En plus, se retrouver seul avec elle tard dans la nuit le tuait à petit feu.

———

Le code de Tech Banquet la rendait folle. Certaines colonnes occupaient des centaines de pages inutiles. Elle aurait pu écrire le même programme, avec toutes les fonctionnalités, en deux fois plus condensé. Elle avait consacré la plupart de ses efforts, ce soir, à essayer de comprendre à quoi servaient les lignes de codes supplémentaires. En plus d'être inopérant, ce qui l'exaspérait.

Avant le départ de James, elle avait évoqué l'inefficacité du code. Et il l'avait rabrouée. « Je commence à douter de tes qualifications, avait-il dit. N'importe qui avec un demi-cerveau comprendrait la raison du process que j'ai mis en place. » Puis il avait tenté de détourner son attention vers une autre partie du programme.

Oh non, bon sang.

Ireland avait besoin de développer sa confiance en elle dans ses relations avec les hommes, mais certainement pas dans ses compétences en programmation.

Elle ne supportait plus de travailler avec des connards comme James. Dieu merci, le Club Tahoe n'était qu'un job temporaire. Côtoyer l'employé de Tech Banquet faisait surgir des flashbacks de son ancien boulot. Sans parler de la présence déstabilisante de Bran.

Chaque fois qu'elle le regardait, elle l'imaginait en train de l'embrasser. Elle était plus que troublée par cet homme et luttait pour garder des échanges purement professionnels.

Finalement, Ireland décida de nettoyer le code sans le réécrire totalement, espérant que les modifications règleraient les bugs. Mais elle était loin d'avoir fini quand elle se rendit compte de l'heure tardive. Avec un peu de chance, elle dormirait quelques heures.

— Tu es encore là ?

Le cœur d'Ireland s'emballa au son de la voix de Bran. Elle leva les yeux vers lui, et elle s'empourpra.

Pourquoi fallait-il que son corps réagisse à sa présence ? Il ne l'intéressait plus après la façon dont il l'avait traitée sur le bateau. Est-ce que, pour une fois, son cerveau et son corps ne pouvaient pas se mettre d'accord ?

— Je suis en train de remballer.

Il fourra une main dans la poche de son jean, frais comme un gardon. Alors qu'elle était prête à parier que ses cheveux ressemblaient à un nid de serpents et que des cernes noirs la défiguraient.

— Comment ça s'est passé ? Tu as résolu le problème ?

Ireland jeta un œil à l'écran de l'ordinateur, se donnant un moment pour répondre. Elle détestait les situations délicates, et c'en était une. Une situation dans laquelle Ireland se trouvait souvent étant donné son métier et les rivalités entre développeurs.

Elle sauvegarda son travail et éteignit le portable.

— C'est difficile à dire. James a écrit le programme, et sincèrement, je ne comprends pas pourquoi il n'arrive pas à résoudre le problème.

— On est deux, alors.

— Il est…

Ireland hésita. Dans son dernier emploi, on l'avait méprisée pour avoir critiqué les compétences professionnelles de ses collègues masculins.

— Il est quoi ? insista Bran.

Elle n'était pas du genre à tourner autour du pot ni à caresser dans le sens du poil. Donc elle n'essaya même pas.

– Il y a un code parasite dans le programme.

Et cela cachait des choses plus graves, du moins elle le soupçonnait. Jusqu'à ce qu'elle découvre quoi exactement, elle ne voulait pas lancer des accusations en l'air.

Bran opina.

– Tu penses que c'est la cause du problème ?

– Peut-être. Je suis en train de nettoyer le code.

– Réécris-le si nécessaire. Remets juste ce truc en marche.

Ireland cligna des yeux.

– Tu veux que je réécrive le programme ?

Il haussa les épaules.

– Tu en es capable ?

– Oh, oui. Ça prendrait du temps… Et, euh, James risque de ne pas apprécier.

Après le départ de l'informaticien, elle avait épuré le code ici et là, mais pas au point de réécrire des sections entières. Ce serait chronophage et cela pourrait déplaire à Tech Banquet. Elle n'avait pas le culot de réécrire un logiciel propriétaire.

– Je me fous de ce que James pense. J'ai acheté un système de commande en ligne coûteux qui ne fonctionne pas. Tu as été engagée pour le réparer avec l'accord de Tech Banquet. Fais ce qu'il faut. (Il se frotta la mâchoire.) Euh, tu devrais peut-être sauvegarder l'original. Et n'aggrave pas le problème, dit-il sèchement.

Elle choisit d'ignorer son ton.

Ireland pressa les doigts sur son front et ferma les yeux.

– Les développeurs ont une certaine éthique ; tu n'imagines pas à quel point réécrire le code de James enfreindrait les règles.

— Je me fous de froisser l'amour-propre de James. Tu ne travailles pas pour lui ; tu travailles pour moi.

Elle leva les yeux, sourcils froncés.

— Pourquoi le fait que tu dises ça me met mal à l'aise ?

Bran se gratta la nuque.

— Excuse-moi… pour l'incident du bateau.

Merde, il allait vraiment parler de ça ?

— Tu veux dire le baiser ?

— Je voulais parler de mes mains. Le baiser était inévitable.

Il fit un petit sourire en coin.

Il flirtait avec elle ? L'enfoiré.

— J'ai aimé les mains, dit-elle, puis son sang ne fit qu'un tour. Ce sont les mots qui sont sortis de ta *bouche* dont j'aurais pu me passer.

— C'est bon à savoir. La prochaine fois, moins de paroles et plus de contact.

La mâchoire d'Ireland se décrocha.

— Qui dit qu'il y aura une prochaine fois ?

— Tu n'as pas dit qu'il n'y en aurait pas.

Ireland mit son sac en bandoulière. Mon Dieu, il était horripilant. Mais bizarrement, elle ne pouvait pas l'enfermer direct dans le donjon des sales types comme elle l'avait fait avec James.

Bien que relativement mignon, James n'avait aucun charme à ses yeux après la façon dont il lui avait parlé et avait mis en doute son intelligence. Bran, pour sa part, était une énigme.

Pendant l'excursion, Bran avait insinué qu'elle le draguait. Puis il avait dit qu'elle ne l'intéressait pas. *Et ensuite*, il s'était comporté comme un parfait salaud et lui avait fait remarquer son bégaiement — un bégaiement qui n'apparaissait que lorsqu'elle était nerveuse. Elle l'avait rangé dans la catégorie des causes perdues, et avait plongé dans l'eau. Mais cet imbécile l'y avait suivie.

Pour s'assurer qu'elle allait bien.

Et pour l'embrasser. De façon très sexy.

Avec des mains baladeuses, sur des *zones* chaudes bouillantes. De délicates zones intimes que nul n'avait jamais échauffées à ce point.

Au moment où Ireland était prête à jeter la clé du donjon, Bran avait renversé le scénario avec ce baiser et accru sa confusion en lui déclarant qu'elle était jolie avec des lunettes — celles qu'elle avait chaussées pour s'enfuir plus vite.

Personne ne lui avait jamais dit qu'elle était jolie avec ses lunettes. Au contraire, un ou deux petits amis avaient insisté pour qu'elle porte des lentilles lorsqu'ils sortaient ensemble.

Il serait plus sûr d'enfermer Bran dans le donjon des sales types et d'en jeter la clé, mais elle n'était pas tout à fait prête. Et maintenant, il flirtait avec elle.

Ça ne l'aidait pas.

— Je ferais mieux d'y aller. Tu le mettras sous clé ? dit-elle en jetant un regard nerveux au portable sur la table.

— Je m'en occupe. Viens, dit-il en s'écartant pour lui laisser la place de sortir, je te raccompagne jusqu'au lobby.

Ireland secoua la tête.

— C'est bon. Je peux me débrouiller.

— Il est tard et il fait nuit. Je ne te laisserai pas marcher seule dans l'allée.

Le Prime était situé à l'arrière du complexe, sous des arcades abritant des boutiques de luxe. Tout était fermé à cette heure, et il faisait nuit. Et surtout, Bran était en mode macho buté. Ireland avait des frères qui passaient dans ce mode plus souvent que désiré ; elle savait combien il était difficile, voire impossible, de faire dévier la gent masculine de ce comportement.

Elle était fatiguée et son cerveau continuait de mouliner les lignes de code qui n'avaient absolument aucun sens. Au lieu de se disputer avec Bran, elle le suivit dehors, et il ferma la porte à clé derrière eux.

– Tu as fini pour ce soir aussi ? demanda-t-elle.

– J'ai encore une ou deux heures de travail.

Cela signifiait qu'il serait là jusqu'à deux heures du matin.

– Quand est-ce que tu dors ?

Il lui fit un sourire moqueur.

– Tu t'intéresses à mes heures de sommeil ?

Ireland fronça les sourcils.

– Laisse tomber. J'avais oublié à qui je parlais.

Il eut l'air blessé une fraction de seconde, puis il dit :

– Je dirige la restauration. Je n'arrive pas aussi tôt que mes frères, mais je quitte tard le boulot.

Elle n'avait aucune raison de s'inquiéter pour sa santé, mais sa réponse la soulagea, bêtement.

Pourquoi devrait-elle se soucier du nombre d'heures de sommeil de Bran Cade ? Elle mit cela sur le compte de son cerveau en mode déboggage.

Ce qui lui fit penser que…

– Sans vouloir te donner du travail en plus, penses-tu pouvoir réunir les commandes qui ont déraillé après l'installation du nouveau logiciel ?

Ils pénétrèrent dans le hall de l'hôtel et Bran posa la main au creux de ses reins pour la faire contourner un couple qui se dirigeait vers le casino. Ireland sentit sa peau chauffer à ce contact.

Maudits soient Bran et ses mains.

Il se comportait en gentleman, mais il n'y aurait plus de jeux de mains à partir de maintenant, quoi qu'il ait dit plus tôt. Elle l'avait déjà poussé à moitié dans le donjon. La mauvaise moitié de son corps, celle dotée d'une bouche.

– Bien sûr. Je les ai déjà examinées. Pourquoi tu en as besoin ?

Elle avait des soupçons sur ces commandes et sur le logiciel — et sur James. Mais elle ne voulait rien dire avant d'en avoir la certitude.

– Par conscience professionnelle, c'est tout.

Un portier ouvrit la porte et Ireland sortit de l'hôtel.

– Je te vois demain ?

Bran hocha la tête et elle se dirigea vers sa voiture, sentant son regard sur elle. Le parking était bien éclairé, et il y avait du passage. Elle n'était pas dans une allée sombre, mais elle aurait pourtant juré qu'il se montrait de nouveau protecteur.

Elle jeta un coup d'œil derrière elle et bien sûr, Bran la suivait du regard, attendant qu'elle monte dans sa voiture.

Ireland soupira. Elle l'avait enfermé à moitié dans le donjon des sales types et elle n'était pas prête à le laisser sortir, même avec cette soudaine tendance protectrice. Elle redoutait sa bouche.

D'après Cali, Bran n'était pas du genre à avoir une petite amie. Elle serait folle de céder à son attirance pour lui comme elle l'avait fait lors de l'excursion. Il la ferait souffrir. Comme ses anciens mecs. Comme les hommes avec qui elle avait l'habitude de travailler.

Chapitre Douze

– **P**utain, qu'est-ce que tu as foutu ?

Dans la salle du Prime, Ireland tressaillit au ton de James. Heureusement, les clients étaient partis à cette heure tardive. Bran lui-même avait filé régler un problème dans un des autres restaurants du complexe hôtelier.

James ne se trouvait pas au Prime quand Ireland était arrivée dans la soirée. Elle avait donc continué son travail de la veille : nettoyer le code et réécrire certains segments selon les instructions de Bran. James n'avait pas vu les modifications qu'elle avait apportées. Jusqu'à maintenant.

– J'ai supprimé le code qui n'était pas nécessaire et j'ai réécrit certaines parties, dit-elle aussi calmement que possible, bien que son cœur batte à tout rompre.

Les yeux bruns de James étaient presque noirs, et son corps tendu tanguait vers elle au point de la faire reculer. Il la toisa en grognant.

– Ne fous pas la merde dans mon code, tu m'entends ? Je ne pige pas pourquoi ils t'ont fait venir au lieu de me laisser tout gérer, mais si tu continues à dézinguer le programme, je t'en tiendrai pour personnellement responsable.

Était-ce une menace ? Il s'agissait d'un logiciel de commande en ligne, bon sang. Qu'est-ce qui lui prenait ?

Ireland se redressa.

— On m'a fait venir parce que je suis une programmeuse chevronnée et que le code que tu as écrit est un vrai fouillis. Il y a aussi des choses inhabituelles dans les boucles par lesquelles tu fais circuler les paiements bancaires.

James se rapprocha brusquement d'elle jusqu'à ce que son haleine fétide lui râpe la joue.

— J'ai toléré ta présence aussi longtemps uniquement parce que tu as un beau cul. Mais si tu crois que je vais te laisser bousiller ma carrière, tu te goures.

Le souffle coupé, Ireland paniqua et repoussa James.

Il la saisit par l'avant-bras et la plaqua contre son corps.

— J'aime les rapports brutaux, alors ne me cherche pas, dit-il en baissant la tête vers elle. Parce que je mords.

— Qu'est-ce qui se passe ici ?

Ireland se dégagea de son emprise, et cette fois James la lâcha. Elle regarda à l'autre bout de la salle et vit Bran debout à l'entrée.

— N'oublie pas ce que j'ai dit, siffla James, trop bas pour que Bran entende.

Il s'assit et sortit les affaires de sa sacoche comme si rien ne s'était passé.

James regarda Bran en souriant.

— Ireland et moi, on discutait de différentes suggestions qu'elle a faites. Mais les modifications apportées endommagent un autre segment du programme, alors je les supprime. Heureusement qu'on dispose toujours du code original.

Le visage d'Ireland s'empourpra. D'abord Bran avait

été témoin de son humiliation par James et ses mains répugnantes. Et maintenant James suggérait qu'elle avait cafouillé alors que ce n'était pas le cas. Elle essayait de réparer *son* merdier.

La panique faisait battre son cœur à tout rompre. Chaque fois qu'il y avait une confrontation entre un collaborateur masculin et elle, l'homme gagnait. Chaque. Fois. Et Ireland devenait nerveuse au lieu de maîtriser la situation, ce qui ne tournait jamais à son avantage.

Bran traversa la salle et fit signe à Ireland de le suivre. Ils gagnèrent son bureau, où James ne pouvait pas entendre.

Les mâchoires de Bran étaient serrées comme un étau.

— Je ne sais pas ce que j'ai interrompu, mais adonne-toi à cette activité en dehors des heures de travail. Je ne te paie pas pour choper des mecs.

Les mains d'Ireland tremblèrent.

— Tu te trompes. Ce n'est pas ce qui s'est passé.

Bran leva une main.

— Je me fiche de ce que vous foutiez. Ne le faites pas ici, c'est tout.

Il s'éloigna, puis s'arrêta et se retourna.

— Et pour l'amour de Dieu, ne flingue pas le programme, ajouta-t-il.

———

Bran était hors de lui. Retourner au Prime pour trouver Ireland dans les bras de James.

Il y avait de quoi s'arracher les yeux.

Il était censé rester loin d'elle. C'était prouvé : elle lui faisait perdre son sang-froid. Mais l'urgence de la situation, l'obligation de remettre le système en état de marche avait tout emporté.

Seulement voir Ireland avec James… Bran avait envie de tuer ce type, au diable le logiciel. Il poussa un soupir rageur. D'accord, c'était un grognement.

Il ouvrit les yeux et fixa son poing serré. Travailler ensemble était impossible. C'était déjà assez dur de la voir tous les jours. Alors, la voir en plus avec un autre homme, non.

Il devait la virer.

Il dirait à ses frères qu'Ireland ne faisait pas l'affaire, que le gars de Tech Banquet affirmait qu'elle aggravait la panne. Bran grimaça. Il n'avait pas confiance en James. Mais ils avaient déjà payé ses services, et Bran ne pouvait pas se débarrasser de lui avant que la société ne soit en mesure de le remplacer par un autre programmeur.

Cali ne serait pas heureuse qu'il renvoie Ireland, et Emily non plus sans doute, mais quelle autre solution avait-il ? Il était copropriétaire du Club Tahoe, et s'il tuait James parce qu'il ne supportait pas de le voir tripoter Ireland, ils seraient confrontés à bien pire qu'un licenciement. D'autant que si James disait vrai et qu'elle avait endommagé le code, ils n'avaient surtout pas besoin d'elle.

On frappa à la porte de son bureau. Bran pencha la tête en arrière.

– Je suis occupé.

– Je peux te parler ?

C'était Ireland.

Il ferma les yeux. Il n'avait pas envie de la renvoyer. Elle n'était pas responsable de l'effet qu'elle lui faisait, mais s'il y avait ne serait-ce qu'une once de vérité dans les propos de James, il ne pouvait pas risquer qu'Ireland aggrave la situation. Autant en finir tout de suite.

– Entre.

Bran se dirigea de l'autre côté de la pièce. Il n'y avait pas de fenêtre dans son bureau, et il n'était pas très grand, mais c'était le seul endroit où il pouvait s'échapper du chaos des restaurants.

Ireland entra et ferma la porte derrière elle.

La pièce de dix mètres carrés rétrécit soudain de moitié. Bran eut l'impression de se retrouver dans une douche humide où flottait le parfum floral d'Ireland.

Pourquoi fallait-il qu'elle sente les fleurs et l'orange ? Cela lui rappelait l'été, les femmes et la cuisine. Tout ce qu'il aimait dans la vie ou presque.

Il se replia vers son bureau et déplaça des papiers.

– Que puis-je faire pour toi ?

– Je… je…

Elle s'interrompit et il l'entendit inspirer à fond.

– Désolée. Je ne suis pas douée pour les confrontations.

Il leva les yeux. Elle plaisantait ?

– Ça n'avait pas l'air de te gêner sur le bateau.

Elle fronça les sourcils.

– C'était différent. Là, il s'agit du boulot. Et sur le bateau, tu… tu m'as énervée.

Vrai. Les gens se comportaient en général de manière professionnelle au bureau. Alors quelle était la véritable Ireland ? La fille fougueuse du bateau ou la professionnelle intelligente, mais docile ?

– Donc le bateau était une exception ?

Il ne savait pas s'il faisait référence à son emportement ou au roulage de pelles. Probablement les deux, car soudain, il était au supplice.

Elle croisa les bras.

– Je ne sais pas. Tu as le don de m'exaspérer.

La flamme était de retour.

Jusqu'à présent, Bran sortait avec des filles simples et gentilles, et aujourd'hui, il ne pouvait plus se passer d'une femme intelligente avec un tempérament de feu ? Il y avait un truc qui clochait chez lui.

— Tu viens me voir pour une raison précise. Je suppose que ce n'est pas pour me dire que je t'exaspère.

Ireland ferma les yeux.

— Non. Bien sûr que non. Excuse-moi. Je— je…

— Il n'y a que nous deux. Tu n'as pas à être nerveuse. Souviens-toi, je suis le mec sur lequel tu cries sans vergogne.

Un sourire adoucit ses traits.

— C'est vrai, dit-elle, puis elle hésita. Je voulais te parler de ce que tu as vu. Ce n'est pas ce que tu crois. Il n'y a rien entre James et moi.

Bran mit de côté la paperasse qu'il feuilletait.

— Ça y ressemblait, pourtant.

— Je te jure qu'il ne me plaît pas du tout.

— Il te touchait.

Une ombre traversa les yeux d'Ireland.

— Ce n'était pas…

— Ce n'était pas quoi ? Il t'a touchée sans ton consentement ?

Elle enroula les bras autour de sa taille et ferma brièvement les paupières.

— Il ne m'aime pas. Et il ne me respecte pas. Quand c'est le cas, parfois les hommes…

Le cœur de Bran s'emballa et sa peau le picota sous l'effet de la pression sanguine. Il s'avança vers elle, réduisant l'espace entre eux.

— Parfois les hommes quoi ? Dis-moi ce qui se passe parce que je commence à visualiser des scénarios qui ne m'aident pas à me calmer.

— Pourquoi ça t'intéresse ? Tu ne m'aimes pas non plus.

Il détourna le regard.

— Je t'aime bien. (*Trop.*) Alors, dis-moi.

— Ce sont des sales cons. (Elle se couvrit la bouche.) Pardon. C'était grossier. Ce que je voulais dire, c'est que parfois les hommes avec qui je travaille… quand leur orgueil est piqué – et bizarrement, j'ai le don de piquer leur orgueil –, deviennent des salauds. Ce que tu as vu, c'est James en dominateur pervers.

Bran serra la mâchoire. Il avait vu James brutaliser Ireland, et si cela n'avait rien à voir avec un jeu érotique, alors Bran allait devoir trucider James.

Comment osait-il la menacer ? Ou n'importe quelle autre femme ?

Ireland était plus intelligente que James et ce crétin le savait.

– Ce n'est pas un petit plaisantin. C'est un homme qui te harcèle sexuellement. Voire qui t'agresse.

Bran fit une pause et se passa la main dans les cheveux. Soudain, une pensée lui traversa l'esprit. Il était l'employeur d'Ireland, et il avait…

– As-tu ressenti la même chose avec moi ? Sur le bateau ?

– *Non.* C'était différent. En plus, je ne travaillais pas pour toi à ce moment-là.

N'empêche, il s'en voulait. Lui aussi s'était comporté comme un salaud avec elle, même si elle n'était pas sa consultante à l'époque.

– Je n'aurais jamais dû te toucher. J'ai eu tort.

Ireland fit un pas en avant.

– Non. Je veux dire, si, tu m'as énervée, mais…

– Mais ?

Il n'avait pas besoin de « mais ». Il avait besoin qu'elle soit sur la même longueur d'onde que lui.

– Comme je t'ai dit, j'ai aimé tes mains sur moi.

Ses joues s'empourprèrent, aussi rouges que sa flamboyante chevelure. Sa fougue se réveillait quand on la provoquait.

Alors que la partie logique de son cerveau lui criait que

cette conversation partait dans la mauvaise direction, la bouche de Bran se releva en coin.

– C'est vrai ; plus de mains, moins de parlote.

Ireland fit une moue.

– Je dois faire attention à ce que je dis avec toi. Ça te monte à la tête.

– Ce n'est pas tous les jours qu'une belle femme me dit qu'elle aime sentir mes mains sur elle.

– Belle ? dit-elle en remontant ses lunettes. Je ne suis pas belle.

Il pouffa.

Elle fronça les sourcils.

– Il y a des choses que les hommes admirent, mais le reste…

C'est ça. Des *choses*. Plutôt des énormes seins à vous mettre l'eau à la bouche.

– Appelons ça des « choses » si tu veux. Et le reste est remarquable aussi.

– Je bégaie, poursuivit-elle comme si elle ne l'avait pas entendu. Je ne suis pas douée pour les confrontations. Et je porte des lunettes.

– Les lunettes, c'est sexy à mort. J'aime même le bégaiement, car il montre que je te fais de l'effet.

Elle pencha la tête sur le côté.

– Pourquoi voudrais-tu me faire de l'effet ?

Bonne question. Il n'aurait pas dû vouloir lui faire de l'effet. Et pourtant, Bran s'avança quand même. Parce qu'il… il voulait vraiment, vraiment, lui faire de l'effet. Et lui faire du bien.

Il tendit le bras et lui effleura l'épaule, glissant lentement la main sur son bras. Il la tira gentiment vers lui.

– Demande-moi d'arrêter.

– Pourquoi ferais-je ça ? dit-elle d'un air absent, distraite par les caresses sur son bras.

— Parce que je suis ton patron. (Situation à laquelle il était censé mettre un terme…) C'est mal.

Il recula d'un pas, mais Ireland se pencha en avant et posa le front contre son torse. Il lutta pour ne pas nicher l'arrière de son crâne au creux de sa paume. Il luttait contre beaucoup de pulsions en ce moment.

Ireland passa timidement les bras autour de sa taille.

— C'est du harcèlement quand il n'y a pas consentement ou si je me sentais obligée de le faire pour garder mon emploi. Heureusement pour toi, je n'ai pas besoin de ce travail.

Il lui caressa le dos, renonçant à lutter et incapable de garder ses mains tranquilles.

— Tant mieux, parce que je ne pense pas qu'on puisse continuer à travailler ensemble.

— À cause de James ?

— Non. À cause de ça.

Bran baissa la tête et embrassa les lèvres douces et pulpeuses d'Ireland qui l'aimantaient depuis le premier jour.

— Tu devrais vraiment me demander d'arrêter, souffla-t-il.

— Très bien. Arrête… de parler. Embrasse-moi.

Cette fille allait causer sa perte.

Ne pas l'écouter. Garder son sang-froid.

Impossible.

Bran posa les mains sur ses joues, lui encadrant le visage, et il l'embrassa avec une passion réellement inquiétante. À ce moment-là, il ne se souvenait plus pourquoi il était mal d'embrasser et de caresser Ireland, et il s'en fichait.

Il fit courir ses mains le long de ses bras jusqu'au bas du dos, où il saisit les fesses les plus parfaites du monde. Objectivement ou parce qu'elles appartenaient à Ireland ?

Il se figea. Il devait enlever ses mains du cul parfait, rebondi, ferme d'Ireland…

– Ne parle surtout pas maintenant, dit-elle. Tu te souviens de la règle ?

Il émit un son guttural. Il était à deux doigts de perdre tout contrôle.

Elle promena les mains sur sa poitrine et son ventre, et son entrejambe se raidit.

– Arrête de penser, dit-elle d'une voix suave.

Elle recula en l'entraînant jusqu'à ce que l'arrière de ses cuisses cogne contre le bureau.

Une demi-seconde plus tard, Bran glissait les mains sous ses jambes et la hissait sur le bureau. Elle était trop belle. Trop désirable. Trop douce et sensuelle.

Elle enroula les jambes autour de sa taille, pressant sa chaleur intime contre son érection… Il cessa alors définitivement de penser à ce qu'il devait ou ne devait pas faire.

Bran aventura les mains sur sa poitrine généreuse et veloutée, et elle gémit, resserrant l'étau de ses cuisses autour de lui.

Elle se pencha en arrière et le tira jusqu'à ce qu'il soit allongé sur elle. Il l'embrassa avec une passion qu'il ignorait avoir en lui. Pendant un instant, il eut peur de lui faire mal et eut un mouvement d'hésitation.

Au lieu de le repousser, Ireland remonta sa chemise. Il leva prestement les bras pour qu'elle lui enlève par le haut et qu'il puisse remettre ses mains à leur place : sur ses hanches, la courbe lisse de sa taille et ses seins si doux.

Ireland caressa son torse nu, et ses muscles se tendirent à la sensation.

Bran glissa les phalanges sous l'ourlet de son chemisier. Il aurait fait n'importe quoi pour être peau contre peau avec elle, mais il ne voulait rien forcer. Il avait l'intime conviction que rien de tout cela ne devait arriver, et pourtant il ne trouvait pas en lui la force d'arrêter.

Il n'eut pas à le faire. Parce qu'Ireland se débarrassa de son chemisier et le jeta sur le côté.

— Bon sang. Tu es tellement belle, dit-il en embrassant les collines luxuriantes de ses seins rehaussés de satin noir.

Ils débordèrent sur le côté quand elle s'allongea sur le dos. Contrairement à ce qu'il avait imaginé, ce n'étaient pas des faux seins. Tout était naturel chez Ireland : son corps, son intelligence, sa passion.

Il était distrait par l'adoration de ses seins, la douceur de la peau de ses épaules rondes et douces, ses hanches généreuses, puis il sentit qu'elle baissait la braguette de son jean.

Et cela le tira des brumes du désir. Assez pour qu'il s'écarte d'elle.

Assez pour réaliser à quel point c'était dangereux.

— Ireland, on doit arrêter.

Elle eut l'air confuse.

— Je n'ai rien. Pour me protéger.

La lumière s'éteignit dans ses yeux.

— Moi non plus. Je ne m'attendais pas à…

Elle sourit timidement.

Il la redressa en position assise et la serra contre sa poitrine. La sensation était incroyable.

— Pas maintenant, alors.

Mais plus tard ? Envisageait-il sérieusement d'avoir une relation avec Ireland ?

Il s'était trompé sur elle depuis le premier jour. Elle n'était pas une de ces belles filles superficielles. Mais cela la rendait-elle moins dangereuse ? Il n'avait pas réfléchi aux conséquences de ses actes avec elle. Il s'était cantonné au présent — un cas d'école.

Il l'enlaça plus étroitement. Même si ce n'était pas la

voie de la sagesse, Ireland était la première femme qu'il n'avait pas envie de laisser partir. Il allait donc devoir corriger son manque de contrôle et tout faire pour que cela fonctionne.

– J'aimerais t'inviter à dîner. Puis-je le faire ?

Putain, à quand remontait la dernière fois qu'il avait officiellement demandé à une fille de sortir avec lui ? Cela faisait tellement longtemps qu'il ne s'en souvenait pas.

Elle se pencha en avant et lui embrassa la poitrine en hochant la tête.

– Ça me plairait bien.

Ireland ne faisait pas partie de ses plans. Il n'était même pas sûr d'être prêt pour elle. Mais pour une fois, il avait envie de prendre le risque.

Chapitre Treize

– Je ne pensais pas que l'organisation d'un mariage était si pénible.

Cali traversa le salon avec son chien Buddy dans les bras, en poussant le panier à linge du pied. Elle installa Buddy sur son sofa personnel, constitué d'un coussin douillet pour chien trônant sur le canapé afin qu'il puisse contempler le salon comme le pacha qu'il était.

– Un mariage sur la plage ou une réception au club ? Peut-être sur le lac… Mon Dieu, il y a tellement de possibilités, et Jaeg ne veut pas m'aider sous prétexte que c'est moi qui décide. Il dit qu'un passage à la mairie pour officialiser notre union suffit à son bonheur. Et puis, ses parents ont proposé leur propriété qui donne sur le lac pour la réception, ce qui fait une option de plus. C'est super d'avoir le choix, mais je veux que ce soit réussi et je n'arrive pas à me décider… Ireland, tu m'écoutes ?

Ireland, allongée sur le canapé à côté de Buddy, rêvassait, une oreille branchée sur sa cousine, à l'étreinte de Bran. Le mec qui la repoussait en toute occasion. Sauf quand il la prenait dans ses bras.

Et bigre, hier soir, il était tactile et aimant avec elle. Les images mentales de ses cheveux ébouriffés et sexy quand il lui embrassait les seins la firent se tortiller.

– Je t'écoute, s'étrangla Ireland.

Cali lui lança un regard sceptique.

Ireland et Bran s'étaient arrêtés avant que la situation ne dégénère en ébats torrides sur le bureau, parce que Bran avait rebranché son cerveau et s'était souvenu qu'ils n'avaient pas de préservatifs. Alors que le cerveau d'Ireland se focalisait sur la braguette de son pantalon. Qu'est-ce qui n'allait pas chez elle ?

Elle n'avait jamais été l'agresseur sexuel, et là, c'était elle qui essayait de déshabiller le pauvre garçon. Oubliées les réserves à son égard ; elle avait failli accomplir l'acte sans penser aux conséquences — comme faire un bébé.

Faire un bébé. Avec Bran. Mon Dieu, il était trop bien pour elle, et pourtant elle imaginait parfaitement des bébés garçons aux cheveux châtain-blond et aux yeux d'un bleu intense. Conçus avec un homme torride, et glacial, et terriblement déroutant. Elle avait perdu la tête !

Il l'avait invitée à sortir hier soir, et elle n'aurait pas pu refuser. Elle était curieuse, c'est tout. La façon dont il l'avait embrassée et tripotée y était sans doute pour beaucoup. Car l'homme était doué. Personne ne l'avait caressée avec autant d'enthousiasme et de passion que Bran. Comme s'il la chérissait vraiment…

Elle devait arrêter de penser à lui.

– Allô ? La Terre à Ireland, dit Cali. Mais à quoi tu penses, Bon Dieu ? Tu souris, tu te trémousses et tu ignores royalement ma séance de panique totale.

– Excuse-moi, Cali.

Ireland devait se calmer. Ce n'était qu'un rendez-vous, et Bran n'avait pas appelé pour fixer la date.

Allait-il appeler ? Et s'il annulait ?

– Ireland !

Merde.

– Oui. J'écoute.

Cali s'affala sur le canapé, obligeant Ireland à se pousser sur le côté ou à s'asseoir.

– C'est quoi ce sourire idiot ? (Les yeux de Cali s'arrondirent.) Est-ce que tu t'es envoyée en l'air ?

– *Quoi* ? Non.

Elle l'aurait bien fait, pourtant. *Argh.*

– Alors qu'est-ce qui se passe ?

Impossible de cacher le moindre secret à sa cousine. Cali était impitoyable et elle la harcèlerait jusqu'à ce qu'elle craque.

– Bran m'a invitée à sortir hier soir. Mais il n'y a rien de concret, alors n'en fais pas tout une histoire.

Cali lui broya la main.

– Oh la vache ! *Bran* t'a invitée à sortir ? Tu sais ce que ça veut dire au moins ?

Ireland se poussa sur le canapé et regarda sa main qui virait au violet sous la poigne de Cali.

– Qu'il a envie de dîner avec moi ? Je ne suis pas une plouc. J'ai déjà eu des rencards.

Occasionnellement… D'accord, rarement. Et pas avec quelqu'un d'aussi séduisant que Bran.

Cali se mit à rebondir sur ses fesses et finit par lâcher la main d'Ireland.

– C'est de Bran qu'on parle, aussi connu sous le nom de « moine Cade ». Il ne sort pas. Du moins, pas souvent. Difficile d'imaginer qu'un si beau mec ne s'envoie pas en l'air de temps en temps, dit-elle en tordant la bouche.

Ireland fronça les sourcils. Elle n'aimait pas imaginer Bran avec d'autres femmes.

– Viens-en au fait.

– Le fait est, dit Cali, que personne n'a jamais vu Bran

sortir officiellement avec une fille. Il ne vient jamais accompagné en soirée. Il ne parle jamais aux femmes quand on sort. Tu réalises à quel point c'est énorme ?

— Je suis sûre que ce n'est pas si énorme.

Le regard de Cali se perdit au loin.

— Tu vas épouser Bran.

Ireland éclata de rire et claqua des doigts devant le visage de Cali.

— Tu es encore là ? Parce que tu as carrément perdu la tête.

Buddy grimpa sur les genoux de Cali, qui lui caressa la tête distraitement.

— Écoute-moi. Si Bran t'a invitée à dîner, c'est que tu lui plais vraiment.

Ou il est en manque, pensa Ireland.

— Arrête. Tu es tellement obsédée par ton mariage que ça déteint sur ta façon de penser.

— D'accord, disons que le mariage est une simple prédiction. Mais le fait est qu'il est en chasse.

Ireland rit.

— On a seulement…

Une attirance irrésistible, torride, à la déshabillez-moi ? Un puissant désir de séduction ?

Cali haussa un sourcil.

— Seulement quoi ?

— On s'est un peu allumés. C'était plutôt chaud, alors… il m'a invitée à dîner.

Cali lui frappa le bras et Ireland craignit d'avoir des bleus à la fin de la conversation.

— Putain de merde !

La seconde d'après, Cali se jetait sur elle et la serrait fort, écrasant Buddy entre elles, qui laboura l'estomac d'Ireland pour se libérer.

— Il est amoureux de toi !

Ireland sauva Buddy du rouleau compresseur Cali.

– Calme-toi un peu. Il n'est pas amoureux de moi.

Jaeg entra à ce moment-là dans la maison, et Buddy cavala vers lui.

– Qu'est-ce qui se passe ?

Jaeg chassa le chien de la main.

– Ireland et…

Ireland plaqua sa main sur la bouche de Cali. Elle n'avait pas du tout besoin que Cali clame au monde entier que Bran l'aimait avant même qu'ils aient eu un rencard.

– Rien. L'organisation du mariage rend ta fiancée maboule. Tu penses qu'on devrait lui faire suivre une meufzilla thérapie ?

Jaeg opina.

– Peut-être. Ou on pourrait l'obliger à choisir un lieu avant la fin de la semaine.

Cali se rassit, laissant enfin Ireland respirer. Elle retira avec prudence sa main de la bouche de Cali en lui envoyant un avertissement que cette dernière sembla interpréter correctement.

Cali se recoiffa et regarda son fiancé.

– Notre mariage sera le jour le plus important de notre vie. On ne peut pas le faire n'importe où.

– Bien sûr qu'on peut. C'est mieux que d'établir le record du monde des fiançailles les plus longues. Marions-nous, bébé. Qui se soucie du lieu ? Ce sera un moment magique, quoi qu'il arrive.

Les yeux brillants de larmes, Cali se leva et se jeta dans ses bras.

– Tu es l'homme le plus gentil du monde, et tu as raison. Je te promets de choisir un lieu avant la fin de la semaine. Mais ça ne va pas être facile.

Elle se mordit la lèvre et regarda Ireland.

– Je vais t'aider, dit Ireland.

– T'ai-je déjà dit que tu étais la meilleure cousine du monde ?

– Oui, mais ça ne me dérange pas de l'entendre tous les jours.

– Tu es la meilleure. Bon, aide-moi à plier le linge pour qu'on puisse aller à la pendaison de crémaillère de Wes et Kaylee.

Ireland ramassa une serviette dans le panier et la plia en trois.

– Une pendaison de crémaillère ? Je croyais qu'ils vivaient dans cette maison depuis un moment.

– Oui, mais dès qu'ils ont emménagé, ils se sont mariés, puis le bébé est arrivé. Tout est allé très vite et ils n'ont pas eu le temps d'organiser une pendaison de crémaillère digne de ce nom.

– Tu es sûre que ça ne les dérange pas que je vous accompagne ?

– Kaylee m'a spécifiquement demandé si tu étais libre et j'ai accepté l'invitation en ton nom.

Ireland leva les yeux au ciel. Cali était ce qu'on pouvait qualifier de lourdingue, mais elle avait un grand cœur et voulait toujours bien faire.

Et pourquoi Ireland s'en plaindrait-elle ? C'était Cali qui lui avait présenté Bran, et après un départ houleux, les choses se présentaient plutôt bien.

Chapitre Quatorze

Bran posa une bouteille du meilleur vin du Prime sur le comptoir de la cuisine de Wes et Kaylee, le volume élevé des voix de ses frères résonnant dans la pièce.

Wes le vit et l'accueillit d'une claque dans le dos.

– Content que tu aies pu venir. Kaylee est ravie de montrer les nouveaux meubles. Heureusement qu'elle a fait la déco et pas moi.

– Ça, c'est sûr.

Wes fit mine d'être vexé.

– J'ai du goût : j'ai choisi Kaylee. Elle embellit mon monde.

– Nul n'a jamais prononcé de mots plus vrais. Elle t'a sorti de ton taudis minuscule.

– Dans lequel tu vis aujourd'hui.

Bran sourit.

– Le mieux est l'ennemi du bien…

Il observa la pièce. Kaylee et Wes avaient emménagé dans la nouvelle maison il y a près d'un an, mais ils n'avaient que récemment fini de la meubler.

Il était troublant de constater à quel point les choses

avaient changé en si peu d'années. Il n'y a pas si long-temps, tous les frères de Bran étaient célibataires. Aujourd'-hui, Wes et Adam s'étaient mariés, et Levi traçait sa route vers le bonheur conjugal avec Emily. Sur les cinq frères, seuls Bran et Hunt gardaient les remparts du célibat. Et ça semblait logique.

Bran n'imaginait pas Hunt se caser ; il aimait trop les femmes. Que le petit frère s'attache à une seule fille ? Impossible. Sans parler du fait que Hunt faisait mauvaise pioche chaque fois. De ce point de vue, ils étaient tous deux maudits.

Si Bran laissait ses pulsions dicter ses actions, il serait très probablement dans la même situation que Hunt : en train de polliniser la ville, papillonnant de fille en fille. Bran avait pris des mesures pour changer ses habitudes. Il s'était fixé des règles. Mais il est vrai qu'il avait ignoré certaines de ces règles depuis qu'Ireland était entrée en scène.

Par exemple, il voulait l'inviter à sortir. Et la voir nue. Où était le mal ?

Bran s'envoyait en l'air à l'occasion… Très occasion-nellement, en fait. Quand c'était sans danger et qu'il n'y avait pas d'attachement, pas de sentiments. Mais depuis qu'Ireland était entrée dans sa vie, il se sentait comme un lion en cage, avide d'avoir son attention. La puissance de ses émotions tirait la sonnette d'alarme, mais il n'avait pas pu s'empêcher de l'inviter à sortir.

Il prendrait les choses à la légère. Serait respectueux et détendu.

Et avec un peu de chance, *tout nu.*

Ireland nue…

Bran ferma les yeux et respira lentement, des flammes courant de sa poitrine à son entrejambe.

Il devait arrêter de visualiser Ireland dans le plus simple appareil. Cela ne l'aidait pas à rester rationnel. Tout son sang partait directement au sud de son corps, où il était évident qu'aucune bonne décision ne pourrait être prise.

Était-il réellement convaincu de pouvoir prendre les choses à la légère ? Que Dieu lui vienne en aide s'il avait tort. Il avait assez de catastrophes à gérer ; inutile de rajouter un désastre sentimental à la liste.

Un cri aigu s'éleva dans le salon de Wes et Kaylee.

Bran regarda derrière ses frères, qui se pressaient dans la cuisine, et aperçut Hunt. Qui avait déjà attiré l'attention de la seule fille célibataire dans la maison.

Bran se dirigea vers eux et regarda son jeune frère, allongé sur le sol avec leur petite nièce sur lui.

– Tu n'as pas perdu la main. Elle te bave dessus.

Hunt fit un sourire béat à Harlow et l'éleva au-dessus de sa tête, en position d'avion.

– Je n'y peux rien si les femmes m'adorent.

Le bébé rit aux éclats et un filet de bave atterrit sur le t-shirt de Hunt.

– Arrête de l'accaparer, râla Bran. Je n'ai pas vu Harlow de la semaine. Wes était trop occupé par le golf pour passer avec elle au restau. Donne-la-moi maintenant.

Hunt lui lança un regard noir et se releva, le bébé dans un bras.

– Une minute seulement. Je viens juste de la prendre et je n'ai pas eu ma dose.

Bran nicha Harlow au creux de son bras et tira sa robe mauve sur son petit bidon et ses collants. Il fit des pets avec la bouche sur le dos de sa main dodue.

Des éclats de rire jaillirent de sa bouche baveuse.

Wes disait que Harlow faisait ses dents, ce qui expli-quait sa salivation excessive, mais qu'en savait Bran ? Il lui essuya la bouche avec le dos de sa manche de chemise propre et boutonnée et l'embrassa sur le dessus de la tête.

Harlow était le premier bébé de la fratrie, et tous la

gâtaient à mort. C'était aussi la première fille Cade depuis deux générations. La génération de Bran avait donné naissance à cinq garçons d'affilée. Ainsi, Harlow était comblée d'attention, et avait à ses pieds une armée de cinq puissants mâles surprotecteurs.

Kaylee leur reprochait de pourrir Harlow. Mais cela ne changeait rien. Dans la dynastie Cade, on ne laissait pas une femme pleurer.

Leur petite nièce allait leur faire vivre un enfer une fois qu'elle serait majeure. Il y aurait de la baston. Il y aurait des effusions de sang. Tous les gars qui s'approcheraient à moins d'un mètre de Harlow se feraient briser les os par cinq types grands et musclés (plus leurs amis) s'ils osaient toucher un cheveu de sa tête. Même si, il faut bien l'admettre, le bébé semblait avoir hérité du tempérament Cade. Dans ce cas, ils n'auraient pas à s'inquiéter pour elle. Leur nièce avait des poumons, et elle savait s'en servir.

Bran s'assit par terre et joua à empiler des cubes que Harlow s'amusait à faire tomber avec ses bras potelés de bébé Godzilla. Elle se balançait à la manière d'un culbuto sur son petit derrière pour qu'il recommence. Ce qu'il faisait, bien entendu.

Ce n'était pas la gâter. C'était lui muscler les bras. Même Wes conviendrait qu'il s'agissait d'un bon entraînement pour la future carrière de golfeuse de Harlow.

Bran souleva le bébé et embrassa sa joue laiteuse tandis qu'elle gazouillait des *da-da-da* en agitant ses jambes grassouillettes et en gigotant dans ses bras. Ils l'autoriseraient peut-être à fréquenter un garçon quand elle aurait trente ans. Si c'était un jeune homme respectueux qui la traitait comme une reine.

Hunt, planté à côté de Bran, attendait impatiemment de la reprendre. Il fit les gros yeux à son frère, puis son regard dévia vers la porte d'entrée comme s'il avait entendu un bruit au-dessus des glapissements de Harlow, et un large sourire carnassier apparut sur son visage.

— Regardez-moi qui est là. Je me demandais si elle allait venir. Elle est imprévisible celle-là. Ça me plaît.

Bran suivit le regard de Hunt et son cœur s'arrêta. Ireland se tenait devant la porte avec Cali et Jaeg, que Wes pressait d'entrer.

— Pas touche à Ireland, dit Bran, sourcillant à ces mots sortis spontanément.

Hunt le dévisagea.

— En quel honneur ?

Bran ne pouvait pas revendiquer Ireland comme sa chasse gardée. Il la désirait, mais il s'était promis que ce ne serait rien de sérieux. Cela ne voulait pas dire que Bran laisserait son coureur de frère la draguer.

— Ireland est la cousine de Cali. Cali te coupera les couilles si tu lui fais du mal.

Hunt se couvrit les parties des deux mains.

— Primo, ne dis *jamais* des trucs comme ça. Ça me fait mal. Deusio, je ne vois pas de quoi tu parles. Je suis un amoureux des femmes, aucune ne quitte mon lit malheureuse.

— Mais tu les rappelles ?

Hunt lui lança un regard ironique.

— Putain, non, dit-il en reluquant Ireland. Mais cette fille est vraiment…

— Intouchable.

Hunt fronça les sourcils.

— Si je ne te savais pas célibataire et heureux de l'être, je penserais que *tu* veux te la faire.

Bran changea le bébé de bras, et Harlow s'agrippa à son t-shirt et le pinça avec ses doigts minuscules, étonnamment forts pour un être de cette taille.

— Je suis seulement pragmatique. J'imagine que tu

voudras un jour avoir ta propre Harlow. Tu as besoin d'une paire fonctionnelle pour ça.

Hunt grimaça.

— Arrête de parler de mes couilles comme si elles étaient sur le départ, dit-il en regardant en direction de la porte, sourire aux lèvres. Ne t'inquiète pas pour Ireland. Je sais ce que je fais.

Il allait se diriger vers la porte quand Bran tendit le bras en travers de sa poitrine pour l'arrêter.

— Je suis très sérieux.

Hunt plissa les yeux et leva le menton d'un coup sec.

— C'est bien ce que je pensais. La prochaine fois que tu veux te faire une fille, dis-le.

Il s'éloigna avant que Bran ne puisse protester.

Peu importe. Qu'en avait-il à faire si son frère pensait qu'il s'intéressait à Ireland ? C'était le cas, dans une certaine mesure. Mais rien de sérieux.

Positionnant le bébé plus haut, Bran se dirigea vers la cuisine pour saluer les nouveaux arrivants. Et Ireland. Par pure politesse.

Ireland portait des tenues professionnelles boutonnées jusqu'en haut lorsqu'elle travaillait en freelance pour le Prime, mais les quelques fois où il l'avait vue en dehors du boulot, elle portait des vêtements qui épousaient ses formes sublimes. Comme ce soir. Et à sa vue, le cœur de Bran fit un salto arrière. Des kilomètres de monts et vallées naturelles surmontés d'un visage sublime… de quoi le tuer.

Ireland était la plus belle femme qu'il ait jamais vue. Bien sûr, il voulait mieux la connaître. Hunt n'avait pas de raison de prendre la mouche. L'attirance de Bran pour Ireland était naturelle. Il essayait simplement de trouver comment se rapprocher d'elle sans complications.

Quand il l'avait rencontrée pour la première fois, son côté bombasse tout en courbes l'avait rebuté. Et c'était toujours le cas — avec les autres femmes. Mais il ne voyait plus Ireland sous cet angle. Elle était plus qu'un visage magnifique.

Dieu seul savait quel genre de dégâts se produiraient si Bran cédait pleinement à son attirance pour Ireland. Mais juste un petit peu ? Quel mal cela ferait-il ?

Bran la joua cool. Il s'approcha du trio et serra la main de Jaeg. Il salua Cali ensuite, puis il se tourna vers Ireland.

– C'est sympa de te voir.

Cool. Calme. Il était comme ça. Alors que la dernière fois qu'il avait vu Ireland, sa langue lui chatouillait les amygdales tandis que ses mains tiraient sur la braguette de son jean.

Bran déglutit pour chasser cette image qui risquait de le mettre dans l'embarras.

Et puis le bébé agrippa le nez de Bran, enfonçant ses doigts minuscules dans ses narines, ce qui lui rappela où il était et le ramena au pays de l'humilité.

Ireland éclata de rire.

– Elle te mène par le bout du nez, hein ?

C'était ça, la coolitude. Bran sortit les petits doigts de son nez et embrassa les fossettes de la petite main de Harlow.

– Je te présente Harlow, ma nièce. Elle sait comment attirer mon attention.

– J'aime bien sa tactique. Subtile. Il faudra que j'essaie un jour, dit-elle une lueur moqueuse dans les yeux.

– Tu me mènes par le bout d'autre chose.

Elle arqua un sourcil.

D'accord, il flirtait. Et alors ? Un petit flirt n'avait jamais fait de mal à personne. C'était ce qui venait « après » qui avait failli le perdre hier soir. C'était la première fois qu'il avait failli oublier de se protéger depuis le lycée.

Ireland toussota.

– À propos d'hier soir… c'était… inattendu. Ne te sens pas obligé de continuer. Tu n'as pas à, euh, aller plus loin.

Adam s'approcha et lui subtilisa Harlow. Bran fronça les sourcils. *Maudits frangins.* Il se tourna vers Ireland.

– Tu veux parler de notre rendez-vous ? J'ai déjà tout prévu. À moins que tu aies changé d'avis ?

Elle secoua la tête.

– Non.

Un léger sourire retroussa ses lèvres pulpeuses. Des lèvres qu'il avait dévoré…

Bran se frotta le menton du pouce, se retenant de l'attirer contre lui et de reprendre le baiser fiévreux qu'ils avaient commencé il y a moins de vingt-quatre heures.

– Que dirais-tu d'un dîner ? Pas dans un restaurant. Ailleurs. Bosser dans la restauration ne me donne pas vraiment envie d'y traîner après le boulot.

Elle pencha légèrement la tête.

– Alors où ?

– C'est une surprise.

– Je reviens ! dit Adam en lui collant Harlow dans les bras avant de partir précipitamment.

Bran s'empressa de sécuriser sa prise sur la petite qui se tortillait.

– C'est quoi ce… ?

Il jeta un coup d'œil en direction d'Adam au moment où Wes éclatait de rire à l'autre bout de la pièce en brandissant un sac à langer. Bran regarda le bébé.

– Fils de… flûte.

Wes arriva près de lui.

– On dirait qu'Adam t'a fait une passe décisive.

Il tendit le sac à langer à Bran… qui tenta de lui rendre.

– Tu es le père. C'est ton boulot.

Wes leva les mains.

– Je ne peux pas, j'ai des hamburgers qui grillent sur le barbecue. En plus, je la change toute la journée. C'est un bon entraînement pour toi, s'esclaffa Wes en s'éloignant.

Bran lança un regard nerveux à Ireland.

– Tu as déjà fait ça ?

– C'est ta nièce. Tu ne l'as jamais changée ?

– Non.

Ireland se couvrit la bouche pour masquer son sourire hilare.

– Ça devrait être amusant.

Et merde.

Chapitre Quinze

Ireland suivit Bran dans le salon, qui était relativement désert comparé à la cuisine et à l'entrée où s'entassaient les imposants frères Cade et leurs tendres moitiés.

Elle s'agenouilla sur la moquette et s'assit sur les talons.

Bran s'accroupit et installa Harlow sur le tapis, calant le sac à langer contre sa large cuisse. Il fronça le nez.

– Elle empeste.

Ireland fit des gazouillis à Harlow, qui allait en mettre partout si Bran n'accélérait pas le rythme. Elle le regarda du coin de l'œil et le surprit à fixer le sac à langer d'un air perplexe.

– Tu diriges quatre restaurants, mais tu ne peux pas changer une couche ?

Il lui lança un regard moqueur.

– Bien sûr, je peux changer une couche. Ça ne doit pas être compliqué.

Il sortit une couche du sac et l'étudia comme si c'était un objet mystique.

Ireland réprima un rire. Cali et elle avaient de jeunes cousins et Ireland avait changé leur couche deux ou trois fois quand ils étaient petits. Ce n'était pas aussi facile qu'il y paraissait. Surtout avec un bébé gigoteur comme Harlow.

Ireland se mit à faire des grimaces pour faire rire la petite et la tenir tranquille tandis que Bran triturait les languettes élastiques de la couche.

Il regarda le bébé, haussa les épaules et lui retira son collant.

Ireland leva un doigt.

– Tu devrais prendre des lingettes.

– Des lingettes ?

– Pour ses fesses. Tu sais, avant d'enlever la couche.

– D'accord.

Il fouilla dans le sac et en sortit un paquet de lingettes pour bébé.

– Et un tapis à langer, ajouta-t-elle. Pour ne pas salir le tapis.

Bran fronça les sourcils et plongea de nouveau la main dans le sac, trifouillant jusqu'à ce qu'il trouve un tapis à langer enroulé. Il le déroula par terre, puis allongea Harlow dessus, qui se mit immédiatement à gigoter.

Bran posa doucement sa grande main sur sa poitrine minuscule, la chatouillant sous le menton pour qu'elle rigole et reste en place.

– Tu peux lui essuyer les fesses et mettre les lingettes dans la couche sale, suggéra Ireland.

Les deux mains occupées à immobiliser Harlow, il lui dit :

– Tu ne veux pas prendre la relève ? Ou m'aider. J'accepte volontiers ton aide.

– Pas question. Te regarder faire est trop marrant.

Bran grommela, tandis qu'Ireland s'asseyait en tailleur pour être plus à l'aise. Elle envisagea de sortir son téléphone pour avoir une preuve photographique, mais elle changea d'avis. Bran pourrait se dégonfler si elle attirait l'attention sur lui, or elle voulait être témoin de cet événement. Un type musclé et sexy en train de changer la couche d'un bébé ? Il n'y avait pas plus adorable.

Bran examina la couche de Harlow une fois son collant ôté. Il avait l'air effrayé, le pauvre.

Ireland pinça les lèvres pour réprimer un gloussement.

— Tout va bien ?

— Très bien, marmonna-t-il.

Il tira sur les languettes comme s'il arrachait un pansement et le devant de la couche sale retomba.

Bran ferma les yeux et secoua la tête.

— Qu'est-ce que mon frère lui donne à manger ? Comment une chose si petite peut produire autant de… (Harlow se mit à gigoter les pieds et les yeux de Bran s'arrondirent.) Mer… je veux dire, mercredi.

Il piocha quatre ou cinq lingettes et se mit à tamponner les fesses de Harlow comme s'il nettoyait une zone contaminée.

Ireland riait maintenant. À gorge déployée. En se tenant le ventre. Ce qui attira les regards de l'autre côté de la pièce.

— Ça ne m'aide pas, lui dit Bran, le front perlé de sueur.

— D'accord… dit-elle en inspirant à fond pour calmer son fou rire. Tu lui tiens les jambes et tu l'essuies pendant que je la distrais.

Ireland ramassa un jouet sur le tapis et l'agita au-dessus de la tête de Harlow en faisant des grimaces, alors que le bébé essayait de l'attraper.

Un déluge de lingettes s'ensuivit, et puis…

— Oh bon sang.

Ireland baissa les yeux. Il avait presque tout nettoyé, du bon boulot.

— Qu'est-ce qu'il y a ? Tu as presque terminé.

— Il y a… de la… dans sa… (Il leva les mains.) Je ne peux pas. Wes ! Ramène ton cul ici.

— Ne fais pas ta chochotte, cria Wes du patio.

La baie vitrée était ouverte et Wes retournait les steaks sur le barbecue.

— Je vais le tuer, fulmina Bran, puis il regarda Ireland. C'est dans ses… plis intimes. Je laisse comme ça ?

— Absolument pas. Elle va attraper une infection. Fais attention à bien l'essuyer de l'avant vers l'arrière.

Bran fit la moue.

— Ça veut dire quoi, bordel ?

— Ne pousse pas le caca vers ses plis intimes. Essuie du haut vers le tapis à langer.

Elle mima le geste, et il fronça les sourcils.

— J'arrive pas à croire que je fais ça.

Bran ferma les yeux et nettoya le bébé comme Ireland lui avait montré. Puis il ouvrit un œil et donna un dernier coup de lingette.

— C'est bon ?

Ireland jeta un coup d'œil.

— Parfait. Maintenant, enlève avec précaution la couche sale, recolle les languettes pour enfermer les lingettes dedans et glisse la couche propre sous ses fesses.

Bran suivit les instructions — étonnamment bien, en fait.

Elle hocha la tête.

— Mets-lui de la pommade pour qu'elle n'ait pas d'érythème fessier, colle les languettes, et tu as terminé.

Bran se nettoya les mains avec une lingette propre. Il fouilla dans le sac à langer tout en tenant les petits pieds de Harlow. Le bébé gigotait dans tous les sens après être resté si longtemps au même endroit et Ireland se trouvait à court de jouets pour la distraire.

Bran sortit la pommade et en mit une noix sur son

doigt, puis il l'étala rapidement sur ses fesses. Il colla les languettes sur la couche, puis leva les deux mains comme s'il était chronométré.

Ireland rajusta les languettes pour que la couche soit plus serrée.

— Bravo, tu as réussi à changer ta première couche.

Harlow se retourna et s'éloigna en rampant, jambes nues, ses petites fesses se dandinant sur la moquette en direction de Hunt, qui s'empressa de la prendre dans ses bras.

Bran s'essuya le front avec son avant-bras. Il jeta les produits de toilette dans le sac à langer et ramassa la couche pleine de caca entre le pouce et l'index.

— Je suppose que tu ne sais pas quoi faire de ça ?

— Demande à Wes ou Kaylee où la mettre.

Bran traversa le salon pour rejoindre Kaylee, et Ireland se dirigea vers les toilettes qu'elle avait repérées près de l'entrée. Elle ne prit pas la peine de fermer la porte, car elle se lavait juste les mains. Bran entra alors qu'elle avait terminé.

— Pardon, dit-il surpris avant de reculer.

— J'ai fini. Je te laisse la place. Tu t'es bien débrouillé, ajouta-t-elle en souriant.

Il fronça comiquement les sourcils tandis qu'elle s'essuyait les mains sur la serviette, puis ils échangèrent leur place. Bran se lava les mains vigoureusement.

— J'adore Harlow, mais putain, changer les couches ? Je ne pense pas être fait pour ça.

Ireland jeta un regard derrière elle, trouvant bizarre de discuter aux toilettes. C'était une scène intime, comme s'ils avaient volé ce moment.

— Personne n'aime changer les couches, mais quelqu'un doit le faire.

Il s'essuya les mains sur la serviette et se tourna vers elle.

— Tu ne trouves pas que ça a détruit ma virilité mythique ? Je ne courtise pas les femmes en changeant les couches.

Elle émit un petit rire.

— Parce que tu courtises les femmes ?

La moitié du temps, Bran ne semblait pas s'intéresser à elle. L'autre moitié, sa langue lui incendiait la bouche et elle avait peur d'imploser sous le feu de ses doigts.

Il lui fit un regard sensuel et ses tétons se redressèrent comme s'il les avait sifflés.

Elle se racla la gorge. *Voilà. Exactement ça.* Cet homme était dangereux.

— Je ne sais pas. Je trouve ça plutôt séduisant un mec grand et musclé qui s'occupe d'un bébé. C'est sexy.

Ses sourcils se levèrent. Il passa la main dans son dos et ferma la porte, scellant leur intimité. Il appuya la main sur la porte à côté de sa tête.

— Sexy, hein ? Sexy comment ?

Elle déglutit.

— Très sexy.

Son regard s'attarda sur ses lèvres.

— Je trouve sexy que tu aies su me diriger. Comment sais-tu changer un bébé ?

Les yeux d'Ireland convergèrent aussi vers sa bouche, qui sembla se rapprocher, ce qui la troubla.

— Des cousines. J'ai des cousines. Cali et moi sommes au milieu, et on a des cousines plus âgées qui ont des enfants.

Il leva la main et glissa les doigts dans une mèche de ses cheveux.

— J'aime bien tes cheveux.

— Mes cheveux ? Euh, merci.

De quoi parlaient-ils déjà ?

Ah oui. De couches.

La plupart des types auraient envoyé leur frère sur les roses si on leur avait demandé de changer une couche. Mais Bran s'était occupé de Harlow parce qu'il aimait cette petite fille. Comment cela pouvait-il ne pas être sexy ?

– Je… je…

Merde, elle bégayait. Comment pouvait-elle reprendre le fil de la conversation avec son corps si près du sien et ses yeux bleu intense qui la sondaient ?

– Tant pis, dit-elle.

Elle mit une paume derrière sa tête et la poussa jusqu'à ce que ses lèvres s'écrasent sur les siennes. Elle l'embrassa et enfonça la langue dans sa bouche au moment où il la souleva et sembla pivoter. Une seconde plus tard, elle était assise sur le meuble du lavabo, son corps puissant calé entre ses cuisses.

Il promena les lèvres sur son cou, et il lui caressa la taille, remontant jusqu'à sa poitrine par les côtés.

– Tu aimes me coller sur des meubles — bureau, lavabo…

– Je préférerais un lit, mais ça fera l'affaire.

C'était la deuxième fois en deux jours qu'Ireland se retrouvait à faire une séance de pelotage avec Bran Cade. Qu'est-ce qu'ils faisaient ? Elle n'était même pas sûre de l'aimer. Enfin, elle l'*aimait bien*, à l'évidence, mais elle n'était pas sûre qu'il soit bien pour elle.

– On ferait mieux d'arrêter, dit-elle en se penchant en arrière, lui offrant un meilleur accès au haut de ses seins, que sa bouche et sa langue parsemaient de petits baisers humides qui lui envoyaient des décharges d'électricité dans le ventre.

– Probablement, murmura-t-il. Mais pas envie.

– Moi non plus. Pourquoi ?

– 'Sais pas. M'en fous.

Il lui prit la bouche et empoigna son cul, plaquant son intimité contre son membre long et dur.

La tête d'Ireland se mit à tourner.

– Bran, attends.

Il leva les yeux et recula de quelques centimètres.

– D'accord. Pas ici.

Mais ailleurs ? Vraiment ? Pourquoi ne pouvaient-ils pas s'empêcher de se tripoter ?

Ireland aimait bien Bran, mais jusqu'à récemment, elle n'était pas sûre qu'il la respecte. Elle ne l'était toujours pas. Même s'il l'appréciait beaucoup. Et il savait comment lui embraser le corps, ce qui n'aidait pas.

Cali, évidemment, approuverait.

– On devrait rejoindre les autres, dit Ireland. Quelqu'un a pu te voir entrer dans les toilettes avant que j'en sorte.

Bran se frotta la mâchoire en fixant sa poitrine.

– Ouais.

– Bran ?

Il leva les yeux vers elle.

– Tu veux sortir en premier ?

Il posa les mains sur sa taille et se pencha en avant pour l'embrasser tendrement sur la bouche.

– Je sors en premier. Attends quelques minutes.

Elle sourit.

– On se croirait au lycée.

– Bienvenue dans mon monde. Je dois sans cesse ruser avec une bande de frangins qui fourrent leur nez partout.

Elle le regarda partir, puis elle se laissa glisser par terre.

– Putain de merde.

Si c'était ce qui se passait chaque fois qu'ils étaient seuls, leur rencard dans un non-restaurant risquait de finir en feu d'artifice.

Chapitre Seize

— **P**rends-les, c'est tout.

Cali lui colla une poignée de préservatifs sur la poitrine, qu'Ireland s'empressa de repousser.

– Holà, je n'en ai pas besoin. C'est mon premier rendez-vous en deux ans. Je ne le ferai pas. Je ne suis même pas sûre que Bran pense à moi de cette façon.

D'accord, c'était un mensonge. Bran pensait à elle de cette façon. Il avait été clair, puisque sa bouche s'écrasait contre la sienne dès qu'ils étaient seuls… ou le contraire, peu importe. Mais Ireland n'était pas sûre que Bran la considère comme autre chose qu'un plan cul.

Ireland soupçonnait de n'avoir été pour ses quelques ex-petits amis qu'un plan cul prolongé dans le temps. Les hommes n'appréciaient pas sa personnalité et elle en avait marre de ces conneries.

Cali, en short ultracourt et débardeur, tenait Buddy sur sa hanche.

– Prends-en un au moins. Tu m'as dit que tu ne prenais pas la pilule…

– Parce que je ne suis pas sortie avec un mec depuis la période glaciaire.

– Exactement, alors ne ruine pas tes chances d'avoir un peu de chaleur humaine.

Ireland secoua la tête.

– J'ignore les intentions de Bran. Il imagine peut-être une aventure, mais je ne veux pas d'aventure.

Cali s'approcha, posa la main sur le bras d'Ireland et Buddy lécha son t-shirt d'une langue baveuse.

– Si tu décides de… vivre le moment à fond, je veux que tu te protèges, c'est tout.

Ireland tordit la bouche sur le côté. Elle aimait bien Bran quand il ne se comportait pas en trouduc. Et pour une raison extrêmement ennuyeuse, il lui faisait de l'effet — son odeur (un mélange de virilité et de savon), sa façon de la toucher. Il avait même un bon goût, le bougre.

Bon. Prévoir une protection n'était sans doute pas une mauvaise idée, juste au cas où.

Cali scruta le visage d'Ireland et sourit, puis elle fourra une capote dans le sac à main de sa cousine, en lui faisant un clin d'œil.

Une seule. Pas de pression.

Ireland soupira.

– Je ne parle pas de ma vie sexuelle, alors n'espère pas de récit détaillé.

Cali fit la moue.

– Tu n'es pas drôle. Heureusement, je pourrais lire ce qui s'est passé sur ton visage.

Merde. C'était vrai.

– Laisse-moi tranquille ! s'écria Ireland alors que Cali et Buddy disparaissaient dans le couloir menant à la chambre.

Ireland sortit le préservatif de son sac et lut l'emballage : taille XXL.

Génial. Et si Bran n'était pas monté comme un cheval et qu'il nageait dedans ? Et pourquoi elle pensait à ça, de toute façon ? Il ne se passerait rien.

Elle glissa le préservatif dans la poche latérale de son sac, se frotta les dents de devant avec l'index pour s'assurer qu'elle n'avait pas de marques de rouge à lèvres, et leva les yeux au ciel en lui adressant une prière silencieuse. *Tout va bien se passer, ce n'est qu'un rendez-vous.*

———

BRAN VÉRIFIA que le panier de pique-nique qu'il avait emprunté à Hayden et Adam était bien calé à l'arrière du pick-up alors qu'il contournait le pare-chocs pour aller frapper à la porte de la maison de Jaeg. Avant d'avoir le pick-up, à l'époque où il gérait une auberge en ville, il possédait une bagnole pourrie. Il n'avait jamais touché au fonds de placement que son père avait mis en place pour lui, pas plus hier qu'aujourd'hui. L'argent n'avait jamais été important pour Bran, et vivre sur ce fonds aurait signifié qu'il approuvait que son père ait fait passer son travail avant sa famille.

Bran gagnait assez au Club Tahoe maintenant pour s'offrir un pick-up neuf et une grande maison s'il le désirait. Au lieu de cela, il avait acheté le petit chalet de Wes et y faisait des travaux. Bien sûr, l'argent en sus qu'il gagnait en gérant quatre restaurants au lieu d'un seul s'accompagnait d'une tonne de responsabilités et d'une grosse dose de stress. Quoi qu'il en soit, le pick-up s'avérait très utile quand il avait besoin de faire un ravitaillement en urgence pour les cuisines. Et quand il voulait emmener une belle femme dans un endroit isolé.

Merde. Est-ce que c'était une bonne idée ? D'être seul avec Ireland ? Sans personne autour pour les interrompre ?

Non. Non, ce n'était pas une bonne idée. Mais il n'allait pas faire demi-tour maintenant.

Bran était capable de garder la situation en main. Contrôler leur relation comme il l'avait fait avec toutes les femmes rencontrées depuis sept ans. Mais au fond de lui, il savait qu'il se mentait à lui-même.

Étrangement, il s'investissait plus avec Ireland. Et il était foutrement plus attiré par elle que par n'importe quelle autre de ses conquêtes, c'était bien le problème. Il était facile de rester maître des événements quand votre queue n'était pas impliquée. Mais dès que le grand manitou faisait des siennes, l'enfer se déchaînait.

Bran s'arrêta sur le porche de Jaeg. Il n'était pas trop tard pour faire marche arrière.

Puis Jaeg ouvrit la porte.

— Tiens, tiens, tiens… Regardez qui nous avons là.

Le beau visage d'Ireland apparut derrière le biceps de Jaeg.

— C'est pour moi.

Elle essaya de le contourner, mais Jacg ne bougea pas.

Super. Bran savait déjà ce qui allait suivre.

— Comment ça va, Jaeg ?

— J'ai entendu dire que tu invitais Ireland à dîner. Où l'emmènes-tu et à quelle heure la ramènes-tu à la maison ?

Il avait un regard sévère, mais un sourire soulevait le coin de sa bouche.

Puis Jaeg fut tiré en arrière par des petits bras enroulés autour de sa taille. Une main lui chatouilla les côtes, sans doute à un endroit sensible, et le grand gaillard se contorsionna en éclatant de rire.

— Arrête de casser son coup ! s'exclama Cali, écartant Jaeg du passage tout en poussant Cali dehors.

— Désolée, Bran. La voilà. Passez une bonne soirée, je

veux dire une *très* bonne soirée, dit-elle en faisant un clin d'œil.

Bran regarda furtivement Ireland, qui était devenue toute rouge.

Ireland s'avança sur le porche et referma prestement la porte.

— J'adore ma cousine, mais je vais devoir me chercher un appart.

Bran pouffa.

— Je n'ai jamais vu Jaeg jouer le grand frère protecteur avant. Même si c'était pour m'embêter, ça fait bizarre vu que c'est mon pote.

— Cali est ma cousine. Il veille sur ses proches.

— C'est sûr, s'esclaffa-t-il. Mais je n'aurais jamais pensé me retrouver du mauvais côté.

— Parce que tu ne sors pas avec des filles ?

— Parce que je ne sors pas avec les cousines des fiancées de mes amis.

Elle sourit.

— Ah oui, la cousine de la fiancée d'un ami devrait absolument être *intouchable*.

Bran lui jeta un regard tandis qu'ils descendaient les marches.

— Tout à fait. Tu peux encore faire marche arrière.

Il y avait réfléchi. Pourquoi ne pas lui offrir le choix ?

Bien que si elle se dégonflait, il ferait tout pour la convaincre de venir.

Ireland lui plaisait trop, et il avait peur qu'en continuant dans cette voie, son égoïsme ne connaisse aucune limite. Bran ignorait les causes de la panne informatique, et s'il demandait à James, il lui répondrait qu'Ireland en était en partie responsable. Non pas que Bran croyait James. Mais ça le mettait dans une situation délicate. Étant donné qu'il sortait officiellement avec elle. Et qu'elle travaillait pour lui.

Cependant… il allait être égoïste. Au moins pour ce soir, car il allait emmener Ireland dîner, que ce soit éthique ou non.

Ireland était follement belle en robe d'été blanche et cardigan bleu marine, ses jolis ongles de pied vernis en rouge glissés dans des sandales à lanière. Il ouvrit la porte côté passager, et Ireland grimpa sur le siège.

– Marche arrière ? dit-elle. Tu plaisantes. On dîne ensemble et tu refuses de me dire où ; tout ce que je sais, c'est que ce n'est pas dans un restaurant. Je veux absolument découvrir où mène cette nouvelle excursion…

Bran fit le tour du pick-up et s'installa derrière le volant, le cœur battant la chamade. C'était exactement ce qu'il redoutait. Car chaque fois qu'il était avec Ireland, il avait envie de s'aventurer dans des endroits où il n'était jamais allé auparavant.

Chapitre Dix-Sept

B ran quitta le Pioneer Trail et emprunta un chemin privé. C'était une route à double sens qui se rétrécissait en une voie à sens unique bordée de maisons éparses séparées par de grandes bandes de nature sauvage. Il tourna à droite devant un modeste chalet et roula jusqu'au bout du terrain relativement éloigné de la route, car la propriété s'étalait sur un hectare.

Il s'arrêta dans son coin favori de la propriété et coupa le moteur, l'arrière du pick-up faisant face à la forêt.

Ireland regarda autour d'elle.

— C'est magnifique, mais le propriétaire ne va-t-il pas s'opposer à ce qu'on se gare chez lui ?

— Nan.

Bran aurait pu l'emmener n'importe où. Il y avait plein de sites idylliques au lac Tahoe pour pique-niquer au coucher du soleil.

— Je sais de source sûre, ajouta-t-il, que le propriétaire ne s'y opposera pas.

Elle eut l'air sceptique.

— Comment tu peux en être certain ?

Il se pencha pour jeter les clés dans la boîte à gants, immédiatement envouté par son parfum floral aux notes d'oranger, enivrant comme une drogue.

— C'est moi le propriétaire.

Bran se redressa lentement, soudain tendu, incertain de la réaction d'Ireland au fait qu'il l'emmenait passer la soirée chez lui.

Elle se mordit la lèvre.

— Oh. Est-ce qu-qu'on reste ici ?

Super, il l'avait rendue nerveuse.

— Tu es d'accord ? J'ai apporté des couvertures.

Et un matelas de sol pour le confort.

Merde. Ça se présentait mal, non ?

— On peut aller ailleurs, s'empressa-t-il de dire. Dans un restaurant. Il y en a plusieurs à…

— Non, le coupa-t-elle en souriant. C'est adorable. Je n'ai jamais pique-niqué le soir. Et les maisons sont si loin que j'ai l'impression d'être au milieu des bois.

Il poussa un soupir de soulagement. Il ne voulait surtout pas mettre Ireland mal à l'aise. Ce n'était pas le but de la soirée. Plutôt un mea culpa pour avoir été un salaud, et l'avoir allumée, et embrassée tant de fois. Même s'il n'avait pas l'impression que ses baisers l'embêtaient.

— Viens, dit-il. J'ai un panier rempli de bonnes choses à l'arrière du pick-up.

Le chant de la rivière Heavenly Valley Creek s'éleva en arrière-plan quand ils descendirent du pick-up. Bran détacha le hayon et l'abaissa, puis il prit une couverture qu'il tendit à Ireland. Les soirées pouvaient être fraîches, bien qu'il fasse anormalement chaud ce soir-là.

Il grimpa dans la benne du pick-up et installa contre la cabine les coussins pris à son mobilier de jardin, créant ainsi un canapé improvisé — sans que le matelas, espérait-il, intimide Ireland.

Il se pencha au-dessus du hayon et l'aida à grimper sur le plateau. Elle crapahuta jusqu'au matelas et s'installa contre les coussins.

Elle ferma les yeux.

– C'est le plus beau restaurant où je sois jamais allée.

Il sourit en la regardant, la chaleur envahissant sa poitrine.

Pourquoi faire plaisir à Ireland lui procurait-il tant de joie ?

– Attention, dit-il. En théorie, je dirige le meilleur restaurant de la ville.

– Les restaurants du Club Tahoe arrivent en deuxième position, répondit-elle du tac au tac.

Insolente. Il aimait ça.

Bran attrapa le panier de pique-nique.

– Eh bien, tu as de la chance, parce que j'ai apporté des plats d'un des restaurants classés en seconde place. Entre l'emplacement du premier et la cuisine du deuxième, j'espère faire bonne impression.

Elle écarquilla les yeux.

– Oh, je suis impressionnée.

———

QUE FAISAIT CET HOMME ? Non seulement Bran avait choisi un endroit original où l'emmener, mais c'était aussi un endroit particulier. Bon, techniquement ils se trouvaient dans son jardin, mais c'était un lieu absolument sublime. Et il avait apporté des coussins, des couvertures et un superbe panier de pique-nique. Aucun homme n'avait jamais organisé une soirée aussi spéciale pour elle.

Bran installa une petite table pliante relativement stable

grâce à l'épais matelas de sol. Ireland avait noté la présence du matelas, et cela l'avait fait tiquer. Pendant une ou deux secondes, jusqu'à ce qu'elle se pose dessus et en apprécie trop le confort pour se méfier des intentions de Bran.

Il posa des couverts sur la table et remplit deux verres de vin.

— Je t'ai vu boire du rouge quand tu faisais des squats l'autre jour, dit-il avec un sourire moqueur si sexy que son ventre se contracta. Désolé, pas de porte-verre à vin ce soir…

— Je suis capable de boire du vin sans porte-verre. Du moins, quand je ne fais pas de sport…

Il lui tendit un verre.

— Les porte-verres et les squats sont très utiles pour se cacher.

Mince. Il savait. Elle s'était cachée derrière le comptoir quand Bran était entré avec Jaeg après le désastre de *l'excursion alcool'eau.* Mais les choses avaient changé depuis. Il lui avait montré un côté plus tendre. Bran n'était plus le type revêche du début.

Elle lui lança un regard grave.

— Je ne me cache plus maintenant.

— Non. Et j'essaie de ne pas me cacher non plus. Je suis désolé, ajouta-t-il en se frottant la nuque. Pour les choses que j'ai dites sur le bateau et ailleurs. La façon dont je t'ai traitée au début… J'ai tendance à être prudent, et parfois, ça ressemble à de la méchanceté.

Elle étudia son visage.

— Seulement avec les femmes, cependant.

C'était une affirmation, car elle avait eu tout le loisir de l'observer. Elle avait vu comment il se comportait avec ses frères et ses copains.

– Ça m'arrive. C'est parce que je n'ai pas confiance en moi, avoua-t-il.

Elle avala une gorgée de vin.

– D'après mon expérience, les hommes insensibles sont plus souvent les victimes du sexe opposé.

Il posa sa bruschetta.

– C'est peut-être vrai. Dans mon cas, je deviens intenable en présence des femmes que je trouve belles. Je perds la tête.

Il lui lança un regard qui lui envoya des signaux torrides sous la ceinture. Elle déglutit.

– Et c'est mal ?

Il lui tendit une serviette en tissu rouge et en posa une sur ses genoux.

– Quand je suis trop impliqué pour avoir les idées claires, oui.

Ireland mordit dans sa bruschetta en le regardant.

– D'après ce que j'ai entendu, tu es très sérieux. Je ne vois pas en quoi le fait de sortir avec une fille qui t'attire changerait ta personnalité. Tu es maître de ta vie.

– Pas toujours.

Son regard tomba sur ses lèvres, lui rappelant toutes les fois où elle l'avait senti perdre le contrôle.

Elle avala sa salive. Leurs étreintes lui semblaient être le résultat d'une attraction magnétique — chaude, très chaude. Mais peut-être ne voyait-il pas les choses ainsi ? Ireland, quant à elle, n'avait jamais ressenti un tel désir pour personne. Et elle voulait plus.

– Tu regrettes de m'avoir embrassée ? demanda-t-elle.

– Oh non. Mais tu mérites un homme mieux que moi. J'ai peur…

Bran ne finit pas sa phrase. Il prit le panier de pique-nique à la place.

Hors de question qu'il s'en tire si facilement.

– De quoi as-tu peur ?

Il ne répondit pas tout de suite, préférant fouiller dans le panier.

– Je ne veux pas te faire de mal. Mais mon travail, c'est toute ma vie. Je ne peux pas laisser tomber mes frères.

– Je ne voudrais pas que tu le fasses. Mais qu'est-ce que tes frères ont à voir avec nous ?

Il posa un plat emballé sur la table et se passa une main sur le visage.

– Je suis passé de trente kilomètres/heure à plus de cent après la mort de mon père. Je n'ai jamais dirigé plusieurs restaurants, et c'est une part importante des revenus du complexe hôtelier. Je ne peux pas me planter.

Ireland secoua la tête, perplexe.

– J'ai discuté avec Emily. Le Club Tahoe s'accroche bien.

– S'accrocher n'est pas la même chose que réussir. À l'exception du mois où on a accueilli le tournoi de golf professionnel – un vrai coup de chance –, on s'accroche du bout des doigts depuis la mort de mon père.

Il enleva la feuille d'aluminium pour révéler le filet mignon le plus juteux qu'Ireland n'ait jamais vu, et son fumet était un délice.

– On a la meilleure cuisine et le meilleur emplacement de la ville, dit Bran. Si les restaurants ne marchent pas, je serai le seul responsable.

Bran se mettait trop de pression sur les épaules. Ireland avait eu accès à des informations grâce à son travail de consultante au Club Tahoe. Elle avait constaté l'efficacité avec laquelle Bran dirigeait le Prime. Il faisait un travail fantastique. Mais c'était presque comme qu'il s'attendait à ce qu'une catastrophe tombe du ciel et gâche tout.

– Tu as mis en place le nouveau système de commande. Il va doubler les revenus de la restauration.

– Je me suis battu pour l'avoir. J'ai convaincu mes frères qu'on en avait besoin. Et aujourd'hui, il nous coûte de l'argent sans nous en rapporter.

Elle mordit une bouchée de bruschetta et la mâcha lentement en réfléchissant.

– Pour l'instant. Mais je vais le faire fonctionner.

– Ce n'est pas ce que prétend James.

Ireland reposa brusquement sa bruschetta sur la table.

– Qu'est-ce qu'il a dit, ce connard ?

Bran arqua un sourcil.

Ireland referma prestement la bouche.

– Pardon… je ne l'aime pas.

– Ça se voit. Si ça peut te consoler, je ne l'aime pas non plus. Mais il a conçu le logiciel, et je pense qu'il sait ce qu'il fait.

Ireland fronça les sourcils.

– Ça reste à prouver.

– L'un de vous doit se montrer à la hauteur du problème, ou je devrai trouver un plan B.

– Un plan B, c'est-à-dire me virer et faire venir quelqu'un d'autre ?

– Si je dois le faire. C'est ce que je voulais dire en déclarant que je devais faire passer le Club Tahoe et mes frères en premier.

Ireland but du vin en observant Bran.

– On n'est pas obligés d'aller plus loin. Tu m'as plu dès que je t'ai rencontré, mais je mérite un mec qui s'investit pleinement.

Il arrêta de déballer les plats et la regarda sérieusement.

– Tu as raison. Je veux tout savoir sur toi, mais je sens

que le contrôle de ma vie et de notre relation m'échappe quand je suis avec toi.

— Alors pourquoi tu m'as invitée ici ? dit-elle en désignant les lieux d'un geste circulaire.

Il la fixa un moment, puis il se pencha et l'embrassa tendrement sur la bouche.

— Parce que je t'aime bien.

Et sur cette note sensuelle et déroutante, ils mangèrent leur filet mignon dans un silence relatif. En partie parce que le plat était divin. En partie parce qu'Ireland ne savait pas quoi dire. Puis Bran sortit la tarte aux pêches faite maison, et elle n'avait vraiment pas de mot pour décrire son ravissement à l'exception de petits gémissements de plaisir qui attiraient l'attention de Bran. Mais ce n'est pas la tarte qu'il contemplait.

Chaleur. Attirance. C'est pour cela qu'ils étaient là. Sur un matelas. En plein air. Qui pouvait lutter contre les forces de la nature ?

— Je ne peux plus bouger, dit Ireland. Tu as raison. La cuisine du Prime est divine.

Elle s'affala contre les coussins, le ventre légèrement arrondi par toute cette nourriture.

— Tu sais, continua-t-elle, tu tiens peut-être un concept génial avec cette expérience de dîner en plein air. As-tu pensé à faire un restau pop-up Prime ?

Bran se cala en arrière, les bras derrière la tête.

— Je ne me vois pas servir des tables sous les arcades commerçantes.

Ireland se tourna vers lui.

— Non, je veux dire un restaurant d'été distinct en plein air, sur le site du Club Tahoe, avec des lampes chauffantes et une ambiance romantique. Votre complexe touristique occupe les plus beaux emplacements au bord du lac Tahoe, avec une vue imprenable sur le lac et les montagnes environnantes. Pourquoi ne pas monter une sorte de Prime en plein air ? Durant la saison estivale. L'hiver est trop froid.

Il roula sur le côté et lui fit face, à quelques centimètres. Il lui caressa la tempe du bout du doigt.

– Quelles autres idées trottent dans ce brillant esprit ?

De vilaines idées, pensa-t-elle en se penchant pour presser les lèvres contre les siennes.

Chapitre Dix-Huit

La bouche de Bran resta immobile pendant une nanoseconde, puis ses lèvres se mirent à bouger sous celles d'Ireland, et il lui enlaça la taille d'un bras pour la tirer vers lui, lui envoyant une décharge dans la colonne.

Ireland glissa les doigts dans ses cheveux souples et imprima le rythme du baiser tandis que la main de Bran descendait le long de son flanc, puis de sa fesse et de sa jambe.

Il se pencha lentement au-dessus d'elle, l'enfonçant dans le matelas.

– Tu es d'accord ?

Bon sang, il ferait mieux de ne pas briser le charme en parlant.

– Pas de bla-bla, tu te souviens ?

– Exact, moins de parlote, plus de mains. Ai-je mentionné que tu es supérieurement intelligente ?

Ce n'était pas toujours un compliment dans le cas de ses anciens petits amis. Certains hommes n'aimaient pas les femmes avec un cerveau.

– Est-ce que ça me rend moins ou plus attirante ?

— Beaucoup plus, dit-il en se redressant sur un coude, apparemment pour avoir une meilleure prise, car il l'empoigna par la taille et la glissa sous lui, sur le matelas. Préviens-moi si *mes mains* vont trop loin.

Elle se trémoussa, balançant les hanches.

— J'attends toujours qu'elles passent à l'action.

Un grondement rauque monta de la poitrine de Bran et il attrapa sa jambe et la leva pour caler sa taille entre ses cuisses.

— Comme ça ?

Elle redressa la tête et lui embrassa le cou, dardant furtivement la langue sur sa peau. Bon sang, il avait un goût exquis.

— C'est pas mal.

La seconde d'après, Bran l'embrassait fiévreusement, enveloppant sa langue dans la sienne et lui dévorant la bouche. Ses lèvres glissèrent vers son cou, qu'il parsema de petits baisers sensuels. Il ouvrit son cardigan bleu et baisa le renflement de ses seins, puis mordilla un téton à travers le tissu de sa robe.

— Là, ça devient bien, dit-elle d'une voix haletante.

Bran se releva, brisant l'étreinte, et elle se sentit perdue. Jusqu'à ce qu'il passe les mains derrière sa nuque et enlève prestement son polo à manches longues par la tête.

Ireland palpa les muscles de sa poitrine.

— De mieux en mieux. J'approuve totalement, souffla-t-elle en touchant ses biceps. Comment peux-tu garder un corps si athlétique avec tous les bons petits plats servis dans tes restaurants ?

— Le sport. Le métabolisme des Cade, dit-il en faisant glisser son cardigan le long de ses bras jusqu'à ce qu'elle accepte d'ôter les mains de son corps le temps de l'enlever.

Évidemment. Les cinq frères Cade étaient sexy — sans doute une histoire de gênes.

Il sembla étudier sa robe, et apparemment il comprit qu'elle s'ouvrait dans le dos, car il la souleva légèrement pour descendre la fermeture éclair et elle sentit l'air frais du soir sur sa peau.

Elle l'aida à faire glisser sa robe de ses épaules et se retrouva en soutien-gorge, dénudée jusqu'à la taille.

Du moins, elle pensait avoir encore son soutien-gorge, mais au moment où elle se redressa pour l'embrasser, il fut prestement dégrafé et vola sur le côté.

Ireland se couvrit instinctivement les seins. Bran sourcilla.

– Trop loin ?

Pensait-il honnêtement qu'elle allait se dégonfler avant lui ? Elle en pinçait pour cet homme depuis des *mois*. Elle avait cru que ses chances étaient nulles après l'avoir croisé plusieurs fois, mais là, elle se retrouvait nue et dans ses bras. Enfin, presque nue.

Alors non, elle n'allait pas lâcher l'affaire.

L'image de Cali fourrant une capote dans son sac lui traversa l'esprit. Ireland s'était indignée, certaine que la soirée n'irait pas aussi loin. Comment Cali avait-elle deviné, bon sang ? Maudite cousine et ses dons de voyance amoureuse.

Ireland baissa les bras. Tant pis. Elle avait des gros seins, en harmonie avec ses formes généreuses. Elle était susceptible à ce sujet, mais si Bran s'en fichait, pourquoi se sentir complexée ? Elle embrassa ses pectoraux toniques en dardant la langue (parce que miam), et promena les mains sur son torse musclé. Puis elle se retrouva à nouveau sur le dos.

– L'un de nous doit garder le contrôle de la situation, et visiblement, ce rôle m'incombe, dit-il

Ireland ouvrit la bouche.

– Qu'est-ce que tu insinues ?

Il la fit taire par un baiser.

— Pas de bavardage, tu te souviens ?

Puis il lui caressa les seins et les embrassa encore.

— J'adore ta peau. Si douce.

Il lécha délicatement son mamelon du bout de sa langue.

Ignorant l'histoire du contrôle — parce que c'était Bran, et qu'il disait des bêtises de temps en temps —, elle pétrit ses épaules larges.

— Tu sembles souvent nous regarder de travers, moi et mes seins. Tu es sûr qu'ils te plaisent ?

Il faillit s'étouffer.

— Oh, ils me plaisent.

Il lécha l'autre téton avec autant d'application que le premier, ce qui fit se tortiller Ireland. Elle enroula les jambes autour de sa taille.

— Ton jean est rêche, dit-elle. Tu devrais l'enlever…

Il leva la tête, ses cheveux châtain clair ébouriffés par les doigts d'Ireland qui les caressaient. Oui, d'accord, les empoignaient.

— Malgré ce qu'affirment mes frangins, je ne suis pas un moine. Si j'enlève ce jean, mon pouvoir de contrôle sera sérieusement compromis.

Elle tordit la bouche.

— Je vais prendre le risque.

Il fronça les sourcils, comme si *elle* l'avait provoqué en duel.

Ce qui était le cas.

Bran se leva et commença à déboutonner son jean, mais Ireland l'arrêta de la main.

— Tu as changé d'avis ? demanda-t-il.

— Pas du tout. Je veux l'enlever moi-même.

Elle fit courir sa main sur le renflement de son érection à travers le jean, lui arrachant un soupir rauque. Il avait un sexe épais et long, que la ceinture peinait à contenir. Ce qui signifiait qu'elle pouvait caresser son gland avec le pouce, et bon sang, le faire haleter un peu plus.

Et s'exciter en même temps.

Ireland tâtonna pour défaire le bouton du jean.

– Besoin d'aide ?

– Non, affirma-t-elle en baissant sa braguette.

Bran avait une taille affûtée jusqu'en bas, des muscles abdominaux ciselés, des hanches en V prolongées par un cul ferme et des cuisses athlétiques.

Il était encore plus sexy tout nu. Exactement ce dont elle avait besoin.

Et si elle n'était pour lui qu'un plan cul ? Franchement, elle s'en fichait pour l'instant ; elle y penserait plus tard.

Mais rien avec Bran ne ressemblait à une aventure d'un soir, même quand il la reluquait. Il était tout en émotion et en chaleur. Et ce soir, il lui donnait le meilleur de lui-même — quand ses paroles ne brisaient pas l'ambiance romantique.

Ireland soupçonnait que ses réponses sèches faisaient partie de son système de défense. Pourquoi tous ces murs, elle l'ignorait, mais au moins ils tombaient quand ils étaient seuls.

Son corps tremblait doucement sous ses mains, et elle se rendit compte qu'elle le fixait sans bouger.

Eh bien, ça allait changer.

Elle baissa le caleçon et révéla le reste de son membre.

La vache. Merde.

Elle le trouvait déjà très beau physiquement… sans avoir vu la plus belle partie de son corps. Mais depuis quand le pénis d'un homme était-il attirant ? Jamais au grand jamais. Et pourtant, celui de Bran l'était.

Long, épais, légèrement hâlé, sauf à l'extrémité où il

était plus foncé. Même les veines épaisses sur la longueur étaient érotiques.

Comme elle l'avait fait avec son cou et ses abdos, elle se pencha et le lécha.

Un son étranglé jaillit de sa poitrine.

– OK. Ça suffit.

Ireland leva les yeux.

– Tu veux arrêter ?

– Pas du tout, dit-il en faisant glisser sa robe et sa culotte sur ses jambes d'un geste leste. On change de position parce que ta langue rose, tes cheveux flamboyants et ta bouche ravissante vont me faire chavirer si je te laisse continuer. Je ne suis pas un moine, mais ça fait un bail… je suis plus que mûr — et je ne parle pas de mon âge.

– Oh, tu veux dire comme un beau fruit ? dit-elle en le surprenant en train d'admirer son corps nu.

Elle se couvrit le mont de Vénus, et il leva les yeux.

– Tu veux arrêter ?

– Pourquoi tu me demandes ça toutes les cinq minutes ?

– Je lis juste ton langage corporel. Je veux que tu en aies envie aussi.

– J'ai envie de toi depuis, genre, toujours ! C'est toi qui te fais désirer.

– Ah bon ? Tu m'en diras tant.

Il s'abaissa jusqu'à ce que son torse s'insère entre ses jambes. Puis il plongea et la lécha. En plein dans le mille.

Ireland renversa la tête en arrière, parce qu'il la léchait de plus belle, écartant ses plis d'une langue habile. Que dire ? Il n'y avait plus de mots, mais des gémissements et d'autres sons étranges qui s'échappaient certainement de son corps. Elle aurait dû être gênée, mais elle ne s'en souciait vraiment pas.

Il embrassa le pli entre sa cuisse et sa lèvre, l'aspira.

Alors, elle bougea le bassin pour ramener sa langue à son point de départ.

Un ricanement étouffé lui parvint. Elle leva la tête.

– Arrête de me taquiner.

Avant qu'elle puisse protester, il lui admonesta une sorte de flagellation érotique avec la langue qui la laissa pantelante et frémissante sur le matelas. *L'enfoiré.*

Il glissa les doigts à l'intérieur de ses cuisses jusqu'à son point le plus sensible. Il enfonça doucement un index dans son intimité tout en frottant son pouce sur ses plis, sa langue exerçant sa magie sur le bouton gorgé de terminaisons nerveuses qui était le centre de son plaisir.

Il bougea la tête, l'attaquant d'un angle différent, ce qui la fit exploser.

Des feux d'artifice éclatèrent derrière ses paupières, son dos s'arc-bouta et un cri d'animal sauvage s'échappa de sa gorge. Du moins, c'est ce dont elle se souvint en réintégrant son corps.

Bran glissa sur elle, frottant son pénis sur sa jambe et sa cuisse en une longue caresse.

Il lui embrassa le cou puis les lèvres.

– Tu as bon goût.

Elle lui baissa son jean avec les mains, puis les pieds.

– Non, *tu* as bon goût. Pourquoi tu crois que je n'arrête pas de te lécher.

– Parce que tu as faim ?

– Je suis affamée.

Elle jeta un coup d'œil à l'endroit où leurs corps nus étaient pressés l'un contre l'autre.

– Tu vas faire machine arrière ? demanda-t-elle.

Ireland ne se souvenait pas d'un moment de sa vie où elle aurait désiré un homme à moitié autant qu'elle désirait Bran à cet instant, mais on ne savait jamais avec lui. Peut-être qu'il voulait seulement du sexe oral ?

Il lui caressa la tempe et dégagea les mèches de cheveux de son front.

– Je n'ai rien apporté. J'aurais dû me douter que je ne pourrais pas garder les mains dans mes poches.

Ireland devint rouge pivoine.

– Qu'est-ce que j'ai dit ?

– Eh bien, tu vois, dit-elle, j'ai peut-être apporté quelque chose.

Il avala sa salive et frotta son érection contre son intimité.

– C'est vrai ?

– Peut-être.

– C'est un oui ou un non ?

– Un oui. Cali a pensé que j'en aurais besoin.

Ses hanches s'immobilisèrent.

– Sans vouloir offenser Cali, c'est ce que tu veux qui m'intéresse.

– Je te veux toi. Désespérément. Tout de suite, maintenant.

Il balaya l'arrière du pick-up des yeux et ramassa son sac à main.

– Là-dedans ?

Elle hocha la tête et sortit le préservatif de la poche latérale.

Bran ne regarda pas la marque ni la taille XXL — qui, finalement, était appropriée. Il déchira l'emballage et gaina son membre de latex, puis il se positionna devant sa fente.

Il la pénétra, tout doucement, en l'embrassant sur le nez, les joues, la bouche. Puis il s'enfonça centimètre par centimètre, les bras tendus de chaque côté de sa tête.

– Putain, c'est trop bon.

Bran s'arrêta et laissa tomber son front sur son épaule. Il respira à fond plusieurs fois, lui mordilla l'épaule, puis balança lentement le bassin d'avant en arrière, atteignant plusieurs endroits stratégiques que sa langue avait manqués.

Ireland fit courir les mains sur son dos et ses fesses fermes, le poussant plus loin en elle, le souffle haletant. Ils étaient nus, s'imbriquant l'un dans l'autre plus parfaitement qu'elle ne l'avait imaginé, avec pour seuls témoins le clair de lune et les grands arbres.

La bouche de Bran trouva son cou, ses doigts lui pincèrent délicatement un mamelon, et elle se mit à hurler de nouveau, jouissant plus fort que le précédent orgasme.

Quand elle eut fini son concerto de cris pour les animaux de la forêt, Bran l'embrassa avec une telle passion qu'elle ne put reprendre son souffle. C'est alors qu'il jouit en s'enfonçant une ultime fois en elle, leurs corps si imbriqués qu'elle se sentait connectée à lui au-delà d'une simple relation physique.

Chapitre Dix-Neuf

Bran bascula sur le côté et tira Ireland sur lui, entraînant la couverture pour couvrir son joli cul rebondi. Il voulait aimer ces fesses et en prendre soin, puis les aimer encore.

Finalement, il avait peut-être *été* un moine ces dernières années, car aucune de ses expériences passées n'était comparable à ce qu'il venait de vivre avec Ireland. Il la serra dans ses bras, son souffle lui chatouillant les poils du torse. Il voulait recommencer. Dès que sa queue sortirait de son état de stupeur.

Ce qui ne prit pas longtemps.

Elle leva les yeux et le regarda avec un sourire coquin.

– Quelqu'un se réveille ou je rêve ?

– Combien de préservatifs as-tu apportés ?

Elle rit.

– Un seul.

– Il va falloir y remédier.

Elle croisa les bras sur sa poitrine et posa le menton dessus. Elle frotta aussi lentement ses hanches contre son érection croissante — juste pour le rendre fou, se dit-il.

— Je croyais que tu n'en avais pas, dit-elle.

— Je n'en ai pas *ici*. Mais n'oublie pas que je possède le chalet au bout du terrain.

Ireland plissa ses jolis yeux.

— Tu as dit que tu n'en avais pas pour pouvoir t'en sortir indemne…

Il la souleva sous les bras et la tira plus haut pour lui voler un baiser, ce qui eut l'avantage d'écraser ses seins généreux contre sa poitrine.

— Je ne voulais pas te mettre la pression, alors je n'en ai pas pris sur moi. Cependant, si tu avais insisté, je serais allé dare-dare en chercher chez moi. Mais je n'en ai pas eu besoin puisqu'on a utilisé celui qui était le plus près. Ce qui est une bonne chose. Il m'aurait fallu sept à huit minutes pour faire l'aller-retour à la maison.

Elle rit.

— Et ça aurait été trop long ?

Il pressa contre elle sa queue déjà dure et prête à l'emploi.

— D'après toi ?

Elle fronça les sourcils.

— Tes frères te connaissent mal, n'est-ce pas ? Tu n'es pas du tout un moine.

— J'ai essayé de te le dire. Bien que, pour être honnête, la drague n'a jamais été un sport pour moi, à l'inverse de certains de mes frangins.

— Ils n'ont pas l'air d'être des coureurs de jupons. Sauf Hunt.

— Ne te laisse pas abuser par leur vie de couple actuelle. C'était des chauds lapins avant de rencontrer leur fiancée ou leur épouse.

Il se pencha et embrassa ses douces lèvres, la taquinant.

— As-tu déjà été comme eux ? demanda-t-elle.

Bran se crispa, et il vit qu'elle perçut sa tension, car elle fronça les sourcils.

– Quand j'étais jeune, ouais.

Il la fit doucement basculer sur le côté et s'assit. Ils avaient fait attention ce soir, et Dieu sait que Bran désirait Ireland plus que son prochain souffle. Mais son passé le hantait toujours.

– J'étais imprudent quand j'étais ado.

Elle se couvrit la poitrine avec la couverture et s'assit à côté de lui.

– Imprudent comment ?

Il se tourna vers elle et la regarda dans les yeux.

– Quand j'étais au lycée, j'ai couché avec un tas de filles. Si elles étaient consentantes, je fonçais. J'étais idiot ; j'ai eu de la chance de ne rien attraper. Mais le résultat n'a pas été mieux.

Ireland se rapprocha jusqu'à ce que son flanc soit collé au sien. Elle l'observa, attendant visiblement qu'il poursuive.

Le seul qui était au courant de ses conneries au lycée était Wes, et depuis peu de temps. Mais Bran voulait qu'Ireland sache. Il voulait qu'elle le comprenne mieux.

– J'ai mis une fille enceinte.

Elle écarquilla les yeux.

– Tu… tu as un enfant ?

– Non.

– Je ne compr…

– La fille que j'ai mise enceinte a avorté. Par ma faute.

———

IRELAND NE SAVAIT PAS quoi faire de la confession de Bran. Cela faisait longtemps qu'elle n'était plus lycéenne quand elle avait perdu sa virginité, et elle avait toujours fait attention. Elle n'arrivait pas à imaginer que Bran – l'incarnation du contrôle de soi – ne prenne pas de précautions. Même si...

– Comment cela peut-il être ta faute ?

Il regarda au loin.

– Elle m'a annoncé qu'elle était enceinte, et je n'ai rien dit. Comme un gros con, je n'avais pas imaginé qu'une telle chose puisse m'arriver.

– Tu ne pensais pas que tu pouvais mettre une fille enceinte ?

Il sourit gravement.

– Si. Mais quand je serais prêt, dit-il en se frottant la cuisse. C'est idiot, je sais, mais j'avais dix-sept ans et elle seize. J'ignorais tout de la vie.

Elle poussa un long soupir.

– Je suis désolée, Bran. Comment ta famille a réagi ?

– Ils ne l'ont jamais su.

Elle cligna des yeux, se demandant si elle avait bien entendu.

– Jamais ?

– Ma vie de famille se composait de mes frères et d'une gouvernante. Mon père n'était jamais là. Il vivait au Club Tahoe, d'où le ressentiment de mes frères et moi envers cet endroit.

– Mais vous... vous le dirigez aujourd'hui.

Il lui envoya un regard de côté.

– Ironie du sort. Mon père meurt et nous laisse à la tête du complexe, et aucun de nous ne peut quitter cet endroit. On a passé notre vie à l'éviter. À éviter notre père pour le punir d'avoir préféré le Club Tahoe à sa famille, et maintenant on y passe tout notre temps. La vie est compliquée.

– La famille est parfois compliquée. J'ai trois frères, et ils me rendent dingue.

Il tourna la tête vers elle, intrigué.

– *Trois frères* ? Ce ne sont pas des gros balèzes, j'espère ?
Elle fronça les sourcils.

– D'abord Jaeg me sermonne comme s'il était ton père parce que je t'emmène dîner, dit Bran, et maintenant j'apprends que tu as des frères ? Tu ne vas pas me dire que ton père est un ancien boxeur, hein ?

Elle sourit et secoua la tête.

– C'est un ingénieur civil.

– Dieu merci.

– Mais il est grand, ajouta-t-elle en agitant la main au-dessus de son corps, sous la couverture. On a des gènes de géant dans la famille.

Il opina.

– On dirait, oui. Dans la famille Géant, je choisis la rousse sculpturale avec trois frères. Si on avait des enfants, on serait condamnés aux garçons vu le nombre de mâles dans nos deux familles.

La poitrine d'Ireland se serra. Aucun homme n'avait parlé d'enfants avec elle, même en plaisantant.

– Tu veux avoir des enfants ? Après ce qui s'est passé ?

Il regarda ses mains. Des mains capables de donner tant de plaisir et de réconfort.

– Je ne suis pas sûr de mériter des enfants.

Elle posa la tête sur son épaule large.

– Tu es trop dur avec toi. Tu ferais un bon père.

Il leva les yeux vers les étoiles.

– Un père doit être responsable. Il doit être présent pour ses enfants. L'argent, les amis, même les diplômes, tout est venu facilement. Je prenais tout pour acquis. Tu sais ce que j'ai fait après que la fille m'ait dit qu'elle était enceinte ?

Soudain, Ireland eut peur de le découvrir. Peur que ses actions aient fait de Bran Cade l'homme revêche qu'il était aujourd'hui. Seulement ce soir, il n'avait pas été fermé. Il s'était montré ouvert, sexy et… aimant.

– J'ai appelé mes potes et je me suis bourré la gueule. En fait, j'étais tellement ivre que j'ai séché les cours pendant deux jours. Quand j'ai enfin pu lui dire que je la soutiendrais et que j'assumerais mes responsabilités, le mal était fait.

– Quel mal ?

– Ses parents l'avaient convaincue d'avorter. Ils lui ont dit qu'elle élèverait son enfant seule et que je ne serais pas là pour l'aider.

Ireland contempla les arbres.

– Ils ne te connaissaient pas. Tu es un homme responsable. Regarde ta gestion des restaurants.

Il émit un rire amer.

– Les restaurants peinent à survivre aux décisions que j'ai prises. Je ne suis pas sûr que commencer une relation maintenant soit responsable non plus.

Les épaules d'Ireland se raidirent, et elle s'écarta sur le côté.

– T-tu regrettes ce soir ?

– Non. Absolument pas.

– Parce que c'était magique, alors ne me fais pas regretter ce qu'on a partagé.

Il lui enlaça la taille et la tira vers lui.

– Je veux que tout ce qu'on partage soit bien pour toi. Le timing est mauvais, mais je ne veux pas que ça nous empêche de vivre. Je veux ça. Tant que tu es heureuse, je suis heureux. Et heureux de refaire ce que nous venons de faire. Tout de suite, si tu veux, dit-il en lui faisant un clin d'œil et en l'embrassant tendrement sur la bouche.

Elle scruta son visage.

– Je ne veux plus entendre parler de regrets.

— Pas de regrets. Pas avec toi.

Elle pensait pouvoir faire confiance à Bran, mais il n'était pas toujours cohérent.

— Pourquoi ce passage du froid au chaud ?

— Chaud ? railla-t-il.

— Torride, brûlant, ardent à enflammer ma petite culotte.

— Hum.

Il se blottit dans le creux de son cou.

— Heureusement que tu ne portes pas de culotte maintenant. Accès facile et risques limités d'incendie de forêt.

Elle sourit.

— Réponds à la question. Pourquoi étais-tu si froid avec moi quand on s'est rencontrés ?

— J'ai des règles.

— Ça n'augure rien de bon. Tu sais, vu que ces règles t'ont transformé en gros trouduc.

Il rit.

— Je le mérite.

— Quelles sont ces règles ?

Il se tapota les doigts.

— Pas de femmes trop attirantes, boire avec modération, garder toujours le contrôle. Oh, et se protéger — toujours utiliser un préservatif.

— Pourquoi pas de belles femmes ?

Il la rapprocha et l'embrassa sur la bouche. Un petit bisou. Enfin, un bisou chaud comme la braise.

— Trop tentantes. Elles m'obligent à utiliser mon second cerveau, qui n'est pas des plus malins.

— Donc, je ne suis pas attirante. Ni séduisante. D'où ce rendez-vous ?

La dernière phrase se termina sur une note acerbe.

— C'est tout le contraire. Tu es trop des deux. Tu es belle, tu es sexy et en plus, j'ai découvert à quel point tu es intelligente et pro. C'est une combinaison fatale. Pourquoi crois-tu que j'aie essayé de garder mes distances ?

— Tu as enfreint tes propres règles ?

Il haussa les épaules.

— Je ne voulais pas de ces règles si elles m'empêchaient d'être avec toi.

Chapitre Vingt

Le cœur d'Ireland battait la chamade. On ne lui avait jamais dit des mots aussi gentils.

– M-mais si ça devient difficile Qu'est-ce qui se passera ?

Les rapports humains pouvaient être durs, malsains et violents. Ireland voulait être avec un homme qui ne la traînerait pas dans la boue.

Bran la serra plus fort.

– Fais-moi confiance pour gérer le Club Tahoe et notre relation.

Relation. C'était ce dont ils parlaient, mais c'était techniquement leur premier rencard.

– On a une relation ?

Il secoua la tête et fit claquer sa langue.

– Oh, Ireland, on a une relation depuis notre première rencontre.

Ses mains se baladèrent et elle les gifla.

– Tu veux dire une relation remplie de haine ?

Il embrassa son épaule nue.

— Je veux dire une relation remplie de désir. Je devais seulement m'assurer que je ne faisais pas une erreur.

Elle tiqua.

— Une *erreur* ? Si quelqu'un faisait une erreur, c'était moi. Tu étais si froid et fielleux avec moi…

Il enfouit le visage dans son cou et elle sentit sa langue sur sa peau.

— C'est le passé. Et continue de râler. J'adore ta fougue.

Elle retomba sur le matelas et il roula sur elle. Elle lui saisit le menton.

— Je suis sérieuse.

— Moi aussi. Je devais m'assurer qu'on était en phase avant de plonger.

— Tu parles comme un enfoiré. Sache que ça aggrave ton cas.

— Ireland, je n'ai pas eu de petite amie depuis… jamais. Enfin, peut-être en primaire ? Pense à ça. J'approche de la trentaine et je n'ai jamais eu de relation sérieuse. Pourquoi serais-tu ici si tu n'étais pas importante à mes yeux ?

— Parce que tu es en rut.

— Je suis toujours en rut. C'est autre chose.

— Parce que tu aimes me tripoter ?

— Hum, j'adore. Mais il y a une autre raison.

Elle souffla sur une mèche qui lui tombait dans l'œil.

— Je donne ma langue au chat. Pourquoi est-on ici ?

— Parce que je t'aime bien. Je veux te toucher, t'embrasser et dormir avec toi. Je veux me disputer et rire avec toi. Je veux être avec toi. Tu comprends ?

— Tu m'aimes bien ?

Les gens aimaient bien leur chat ou la glace au chocolat. Mais le regard de Bran était sombre, ses bras enveloppaient son corps de façon protectrice. Il était sincère. C'était une relation et pas seulement un plan cul.

— Suis-je ta petite amie ?

– Absolument.

– Donc tu ne veux pas que je sorte avec quelqu'un d'autre ?

Pour la plupart des couples, cela allait de soi, mais il s'agissait de Bran ; elle avait besoin de précisions. Un, parce qu'il lui plaisait trop pour laisser planer une ambiguïté sur l'avenir. Et deux, parce qu'il n'était pas réputé pour sa monogamie.

– J'ai été con au début. J'essaie de me racheter, mais je comprendrais que tu préfères sortir avec quelqu'un d'autre. En revanche, je ne te partagerai pas si tu es avec moi.

OK, c'était énorme. Il venait juste de verrouiller leur relation.

Elle passa l'index sur les lèvres pincées de Bran, qui se détendirent, s'ouvrirent et aspirèrent son doigt dans un bruit de succion.

– D'accord, je te donne une chance.

Il repoussa son doigt et l'embrassa goulûment, sa langue caricaturant les mouvements qu'ils avaient perfectionnés à l'arrière du pick-up.

– Je me tiendrai bien.

– On verra ça.

– Enfin, pas tout le temps, dit-il. Au lit, j'ai l'intention d'être un vilain garçon.

Elle se trémoussa sous lui.

– Où as-tu dit que se trouvaient tes préservatifs ?

Bran enfila sa chemise et son jean et l'enroula dans la couverture si brusquement que la tête lui tourna.

Elle rit à gorge déployée quand il la porta pour la descendre de l'arrière du camion, referma le hayon d'un coup de pied, grogna et la jeta pratiquement sur le siège avant.

– Chez moi, à cinq secondes d'ici exactement si je

fonce sur le chemin de terre. À quelle heure dois-tu rentrer chez toi ?

— Je ne dois pas rentrer.

Ses narines s'évasèrent.

— Exactement la réponse que je voulais entendre.

———

BRAN AVAIT UNE PETITE AMIE. Une vraie. Pas un plan cul ou un rencard, mais une amoureuse. Ce n'était pas exactement ce qu'il avait prévu, mais bon sang, qu'est-ce que c'était bon.

Il avait failli annuler la soirée. Ou du moins, c'était ce qu'il se racontait en arrivant devant la porte de Jaeg. Mais au fond de lui, il voulait être avec Ireland exactement comme il le lui avait dit. Engagés sérieusement. Aucun autre homme qui ne la touche, ni ne la désire. Rien qu'eux deux, passant leur temps libre ensemble. Avec des orgasmes explosifs à foison.

Au comble du romantisme ringard, Bran avait versé dans la mièvrerie dès le lendemain de leur rencard en observant Ireland endormie. Il faisait semblant de dormir aussi, mais en réalité il la regardait.

Elle ronronnait doucement. Pas vraiment un ronflement, mais une petite musique. Son visage était si joli — plus beau qu'il ne l'avait jamais vu. Enfin, sauf quand elle se fâchait contre lui. C'était une diablesse enflammée et sexy quand elle se mettait en colère. Dans ces moments-là, il n'avait qu'une envie : la culbuter sur une surface lisse et la convaincre de le pardonner. De préférence avec les mains et la bouche.

Bran se passa une main sur le visage, les chiffres devant lui étaient flous. C'était sa maudite faute s'il était seul en ce moment au lieu d'être au lit avec Ireland. Il était passé au

Blue et l'avait emmenée déjeuner ces derniers jours, mais chaque soir, elle travaillait tard au club pour résoudre leur problème informatique.

Pourquoi n'avait-il pas embauché quelqu'un d'autre ? Il pourrait alors sortir sa ravissante petite amie en ville. Ou mieux encore, rester à la maison, commander à manger et lui faire l'amour…

Faire l'amour ?

Bran ferma les yeux. Il tapota du doigt sur le bureau.

OK, il était donc sans doute un peu amoureux d'Ireland.

Elle était différente des femmes qu'il avait séduites. C'était la première à l'avoir incité à enfreindre ses règles. Parce qu'elle en valait la peine.

Donc, ses sentiments étaient plus profonds que prévu, et c'était bien. Cela aurait fini par arriver avec quelqu'un. Bien qu'il n'ait jamais imaginé que cela puisse se produire avant de rencontrer Ireland…

On frappa à la porte, puis Ireland entra, tout sourire.

Elle appuya sa hanche contre le bureau et croisa les bras.

– C'est réparé.

Il fixa ses hanches d'un air songeur, envisageant de finir ce qu'ils avaient commencé dans cette pièce il y a quelques semaines, quand elle n'était pas sa petite amie et que se peloter sur le bureau était coquin.

– Qu'est-ce qui est réparé ?

Bien que la prendre sur le bureau était vraiment tentant… *hum.*

Il l'enlaça, et elle leva le menton jusqu'à ce que ses yeux se plantent dans les siens.

– Le programme. Il marche, dit-elle, le regard pétillant.

Ireland pivota rapidement et tapa sur l'ordinateur jusqu'à ce que Bran voie apparaître ce qui ressemblait au nouveau système de commande. L'hémisphère le moins intelligent de son cerveau se brancha sur l'autre.

– As-tu dit *c'est réparé* ?

Elle se tourna vers lui et il perçut sa fragilité.

– Tu doutes de moi ?

– Non.

Il n'était pas idiot. Il savait qu'il ne fallait pas douter de la femme avec qui il couchait.

Mais les problèmes du logiciel de restauration étaient devenus un tel mythe. Difficile de croire que quelqu'un pouvait les résoudre plus vite que la société informatique qui avait conçu le programme.

– Ça va marcher sur mon téléphone ? demanda-t-il.

Elle éclata de rire.

– Tu me testes ?

– Absolument, dit-il avec un sourire nerveux.

Si elle avait réellement réparé le programme, c'était la meilleure nouvelle de l'année. Il ne décevrait pas ses frères, et le club ne s'en porterait que mieux.

Elle ramassa son téléphone sur le bureau et lui tendit, un sourcil levé.

Bran consulta le site web du Club Tahoe et cliqua sur l'onglet restauration. Il commanda un double nacho avec un supplément sauce salsa.

Un message apparut : *Merci pour votre commande !*

La commande était passée, mais les commandes passaient aussi quand le programme fonctionnait mal.

– On dirait que ça marche.

Ireland secoua la tête et tapa sur le clavier de l'ordinateur.

– Oui, homme de peu de foi.

Elle fit apparaître à l'écran des lignes de charabia, et soudain des dizaines de bases de données s'ouvrirent simultanément.

Elle surligna une ligne dans l'une des feuilles de calcul qui contenait sa commande.

Et elle était exacte.

Elle avait été envoyée au bon restaurant. Avec le bon montant facturé.

— Merde, s'exclama-t-il. Tu l'as réparé.

Il la regarda plein d'admiration. Sa petite amie était un putain de génie. Il se leva et la prit dans ses bras, la soulevant pour l'étreindre.

— Hé, je ne suis pas un poids plume. Tu vas te casser le dos.

— Tu es petite. Mais tu es géante. Tellement géante et merveilleuse.

Il l'embrassa et son esprit revint illico aux pensées qui l'animaient en la voyant entrer. Les choses pouvaient vite dégénérer en ébats sexuels au bureau s'il n'y prenait garde.

— Je dois passer des appels. M'assurer que tout le monde sache que l'activité en ligne a repris. Comment puis-je te remercier ?

— Tu me paies, pas besoin de me remercier. Le Club Tahoe a considérablement réduit mon prêt étudiant.

— Je veux dire te remercier *vraiment*. As-tu la moindre idée de l'aide que tu nous as apportée, à mes frères et moi ?

Elle lui fit un sourire adorable qui lui alla droit au cœur.

— C'était amusant. Ne me juge pas, mais ce genre de défis m'excite.

— Crois-moi, je ne te juge pas, dit-il en la plaquant contre son bassin. Moi aussi, ça m'*excite*.

— Je peux le sentir.

— Ne me distrais, pas.

— C'est toi qui me colles contre ton…

— Ne le dis pas ou je serai obligé de te prendre sur le

bureau pour te montrer toute l'ampleur de ma reconnaissance.

— Ça ne ressemble pas à une menace. Plutôt comme un truc qui me plairait.

Il l'embrassa à la commissure des lèvres, puis à pleine bouche.

— Ne me séduis pas maintenant. J'ai peut-être adouci les règles avec toi, mais je ne peux pas écarter mes responsabilités, dit Bran en s'éloignant d'elle à regret. Va-t'en avant que je rompe ma promesse de bien me tenir au bureau.

Ireland fit la moue.

— Très bien. Mais maintenant que tu as parlé de me remercier, je vais t'obliger à exécuter ta menace.

Il mata son cul tandis qu'elle sortait du bureau, en se demandant dans quelle histoire il s'était fourré. Ireland le faisait renouer avec l'insouciance et l'impudence de sa jeunesse.

Espérons qu'il n'était pas trop insouciant.

Ce qui lui rappela… Il prit son téléphone et appela une des chefs de ses restaurants.

— Allô Cindy ? C'est Bran. Je t'appelle pour vérifier que tu as bien reçu une commande que j'ai passée par la plateforme de commande en ligne.

Bran en décrivit le contenu. Il l'avait vu inscrit dans la base de données, mais rien ne valait une confirmation verbale.

— Je l'ai sous le nez, dit-elle. Le programme remarche ?

Bran ferma les yeux. Sa petite amie était un génie.

Comment avait-il pu en douter ?

— On dirait bien.

Bran appela les autres managers, et tous ceux qui avaient besoin de savoir que le système fonctionnait à nouveau, y compris le PDG de Tech Banquet.

L'homme encensa Ireland et demanda qu'elle informe James des corrections qu'elle avait apportées pour résoudre le problème.

Ravi que la prise de commande soit de nouveau en ligne et fonctionnelle, Bran prit ses clés et partit à la recherche d'Ireland.

Elle était assise au bar du Prime et buvait un soda.

— Comment as-tu fait ? demanda-t-il.

— Oh, c'était facile. J'ai bazardé le code de James et j'ai réécrit le programme. Bien plus rapide que d'essayer de débroussailler le labyrinthe qu'il avait créé.

Bran se gratta la tête. Vu l'arrogance de James, le gars ne serait pas content, mais peu importait. Ce n'était pas le problème de Bran. Pour lui, Ireland était meilleure pour ce job. Tech Banquet devrait l'engager et virer James.

— Tu sais ce que ça veut dire ?

— Quoi ? dit-elle.

Il se pencha pour l'embrasser sur la joue et lui pelota les fesses.

— On va fêter ça. Le programme est en place et fonctionne. Et j'ai du temps libre. Mais je devrais d'abord appeler Levi et Emily. Je dois aussi m'assurer que le personnel du restaurant dédie quelqu'un à la tâche de vérifier les montants et les commandes pour surveiller que tout fonctionne bien — tu sais, juste au cas où. Non pas que je doute de toi, ajouta-t-il rapidement. Je ne fais pas confiance à l'informatique après ce que j'ai vécu. Je dois m'assurer qu'il n'y a pas de pépins.

Elle sourit.

— Je comprends. Tu as raison de garder un œil sur les commandes. Les bugs, ça arrive. Mais si c'est le cas, je suis certaine de pouvoir les corriger vite. Donc, en gros, tu es en train de me dire que je ne te verrai pas avant la semaine prochaine, avec toutes les choses que tu dois régler ?

Les yeux de Bran tombèrent sur ses seins, comprimés dans une blouse boutonnée jusqu'en haut.

– Deux heures. Donne-moi deux heures, et je passe te chercher.

– Mais il est plus de dix heures du soir.

Il sortit du restaurant à reculons.

– Ce sera juste un plan cul !

Heureusement, la salle était presque vide sinon tout le monde aurait su ce que Bran avait en tête. Il était enchanté de la mise en place du nouveau système de commande, et il était excité. Il était sacrément excité après avoir obligé sa petite amie à travailler tard pendant des jours au Club Tahoe, incapable d'apaiser son soudain et insatiable appétit pour elle.

Dieu merci, sa période d'abstinence touchait à sa fin.

Chapitre Vingt-Et-Un

Après le départ de Bran qui tenait à s'assurer que chacun était à son poste pour la remise en marche du service de restauration en ligne, Ireland commanda un plat à emporter au Prime. Une fois servie, elle se dirigea vers sa voiture en marchant sur un petit nuage. Rien n'était plus réjouissant que de résoudre un problème qui rendait service à des centaines de personnes. À part résoudre un problème qui rendait service à des milliers, ou des dizaines de milliers de personnes. Bon sang, elle aimait son métier. Et elle travaillait enfin avec des collaborateurs bienveillants.

Elle sourit en revoyant l'expression de Bran au moment où il avait quitté le Prime en lui promettant de passer la chercher plus tard. Elle n'avait pas besoin d'une nouvelle nuit blanche − et elle ne dormirait pas avec Bran −, mais il lui manquait. Son corps frissonnait d'impatience à l'idée de leur rendez-vous nocturne.

Elle sortit les clés de son sac, appuya sur le boîtier, et les clignotants de sa voiture flashèrent quelques mètres plus loin.

− Tu t'es attaquée à la mauvaise personne.

Ireland fronça les sourcils, puis pivota. Et fit un bond en arrière.

James se tenait à moins d'un mètre.

– Pardon ?

Il s'avança à quelques centimètres, son regard torve se posant sur elle.

– Je m'en vais quelques jours, et tu te pointes avec tes… (il l'examina de haut en bas) ruses de pute et tu convaincs le milliardaire de te laisser foutre en l'air mon programme. Tu as perdu la tête ?

Ireland regarda autour d'elle. Le parking n'était pas plongé dans la pénombre, mais il était désert, et elle se sentit vulnérable. Des frissons lui parcoururent l'échine. Depuis le début, James lui rappelait les connards qu'elle avait dû supporter dans son précédent emploi, mais ce soir, il lui faisait vraiment peur.

Elle voulait disparaître sous terre, s'enfuir en courant. Le souffle court, elle était sûre de s'étrangler si elle parlait.

– T'es vraiment conne comme la pluie, hein ? J'aimerais bien voir la tête de Bran quand le programme va planter.

James pouvait bien se moquer de son physique, elle était la meilleure dans son travail. Et elle ne laisserait plus jamais un connard de son espèce l'insulter.

Elle redressa le dos.

– Le programme ne plantera pas, et non, je n'ai pas perdu la tête. J'ai réécrit le code, et je l'ai fait en quelques jours. Combien de temps as-tu passé à essayer de résoudre le problème ? Des semaines ?

– *Tu as quoi ?* (Sa mâchoire se serra, ses yeux noircirent.) Tu l'as baisé ? C'est comme ça que tu l'as convaincu de te laisser réécrire le code source ?

Elle secoua lentement la tête, cherchant son téléphone dans son sac à main.

– Pars ou j'appelle la police.

Il lui saisit le bas.

– Pour leur dire quoi ? Que tu as volé un logiciel propriétaire pour le revendiquer comme le tien ? Que tu as couché avec le patron pour monter en grade ?

Oui, elle avait couché avec Bran. Mais leur attirance réciproque avait commencé bien avant qu'elle ne travaille en freelance pour le Club Tahoe. Ireland tenta de dégager son bras, mais James ne lâchait pas prise.

– Ma relation avec Bran n'a rien à voir.

– Alors tu as vraiment couché avec lui. Si je te baise, qu'est-ce que j'aurai en échange ?

– Espèce de connard !

Elle tirait, poussait, et essayait par tous les diables de se libérer, mais pour un gars de taille moyenne, il était fort. Plus fort qu'elle.

Merde, elle ne voulait pas être cette pauvre fille sans défense. Elle avait été vulnérable et minoritaire la majeure partie de sa carrière, et elle recommençait à douter d'elle-même, paralysée par le manque de confiance en soi.

– Lâche-moi !

Ireland n'arriverait pas à atteindre son téléphone tant que James entraverait ses mouvements.

– Tu es aussi teigneuse qu'une gamine, ma petite. Oh, j'ai fait bobo à ton orgueil ? railla-t-il en se penchant vers elle, lui soufflant son haleine aigre au visage. Habitue-toi, parce que j'ai l'intention de te faire encore plus de mal avant de…

Une seconde plus tôt, James était à quelques centimètres de son visage, et la menaçait, et l'instant d'après, il se roulait au sol, aux prises avec quelqu'un qui avait tout l'air d'un défenseur de football américain.

– Bran ? demanda Ireland.

Bran grimpa sur James et lui balança son poing dans la figure.

— Arrête ! cria Ireland, farfouillant pour trouver son téléphone.

James leva les mains pour bloquer Bran, puis lui balança un coup en traître dans la gorge.

— Non ! hurla Ireland. Frappe-le, Bran !

Bran fit basculer James, en toussant. Puis il se retrouva sur lui.

— Ne la touche plus jamais, tu m'entends ?

— Pourquoi ? Tu es le seul à avoir le droit de baiser cette traînée ?

Bran releva James d'un coup sec, puis il lui tordit le bras dans le dos, le jeta sur la voiture la plus proche, et le plaqua contre la carrosserie.

— Ireland, dit-il, appelle la police.

Elle pianota avec affolement sur son téléphone, ne cessant de taper les mauvais chiffres. Merde ! Elle réussit enfin à composer le 9-1-1.

Tout se passa si vite. La bagarre, puis l'arrivée de la police.

— Je veux porter plainte, glapit James. Cet homme m'a attaqué.

Bran, à côté de l'officier de police, garda son calme.

— Je l'ai écarté par la force d'une jeune femme qu'il agressait sur le parking de mon hôtel.

— Il m'a frappé !

— Et je peux recommencer, marmonna Bran, mais Ireland l'entendit, et le flic aussi.

Le policier lui demanda si elle voulait porter plainte, et elle eut un passage à vide. James l'avait menacée. Il l'avait saisie brutalement et lui avait fait mal au bras. Mais la véritable altercation avait eu lieu entre Bran et James. Quoi que si Bran n'était pas arrivé…

– Je-je ne sais pas. Je veux juste qu'il ne s'approche plus de moi.

Bran posa la main au creux de ses reins. Le contact la réconforta, lui redonnant des forces.

– Tu peux porter plainte demain, dit-il.

Le policier se tourna vers James.

– Vous avez entendu la dame. C'est compris ?

James opina sans la regarder.

– Escortez-le hors de ma propriété, dit Bran aux policiers. Et James ? ajouta-t-il avec un regard glacial. Ne reviens pas. Tu peux être sûr que je vais en informer ton patron dès ce soir. Ça m'étonnerait que tu aies encore un travail demain.

James monta en trombe dans sa voiture, et le véhicule de police suivit sa berline de luxe hors du complexe.

Bran enveloppa Ireland dans ses bras et nicha sa tête dans son cou.

– Tu vas bien ?

– Oui.

Il recula la tête et étudia son visage.

– Vraiment ?

– Ça va aller.

– Il t'a fait du mal.

– Comment as-tu su ?

– Je faisais la tournée des restaurants et j'ai pris un raccourci. Tes cheveux ont attiré mon attention.

Elle émit un rire douloureux.

– Pour une fois que leur rousseur sert à quelque chose.

Les larmes lui montèrent aux yeux. La soirée avait été éprouvante. Elle avait bien commencé, et maintenant… Mais Bran était là. Il l'avait protégée. Même si elle aurait préféré ne pas en avoir besoin.

Il la serra contre lui et lui caressa l'arrière de la tête.

— Ta chevelure est magnifique. Je suis heureux d'être arrivé au bon moment. J'avais envie de l'étrangler.

Ses caresses se raidirent sur ces derniers mots.

— Il est comme les autres, il fait plus de bruit que de mal. Mais ce soir, il m'a vraiment foutu la trouille.

Bran recula, la tenant doucement par les épaules.

— Quels autres ?

Peu de personnes savaient ce qu'elle avait enduré dans son ancien job. Elle ne l'avait jamais dit à sa famille — ses frères auraient pété les plombs. Mais Bran était différent. Il avait vu à quel point les gars comme ce James l'intimidaient.

— Les types comme James grouillent dans mon secteur d'activité. Les hommes avec qui je travaillais dans la Silicon Valley étaient des ordures. Leurs agressions étaient moins physiques que James ce soir, mais ça les rendait presque pires. Ma vie était un enfer dans mon précédent travail.

— James ne travaillera plus jamais dans la région du lac Tahoe quand j'en aurai fini avec lui.

Vu la façon dont il avait bâclé le logiciel de Tech Banquet, ce n'était pas une mauvaise idée, avec ou sans l'agression de ce soir.

Bran prit son visage dans ses paumes chaudes et puissantes.

— Tu es sûre que tu vas bien ?

Non. Elle l'avait échappé belle, pensa-t-elle, mais le problème venait peut-être d'elle. Peut-être que ce n'était pas son lieu de travail, mais une faille intime qui faisait d'elle une cible de choix pour les hommes comme James.

Elle sourit, ne voulant pas inquiéter Bran.

— Ça va aller.

Chapitre Vingt-Deux

Bran aurait pu tuer James pour avoir agressé Ireland, et cela ne lui ressemblait pas. Il ne s'impliquait pas. Il ne laissait pas une femme lui monter à la tête.

Mais il était clair que les choses avaient changé.

— Je vais te conduire chez Jaeg, dit-il à Ireland après que la police eut escorté James hors du Club Tahoe. Si tu préfères rester avec ta cousine, je comprendrai, mais j'aimerais vraiment te tenir contre moi cette nuit.

Elle ferma les yeux et hocha la tête.

— J'ai envie d'être avec toi.

Le cœur de Bran se réchauffa à ces mots. Il avait oublié cette sensation, qu'une femme ait besoin de lui. En réalité, avait-il déjà été une source de réconfort pour une femme ? Non, jamais. Il était passé de l'adolescent égocentrique à l'adulte qui ne s'intéresse pas aux relations sérieuses. Le fait de pouvoir apporter à Ireland ce dont elle avait besoin lui procurait un sentiment de bonheur et de puissance.

Bran conduisit la voiture d'Ireland jusqu'à chez Jaeg et l'attendit dehors pendant qu'elle prenait quelques affaires.

Elle ferma la porte en silence et regagna la voiture.

— Ils regardent la télé. Cali a flippé quand je lui ai raconté l'incident. Elle m'a laissée partir uniquement parce que j'ai dit que je dormais chez toi.

Bran aurait dû se sentir mal à l'aise d'être le garant de sa sécurité. Cela aurait été le cas avec n'importe qui d'autre. Mais pas avec Ireland. Il voulait la protéger, être l'homme à qui elle demandait de l'aide. Il ouvrit lui la portière côté passager et posa son sac de voyage sur la banquette arrière avant de prendre le volant.

Ireland le regarda attacher sa ceinture de sécurité.

— J'ai tellement honte de ce qui s'est passé ce soir.

Il se tourna vers elle.

— Tu n'y es pour rien. James était un sale con avant que tu entres en scène. C'est un pervers.

— J'ai l'impression de les attirer.

Il la tira vers lui et la serra dans ses bras, lui embrassant le front.

— Ça n'a rien à voir avec toi. Certains mecs sont juste des enfoirés. Mais je veux que tu sois en sécurité.

Bran eut soudain peur qu'il lui arrive quelque chose. Il ne pouvait supporter l'idée que quelqu'un fasse du mal à Ireland.

— Que dirais-tu de prendre des cours d'autodéfense ? dit-il.

Elle toucha une écorchure fraîche et tuméfiée sur sa main.

— Pour pouvoir me battre comme toi ?

Il retira sa main.

— Pour que tu puisses blesser n'importe quelle enflure qui essaie de te faire du mal, et t'enfuir en courant. Je ne veux pas que tu te battes, mais je ne veux pas non plus que tu sois vulnérable. C'est une belle ville, mais elle a son lot de voyous. Tu dois faire attention.

Penser à ce qui aurait pu arriver à Ireland s'il n'était pas arrivé à temps l'angoissait.

– Partons d'ici, ajouta-t-il.

———

IRELAND TREMBLAIT TANDIS que Bran conduisait sur la longue route menant à sa maison, l'adrénaline coulant encore dans ses veines.

Il lui jeta un coup d'œil, sourcils froncés. Il lui prit la main et la pressa, geste qui la rassura. Il y a encore quelques semaines, elle n'aurait pas pu imaginer le sentiment de paix qu'il lui procurerait. C'était comme si elle ne l'avait jamais vraiment connu. Un peu comme s'il lui avait caché sa vraie personnalité.

Elle craignait par moments que l'ancien Bran ne revienne, et que les dernières semaines ne soient qu'un rêve.

Ils se garèrent devant chez lui, et Bran prit son sac sur la banquette arrière. Il la guida jusqu'à la porte, puis ils entrèrent dans le chalet. Bran alluma les lumières.

Curieusement, Ireland n'avait pas remarqué à quel point l'endroit était vide lors de sa première visite. Probablement parce qu'ils étaient en mission pour trouver des capotes. Puis trop occupés à les utiliser. Son visage s'échauffa.

Bran se gratta la tête.

– Il n'y a pas grand-chose, hein ?

– Non, c'est sympa. Les murs et le sol ont l'air tout neufs.

– Parce qu'ils le sont. Mais je n'ai jamais eu le temps de meubler la pièce.

– Ton lit est confortable, dit-elle en souriant.

Le coin de sa bouche se retroussa.

— Chacun ses priorités.

Ireland lui enlaça la taille.

— Tu as de judicieuses priorités.

Il la tira devant lui pour que leurs cuisses et leurs ventres se touchent.

— N'est-ce pas ?

Il fit un sourire lubrique et elle rit.

Elle était super mal en arrivant, et maintenant, elle riait. Bran était un grand tendre au fond de lui, une guimauve. Et elle aimait être celle qui voyait ce côté de lui. Il était doux et attentionné, et elle trouvait qu'elle avait une chance incroyable de l'avoir dans sa vie.

Bran regarda autour d'eux.

— Sérieusement, le moment est venu de meubler cet endroit. On ne pourrait même pas regarder un film si on le voulait.

Ireland mata le vieux fauteuil inclinable devant une télévision massive — les deux seuls meubles du salon.

— Un canapé serait le bienvenu. Mais tu as vraiment envie de regarder un film ce soir ?

Il fit courir ses mains le long de ses bras.

— Je ferai ce que tu veux.

— Après l'exaltation d'avoir réparé le programme et la descente aux enfers de James… je suis vidée. Je vais accepter ta proposition de me tenir dans tes bras.

— Avec plaisir.

Ils montèrent à l'étage, qui devait aussi être récent parce que la salle de bain avait des finitions rutilantes et les murs et le sol de la chambre étaient neufs. Il n'y avait pas non plus de rideaux ni de meubles en dehors du lit de Bran, qu'elle connaissait déjà.

Il ramassa des habits posés au bout du lit et les jeta dans un dressing, puis il posa son sac près du lit.

— Je vais te chercher un truc à boire. Tu as faim ?

Elle n'avait pas eu le temps de manger le plat qu'elle avait acheté au Prime. Elle avait le ventre vide. Elle n'avait pas vraiment faim, mais elle aurait bien grignoté quelque chose.

— Peut-être un en-cas.

Ireland passa un t-shirt et un short pendant que Bran était redescendu. Elle était assise au bord du lit et repensait à la soirée quand il revint.

Elle devait avoir un air amer, car il lui demanda :

— Comment te sens-tu ?

— Secouée.

Il s'approcha d'elle avec une assiette de crackers et de fromage.

— C'est compréhensible. J'aurais dû t'accompagner à ta voiture, dit-il en secouant la tête. Je ne ferai plus cette erreur.

Elle lui prit la main.

— Tu ne peux pas me protéger tout le temps. Et jusqu'à récemment, tu ne m'aurais pas protégée du tout.

— Bien sûr que si.

— Tu ne m'aimais pas au début.

Il esquissa un sourire contrit.

— On a déjà discuté du fait que je t'aimais bien. C'était d'ailleurs le problème.

— Tu cachais super bien tes sentiments, s'offusqua-t-elle.

— Je te prouverai que tu me plais beaucoup et que je te désire, mais pas ce soir. Tu as besoin de dormir.

— D'accord, patron, railla-t-elle.

Et elle ruina tout effet comique en bâillant parce que, mince, il avait raison.

Ils mangèrent toute l'assiette de crackers et de fromage, puis Ireland se sentit lentement s'affaisser en position horizontale. Son corps semblait lesté par des sacs de sable et elle avait du mal à garder les yeux ouverts.

Bran enroula ses bras autour d'elle, la serrant contre lui, ce qui intensifia son état de somnolence. Sa poitrine était chaude et confortable, et il sentait Bran et la lessive. Elle n'aurait pas pu bouger si elle l'avait voulu.

Une chose était sûre : à part les membres de sa famille, jamais un homme n'avait été là pour elle comme Bran ce soir. Elle ignorait où allait leur histoire, mais il était le seul qui s'était battu pour elle et qui la rassurait. Et ça voulait tout dire.

Chapitre Vingt-Trois

Bran se réveilla en sursaut. Il cligna des yeux plusieurs fois, puis réalisa qu'il tenait Ireland en cuillère, dans son lit.

Il se rendit compte aussi du sentiment profond de sérénité et de paix qui l'habitait. Il n'avait pas dormi aussi bien depuis des lustres. Il voulait se réveiller chaque matin en serrant Ireland dans ses bras.

Bran envisagea de rester au lit, puis il se souvint que c'était une journée de travail et qu'aucun des deux ne pouvait s'offrir le luxe de paresser. Il prenait rarement de jours de congé. Maintenant qu'il y pensait, il était le seul de ses frères à ne pas le faire… Il fallait que cela change. Comment vivre des moments privilégiés avec sa petite amie s'il travaillait tout le temps ?

Il roula à contrecœur au bord du lit et se retourna, incapable de s'en empêcher. Ireland était couchée sur le côté, les mains coincées sous la tête. L'une de ses jambes lisses était levée plus haut que l'autre dans une pose aguichante, son short couvrant à peine la rondeur de son cul follement sexy.

Voilà qui éveilla d'autres parties de son corps.

Il voulut se rouler sur elle et la serrer contre lui, caresser ses cuisses soyeuses et ses courbes voluptueuses, lui empoigner les cheveux… C'était un enchaînement de pensées dangereuses. Le membre réveillé depuis peu se tenait au garde-à-vous, prêt pour une séance de jambes en l'air matinale.

Bran se redressa et s'étira le dos, les bras au-dessus de la tête. Il ne pouvait pas réveiller Ireland après la nuit qu'elle avait passée. Mince, il pouvait contrôler ses pulsions. Il le faisait depuis des années. En outre, il avait bien l'intention de la séduire plus tard, quand elle aurait suffisamment dormi.

Il marcha sans bruit jusqu'au dressing, prit un jean propre et un polo du Club Tahoe. En chemin pour la douche, toutefois, il fit une halte au pied du lit. Ireland s'était découverte à un moment de la nuit.

Il saisit la couette épaisse et la recouvrit. C'était mieux. Même s'il aimait ses courbes, il ne voulait pas qu'elle ait froid maintenant qu'il n'était plus dans le lit pour lui tenir chaud… Ce qui lui fit visualiser mentalement plusieurs façons de lui *donner chaud*.

Bon sang. Il fonça sous la douche.

Une fois propre et calmé, il s'assura qu'Ireland dormait encore, puis il descendit l'escalier d'un pas léger.

Il avait envoyé un texto à ses frères, une fois Ireland endormie, au sujet de l'incident sur le parking la veille au soir. Ça les avait révoltés, mais nul n'était plus furieux que Levi. Il voulait renforcer la sécurité, et compte tenu de ce qui aurait pu se passer, Bran l'approuva. Ils avaient donc décidé de dédier un agent de sécurité à la surveillance du parking. Bien sûr, toute cette discussion avait duré une bonne heure, avec des tirs croisés de textos et des tentatives d'en placer une au milieu de quatre frères. Les messages groupés avec ses frangins étaient toujours un plaisir.

Bran envoya un message à Adam pour l'informer qu'Ireland arriverait sans doute en retard, puis il alluma la machine à café. Ivre, comateux ou mort de fatigue, Bran n'oubliait jamais de remplir la cafetière la veille. Un de ces quatre, il s'offrirait une version hi-tech et remplacerait celle qu'il avait achetée avant de commencer à travailler au Club Tahoe, quand il était fauché. Une version avec une minuterie qui préparait un café parfait. En y réfléchissant, il n'avait pas de canapé. La cafetière sophistiquée allait devoir attendre qu'il raye le canapé de sa liste des biens à acheter pour la maison.

Il sortit des œufs et d'autres ingrédients du frigo et coupa des légumes pour l'omelette. Malgré la profession qu'il avait choisie, il n'était pas cuisinier, mais savait faire cuire des œufs.

Bran recouvrit l'omelette cuite et fit griller des toasts, puis il posa des tasses et des couverts sur le comptoir de la cuisine. Il balaya la pièce des yeux et grimaça. Son intérieur était sacrément déprimant. Il lui fallait une table, des chaises et un million d'autres choses. Pourquoi ne s'en était-il pas occupé avant ?

Parce qu'il n'avait jamais eu envie d'impressionner qui que ce soit. Sa maison était un endroit pour dormir et se doucher. Il y mangeait rarement, ne pourvoyant qu'au strict nécessaire.

Le chalet qu'il avait acheté à Wes n'était à l'origine qu'un studio avec une terrasse et un grand terrain. Wes l'avait acquis initialement pour le rénover, mais il n'avait jamais eu le temps d'y faire des travaux. Il avait rapidement eu besoin d'un endroit plus grand en urgence, Kaylee étant enceinte, et Bran acheta le studio-chalet à son frère.

Avec l'aide d'un ami de la famille, propriétaire d'une

entreprise de construction, Bran avait récemment agrandi le chalet en lui ajoutant un étage avec deux chambres et une nouvelle salle de bain. Les murs et sols avaient été entièrement rénovés, la toiture aussi, mais il manquait tout le confort matériel.

Ireland descendit l'escalier, ses longs cheveux humides, vêtue d'une tenue de travail qu'elle avait dû emporter la veille pour se changer. Elle bâilla en arrivant en bas des marches, et sourit d'un air gêné.

— Je me suis écroulée hier soir.

— Tu m'étonnes.

— Tu m'excuses ?

— Pas la peine. Tu avais besoin de dormir. Mais je dois dire que j'ai hésité à te réveiller ce matin…

Elle sourit et regarda par-dessus son épaule.

— On dirait que tu as préparé le petit-déj à la place.

— Déçue ?

Sa bouche se tordit.

— Un matin, je prendrai le Spécial Bran : du sexe suivi d'un petit-déj maison.

Il traversa la pièce et l'enlaça, ses mains atterrissant immédiatement sur ses fesses.

— Ne me tente pas. Je fais toutes sortes de choses inhabituelles avec toi. Arriver en retard au travail serait facile à ajouter à la liste.

Il l'embrassa dans le cou, sa bouche glissant plus bas.

— J'enfreins mes propres règles… j'achète des meubles… et je considère soudain le sexe au bureau comme une activité parfaitement acceptable.

— Tu vas acheter des meubles ?

— Et je veux faire l'amour sur mon bureau. Ça t'a échappé ?

Elle lui empoigna les fesses. Fort.

– C'est toi qui as arrêté au beau milieu, pas moi. Tu sais que je suis partante.

– Ireland.

Elle lui embrassa le menton.

– Oui ?

– On doit aller bosser.

– Et ?

– Et là, j'ai juste envie de te balancer sur le fauteuil inclinable et de m'occuper de toi.

Elle plissa le nez.

– Il n'a pas l'air… solide. Et s'il se renversait ?

– Bien vu. Tu viens traîner dans les magasins avec moi plus tard ? Il faut que je remédie à l'obsolescence du mobilier au plus vite, afin que ce genre d'inquiétude ne desserve pas nos activités intimes. Tu es douée pour la déco ?

———

BRAN QUITTA le travail plus tôt et passa chercher Ireland pour aller dans un magasin de meubles local. Il avait apporté des plats du restaurant italien du Club Tahoe, et ils mangèrent à une table de pique-nique sur une butte verdoyante en face du magasin, avec vue sur le lac. Il n'aurait pas pu choisir un endroit plus pittoresque. Avec le soleil bas sur l'horizon et le clapotis de l'eau, le cadre était idyllique.

– Tu as bien travaillé aujourd'hui ? demanda-t-il.

Ireland finit de mâcher une bouchée de spaghetti bolognaise et s'essuya le coin de la bouche.

– Très bien. J'ai parlé à mon patron du programme que j'ai créé pour le Club Tahoe et il veut que je conçoive quelque chose de similaire pour un de leurs hôtels-casinos à Las Vegas.

Elle rayonna en disant cela, et le pain à l'ail resta en travers de l'estomac de Bran.

Il mâcha lentement, en réfléchissant à ce qu'il devait dire. Ireland était heureuse, et il était content pour elle, mais il se sentait aussi dépité. Il ne voulait pas perdre Ireland juste après l'avoir trouvée.

– Alors tu vas travailler pour un autre établissement ? À l'autre bout de l'état ?

Elle secoua brusquement la tête et porta la main à sa bouche quand un morceau de pain à l'ail tomba de ses lèvres. Des lèvres pulpeuses… des lèvres qu'il voulait embrasser.

– Non, pas du tout. Mon patron me paiera comme sous-traitante pour ce travail. J'aurai besoin de faire un ou deux allers-retours, mais je vis à Tahoe maintenant.

La pression se relâcha dans la poitrine de Bran. C'était une nouvelle expérience. Il n'avait jamais autant tenu à une femme avant.

– Ce qui veut dire, continua Ireland, que mon prêt étudiant sera remboursé en un clin d'œil. (Elle secoua la tête, affichant un sourire timide.) Tout va tellement bien, je croise les doigts. Je n'ai jamais été si heureuse dans ma carrière et…

– Et ?

Elle lui prit la main.

– Et en fait, je t'aime bien.

Il fronça les sourcils en signe d'indignation.

– En fait ?

– Oui. Tu es plutôt sexy. Et doux.

– Attends, personne ne m'a jamais dit que j'étais doux.

– Parce qu'ils ne te connaissent pas, c'est tout !

Elle se pencha et l'embrassa sur les lèvres, le plus tendre des baisers. Il lui réchauffa le cœur.

Il la tira vers lui sur le banc de pique-nique jusqu'à la coller à son flanc.

— N'insinue jamais que je suis doux devant mes frères. Ils n'auraient pas fini de se moquer de moi.

Il l'embrassa et lui montra qu'il pouvait aussi ne *pas* être doux.

— Ton secret est bien gardé avec moi, dit-elle les joues rouges, un peu étourdie. En plus, je pense que tu ne montres ton côté doux qu'à moi, et ça me plaît. J'ai l'impression d'être spéciale.

Il dégagea une mèche de cheveux de ses magnifiques yeux verts.

— Tu es spéciale.

Bran était heureux pour la première fois depuis… il était incapable de se rappeler depuis quand.

Même son boulot allait bien maintenant qu'Ireland lui avait sauvé la mise. C'était le premier jour depuis qu'il avait repris les restaurants du Club Tahoe où tout avait fonctionné parfaitement. Après un an à faire des journées de quatorze heures, il avait enfin les choses en main. Et maintenant, il avait une femme dans sa vie qu'il ne voulait pas perdre. Pas s'il pouvait l'éviter.

Ils finirent leur repas et entrèrent dans le magasin de meubles.

Sur le trajet, Bran avait demandé conseil à Ireland sur ce qu'il devait acheter. Ils avaient convenu qu'un canapé était la première chose à acquérir, suivi d'une table et de chaises, et d'une penderie pour la chambre.

Bran aurait volontiers choisi le premier canapé convenant à sa grande taille, mais Ireland le traîna dans le magasin, en écoutant le vendeur vanter les qualités de chacun. Coussins garnis de duvet ou non, matelas à ressorts ou non, etc. À la fin, il se contentait de hocher la tête et de lire le langage corporel d'Ireland pour savoir lequel choisir.

– Les modèles de meilleure qualité coûtent plus cher, mais ils durent plus longtemps, dit Ireland quand le vendeur leur donna un moment pour réfléchir à leurs options. Quel est ton budget ?

Si seulement elle savait. Bran n'avait pas consulté le solde de son fonds de placement depuis des années, mais la dernière fois qu'il l'avait fait, il y avait assez d'argent pour faire vivre une famille de quatre personnes dans un confort extravagant durant toute leur vie.

– Pas de budget. Trouves-en juste un qui te plaise.

– Tu veux que je choisisse ? s'étonna-t-elle.

Elle ne pigeait donc pas ? Bran se fichait du canapé qu'il achetait tant qu'elle se trouvait bien chez lui. Ainsi, elle viendrait plus souvent. Et resterait pour la nuit. Regarderait des films avec lui. Et embellirait sa maison par sa présence.

Il haussa les épaules.

– Je fais confiance à ton goût. Mais prends-en un à ma taille. Il n'y a rien de pire qu'un grand bonhomme sur un petit canapé.

Elle pouffa et il lui enlaça la taille. Bran détestait faire les magasins, mais là, c'était supportable. Ireland sentait bon et elle charmait le vendeur, qui avait déjà offert une remise de quinze pour cent sur le canapé qu'ils achèteraient aujourd'hui.

Ireland en choisit un en cuir souple brun qui n'était pas froid au toucher.

Il s'assit dedans pour voir s'il correspondait à sa stature. Il ne s'enfonçait pas trop et il n'avait pas non plus l'impression d'être assis sur un rocher.

Il fit signe à Ireland de venir se poser à côté de lui.

Bran passa un bras autour de ses épaules pour se faire une meilleure idée. Mentalement, il était en train de calculer s'ils pouvaient faire l'amour confortablement sur le nouveau canapé.

Sans problème. Et voilà, maintenant, il pensait à toutes les positions qu'ils pourraient tester.

– Vendu, dit-il avant que son soldat sous la ceinture ne se mette au garde-à-vous.

Ireland choisit une table à manger avec des chaises rembourrées ainsi qu'une penderie et des tables de chevet qu'elle qualifia de « post-modernes dans un style rustique », du charabia pour lui. C'était des meubles en bois. Assez jolis. C'était tout ce que Bran avait besoin de savoir avant de tendre sa carte de crédit.

Le vendeur encaissa les achats en promettant de lui livrer le canapé dans quelques jours. Les autres meubles seraient livrés dès leur arrivée de l'entrepôt, ce qui prendrait entre deux et quatre semaines.

C'était un peu déprimant de devoir attendre si longtemps après avoir enfin décidé de meubler le chalet. Mais Ireland proposa d'acheter des lampes et d'autres objets qui rendraient son intérieur plus confortable, et Bran ajouta immédiatement une machine à café à la liste. Achat qui le réjouissait énormément.

Il opta pour une machine à café haut de gamme, avec système pour humecter les grains, réglage de mouture… bref, la totale. Il étudierait toutes les fonctions. Mais pas ce soir. Ce soir, il avait des projets impliquant Ireland et l'unique meuble dont il disposait.

Ils regagnèrent son pick-up et Bran contempla sa petite amie.

Elle cligna des yeux.

– À quoi tu penses ?

Il ouvrit la portière côté passager.

– À toi. Et à mon lit.

Elle sourit tandis qu'il faisait le tour du véhicule pour se mettre au volant.

— Tu peux être plus précis ? demanda-t-elle timidement.

— Je me disais que ça avait été très agréable de me réveiller à côté de toi ce matin.

— C'est tout ?

— Et combien je vais prendre plaisir à me réveiller demain à côté de ton corps nu après t'avoir aimée plusieurs fois cette nuit.

— Plusieurs fois !

— Je suis un homme vigoureux. Ça te surprend ?

Elle secoua la tête.

— Non. Je dois me rappeler que l'homme que tu présentes au monde n'est pas le vrai Bran.

Il se pencha, pinça son menton entre le pouce et l'index et embrassa ses lèvres douces.

— Il n'y a qu'à toi que je montre mon vrai visage. En parlant de voir l'autre, dit-il en arquant un sourcil, que dirais-tu de retourner chez moi et de nous mettre à poil pour nous détendre après cette dure séance de shopping ?

— Mais on a écumé le magasin pendant des heures et j'ai encore faim. Arrêtons-nous prendre un dessert.

— Je vais te donner un dessert, dit-il en se penchant pour lui voler un autre baiser.

— Pas ce genre de dessert. Je suis sérieuse, dit-elle en se palpant l'estomac. Je n'ai pas mangé grand-chose avant le dîner, et j'ai besoin d'énergie pour ce que tu as en tête. Tu me veux en pleine forme, non ?

Quelle petite maline !

Bran calcula le temps que prendrait un arrêt. C'était un vrai dilemme. Lui faire plaisir avec des douceurs sucrées ou lui faire plaisir avec des douceurs de nature sexuelle et cochonne.

– Pas besoin de nous arrêter en route. J'ai des œufs dans le frigo.

Ireland lui donna une tape sur le bras.

– Bran Cade, un œuf n'est pas un dessert !

Il savait quand il était battu. Il roula jusqu'au supermarché et jeta toutes sortes de desserts onctueux et sucrés dans son chariot, tirant Ireland par la main quand elle s'attardait devant un rayon.

Il prit la boîte de biscuits qu'elle tenait et la balança dans le chariot.

– Oh mon Dieu, tu es ridicule. On on a fait l'amour, genre il y a… *Oh.*

– Exactement.

– Mais tu t'es abstenu plus longtemps que ça.

Il ricana.

– Je me suis abstenu des années, si tu demandes à mes frangins. Ce n'est pas le problème.

– Quel est le problème ?

Il s'approcha et lui mit une main aux fesses.

– Ma petite amie est *sexy*.

Elle sourit, puis sous sourire s'effaça.

– Qu'est-ce que j'ai dit ? demanda-t-il en déchargeant les produits du chariot sur le tapis roulant. C'est l'expression « ma petite amie » ? Je ne t'appellerai pas comme ça si ça te met mal à l'aise pour le moment.

– J'aime bien que tu m'appelles ta petite amie. Beaucoup trop. Mais j'attends le retour de bâton. C'est trop beau pour être vrai.

Ils se trouvaient face à la caissière, et Bran attendit qu'ils sortent du magasin, sacs en main, avant de répondre.

– Il n'y aura pas de retour de bâton. Je ne t'avais pas rencontrée jusqu'à présent, or la vie est trop belle parce que je t'ai trouvée.

– Aurais-tu été prêt si on s'était rencontrés il y a quelques années ?

Elle méritait une réponse honnête.

– J'aime à penser que oui. Tu aurais été la même qu'aujourd'hui. Ce n'est pas qu'une question de beauté. C'est ton intelligence, ton sens de l'humour, tes lunettes…

Il sourit.

Elle secoua la tête.

– Le seul homme qui aime les lunettes.

– J'en doute. Il existe sûrement un site porno dédié aux filles à lunettes coquines. C'est un fantasme sexuel.

Elle sembla sceptique.

– C'est ton fantasme ?

Il posa les sacs de course à l'arrière du pick-up.

– Je n'ai jamais eu de fantasmes avant que tu n'arrives dans ma vie. Maintenant, j'ai le fantasme des Irlandaises.

Le sourire d'Ireland était si radieux que son cœur s'emballa.

– Je serai tombé amoureux de toi quoi qu'il arrive quand on s'est rencontrés, ajouta-t-il.

Ils venaient à peine de commencer à sortir officiellement ensemble. Il ne voulait pas l'effrayer. Mais c'était la réalité : il n'avait jamais eu de petite amie. Il préférait les plans cul. Jusqu'à Ireland.

Elle était différente. Intelligence, drôlerie et insolence n'étaient qu'un aperçu de ses fabuleuses qualités. Elle sentait aussi incroyablement bon et sa peau avait la texture la plus douce qu'il ait jamais touchée. Et il aimait la façon dont elle se nichait dans ses bras, blottie contre son corps. Elle était en quelque sorte tout ce dont il avait envie, et tout ce qu'il ignorait désirer.

Et maintenant qu'elle était à lui, il ne la laisserait pas partir.

Chapitre Vingt-Quatre

— Tu fais quoi ? s'exclama Gabe, le frère aîné d'Ireland, au téléphone.

— Je viens au mariage de Cali avec mon petit ami, répéta Ireland. Enfin, dès que je lui aurai demandé d'être mon cavalier. Pourquoi ?

— Qui est ce bouffon ?

— Tu es vraiment désagréable. Je suis une femme adulte. Tu ne peux pas simplement être heureux pour moi ?

— Pas avant de le rencontrer et de voir quelles sont ses intentions.

— Bah bien sûr, parce qu'on vit encore au dix-neuvième siècle. Tu es ridicule. (Ireland jeta un coup d'œil dans le salon de Jaeg et leva les yeux au ciel en voyant Cali sour- ciller.) Est-ce que tu as entendu ce que j'ai dit au moins, avant de t'exciter sur cette histoire de petit ami ? Cali a avancé la date du mariage. Tu vas pouvoir te libérer ou pas ?

Gabe poussa un gros soupir.

— Je vais vérifier sur mon agenda. Pourquoi Cali est-elle soudain si pressée ? Ne me dis pas qu'elle est en cloque !

Ireland fixa le plafond et pria pour une intervention divine.

— Non, elle n'est pas enceinte, ce qui n'aurait rien de dramatique. Cali et Jaeg sont ensemble depuis des années et c'est une histoire qui roule.

— Elle change tout à la dernière minute. Il est possible que j'aie d'autres projets ce jour-là.

Ireland se pinça l'arête du nez.

— D'où mon appel et la nécessité de consulter ton agenda. Qu'est-ce que tu as aujourd'hui, bon sang ? Tu es super grincheux.

— Jennifer essaie de me coincer, grommela Gabe. Elle veut se fiancer.

— Gabe, ça fait trois ans que tu sors avec cette fille et tu vas avoir trente ans cette année. Tu ne veux pas être avec elle ?

— Être avec elle, si. Marié… pas sûr. Et je ne supporte pas la pression qu'elle me met.

Cali fit des moulinets de la main pour presser Ireland de conclure.

— Bon, je dois te laisser, dit Ireland. Avec la date du mariage qui est avancée, Cali a besoin de mon aide. Rappelle-moi pour me dire si tu peux venir. Jake ne viendra pas parce qu'il est à l'étranger, mais Lucas sera là. Alors si tu ne viens pas, tu plantes ton frère, ta sœur et ta cousine. Sans vouloir te mettre la pression.

— Qui est désagréable maintenant ?

— Ramène tes fesses au mariage de Cali, et décide-toi au sujet de Jennifer. Si votre relation n'a pas d'avenir, libère cette pauvre fille. Les ovaires d'une femme ne sont pas éternels.

— Tu ne vas pas t'y mettre toi aussi ?

— Tu es médecin ; tu sais comment fonctionne le corps humain.

— Exactement. Je n'ai pas besoin qu'on me le répète tous les jours.

— Si Jennifer te met la pression, c'est que tu dois vraiment la faire lambiner. Je ne peux pas lui en vouloir.

— Et la loyauté envers la famille ?

— Je suis loyale. Mais je n'arrive pas à comprendre pourquoi tout ce drame si tu l'aimes.

Gabe resta silencieux.

— Dis à Cali que je viendrai.

— Avec Jennifer ?

— Je ne sais pas.

— D'accord, très bien, bonne chance avec elle. Fais-moi signe si tu as besoin de mes super conseils.

— Merci, je vais m'en passer, dit-il irrité.

Ireland éclata de rire et raccrocha.

— Il vient, dit-elle à Cali.

— Parfait. Aide-moi à faire les invitations. On a encore une centaine d'adresses à écrire.

Ireland s'installa à côté de Cali à la table à manger.

— Pourquoi tu n'as pas imprimé des étiquettes ?

— Parce que Pinterest conseille d'écrire les adresses à la main, c'est plus personnel.

— Alors si Pinterest le dit…

Cali fronça les sourcils.

— Ne me fais pas chier. Je suis déjà assez stressée.

— Pardon, mes frères ont le don de me foutre en rogne. Je suis là pour t'aider. Dis-moi ce que je dois faire.

Cali lui tendit la première enveloppe de la pile et une feuille de papier.

— Commence par ces adresses, s'il te plaît, dit-elle en la regardant prendre un stylo. Tu viens accompagnée de Bran, alors ?

— Mm-hmm.

— Il est invité, tu sais. Il n'a pas besoin d'être ton cavalier. Mais si c'est ton petit ami, comme tu l'as dit au téléphone…

— Tu écoutes aux portes ?

— Absolument.

— On est… ensemble. Il me considère comme sa petite amie.

L'idée que Bran soit son petit ami réveilla les papillons dans le ventre d'Ireland.

Cali posa son stylo.

— Et pour toi, il est quoi ?

— Mon petit ami.

— Tu es sûre d'avoir des sentiments pour lui ? Parce que tu semblais hésitante.

Ireland arrêta d'écrire et regarda sa cousine.

— Bran est merveilleux. J'aime qu'il dise que je suis sa nana et je suis fière de l'avoir pour cavalier. C'est juste que…

— Quoi ?

— Ça m'inquiète parce qu'il n'a jamais eu de nana.

— Il n'avait pas trouvé la bonne, c'est tout. Est-ce qu'il t'est fidèle ?

— Oui.

— Et il est gentil, il pense à toi et vous faites des projets ensemble ? Tu te sens bien avec lui ?

— Oui, tout ça et plus encore. Il est formidable. Je ne connaissais pas ce côté de lui, et maintenant que je l'ai vu, je craque complètement.

Un grand sourire illumina le visage de Cali.

— Je n'ai pas perdu la main.

— De quoi tu parles ?

— Je l'avais senti. Je t'ai poussée dans les bras de Bran et vous êtes tombés amoureux.

Ils étaient amoureux ?

— Attends un peu, dit Ireland. Tu m'as poussée dans les brans de *Hunt*, pas de Bran.

— Ah bon, tu le crois vraiment ?

Cali affichait une grande assurance, comme si elle avait tout manigancé.

Ireland secoua la tête.

— Tu ne pouvais pas savoir que je finirais avec Bran. Tu étais malade et Hunt était censé barrer le bateau ce jour-là.

Cali se leva et étendit la main, admirant sa manucure.

— Je te répète que je l'avais senti. Je n'avais peut-être pas tout prévu à la minute près, mais je savais que tu lui plairais.

Ah Cali la marieuse…

— Assez parlé de Bran et moi, déclara Ireland. On a un mariage à préparer. Que doit-on faire d'autre ? Je n'arrive pas à croire que tu as avancé le mariage à ce point. C'est dans deux semaines. Tu crois que les invités auront le temps de s'organiser pour venir ?

— J'ai envoyé un email à tout le monde il y a une semaine pour les informer de la date, en disant que les invitations allaient arriver très vite. (Cali s'arrêta d'écrire et leva les yeux.) Je ne pouvais pas attendre plus longtemps. L'indécision me rendait dingue.

— Je sais, j'étais là, s'esclaffa Ireland qui s'attira un regard noir. Sérieusement, je pense que tu as bien fait de choisir la maison des parents de Jaeg. D'après ce que tu m'as dit, ça semble être une cadre idyllique.

Cali soupira.

— Ça l'est. Et les Lang ont engagé une organisatrice de mariage pour m'aider à choisir les décorations, le traiteur et en gros, tout ce dont j'ai besoin. Je suis censée la rencontrer demain. Il me reste juste à trouver une robe de mariée.

— Ça devrait être amusant.

— Tu veux venir ? Tu pourras essayer des robes de demoiselle d'honneur.

Les yeux d'Ireland s'arrondirent.

– Je suis ta demoiselle d'honneur ?

Cali sourit.

— Tu veux bien ? Gen l'est aussi.

Ireland se leva et enlaça sa cousine, toujours assise.

— J'adorerais. Tu es la sœur que je n'ai jamais eue, et j'en avais bien besoin avec tous mes frangins. Si tu n'avais pas été là, je les aurais tués il y a longtemps.

— Contente de t'avoir épargné la prison. Mais je ne sais pas pourquoi vous vous disputez. J'adore tes frères.

— C'est parce que tu n'as jamais eu à vivre avec eux.

— C'est vrai. Que dirais-tu d'aller faire du shopping cette semaine ? Gen a posé des jours de congé à l'université pour me rejoindre. Je t'ai dit qu'elle fait de la recherche post-doctorale maintenant ?

— Non, mais c'est impressionnant. Tant mieux pour elle. Bien sûr, je vais me libérer. Je prendrai un jour de congé au besoin.

— Excellent ! dit Cali, puis elle mata la pile d'enveloppes qui les attendait. Allons chercher les porte-verres. Ça va nous prendre un moment. On a besoin de carburant.

— Si on boit, on va écrire de travers. Je ne peux pas te promettre d'avoir la main ferme si je picole.

— Pinterest dit qu'il faut que ce soit écrit à la main, mais il n'est fait mention de perfection nulle part. Et j'ai besoin d'un verre après des deux cents premières adresses que j'ai écrites, dit Cali en s'assouplissant les doigts. Le syndrome du canal carpien me guette.

— Bon sang, tu as invité combien de personnes ?

— Trois cents. Mais tu l'as dit toi-même, c'est à la dernière minute et tout le monde ne viendra pas.

— J'espère que les parents de Jaeg sont prêts à accueillir autant de monde.

— Tu plaisantes ? J'ai dû les convaincre de ne pas inviter quatre cents personnes. Ils voulaient inviter tout le contingent autrichien. On s'est limités aux oncles, tantes et cousins germains.

Cali se leva et fouilla dans un tiroir de la cuisine. Elle sortit son porte-verre scintillant de strass et en tendit un bleu clair à Ireland. Les porte-verres faisaient partie des ustensiles de cuisine incontournables chez Cali.

Elle ouvrit une bouteille de vin rouge et servit deux verres.

— Que l'écriture et la biture commencent !

Oh bon sang.

Chapitre Vingt-Cinq

– **D**evine ce qui est arrivé, dit Bran en marchant vers le parking, le téléphone collé à l'oreille.

Il passa devant la boutique de golf et leva la tête pour saluer Wes qui se tenait dehors avec Harlow dans les bras. Il fit un crochet pour couvrir de baisers la joue potelée du bébé, puis il se remit en marche.

– Hé ! s'indigna Wes. Il y a le feu ou quoi ?

Bran leva une main sans se retourner. Il n'avait pas le temps de parler à son frère, même s'il aurait aimé passer du temps avec Harlow. Il se rattraperait en rendant visite à sa nièce plus tard. Pour le moment, il avait des choses importantes à faire avec sa petite amie.

– Un meuble ? demanda Ireland d'une voix distraite.

Il entendait en fond sonore ses doigts pleuvoir sur le clavier.

Ireland avait travaillé tard ces derniers soirs, car elle préparait avec son patron le projet pour Las Vegas. Elle aidait aussi Cali à organiser le mariage, qui approchait à grands pas. Bref, Bran ne la croisait qu'au lit. Il ne s'en plaignait pas, mais il aimait aussi passer du temps avec sa copine en dehors de la chambre à coucher. Même si, pour l'instant, il ne pensait qu'à lui faire l'amour.

— La table et les chaises, dit-il. Tu sais ce que ça veut dire.

— On va pouvoir manger à table ?

Bran pouffa.

— Quel manque d'imagination ! Je suis en route pour la maison. Rejoins-moi là-bas et je te montrerai ce que j'ai en tête.

Le bruit de frappe s'arrêta brutalement.

— J'ai encore des trucs à faire…

— Tu m'as l'air indécise. J'ai pris à manger au Prime et j'ai des fondants au chocolat à la main.

Elle poussa un long soupir.

— Maudit sois-tu… Combien de fondants ?

— Un chacun. Et de la crème chantilly faite maison.

— Je serai là dans quinze minutes.

Il sourit.

— Il n'y a que les desserts qui t'intéressent chez moi ? Quid de ma belle gueule et de mon charme irrésistible ? Tu n'as pas envie de passer du temps avec ton homme ?

Elle baissa la voix.

— J'ai passé toutes les nuits chez toi cette semaine. Et ce n'est pas parce que j'y dors bien. (Il entendit le sourire dans sa voix.) Ta belle gueule et ton charme irrésistible sont trop tentants.

— Tu t'en plains ?

— Non. Mais un de ces jours, on dormira quatorze heures d'affilée. Et je dis bien dormir, pas les autres activités qu'on fait au lit.

— C'est une idée intéressante. Je vais y réfléchir. As-tu apporté au bureau un sac d'affaires propres ?

Elle hésita.

— Peut-être.

Il le prit pour un oui.

– J'aime les femmes prévoyantes. À tout de suite.

———

IRELAND FRAPPA à la porte de Bran, les épaules raides d'être restée assise à son bureau toute la journée.

Il ouvrit et l'accueillit avec un sourire, les cheveux encore humides de la douche. Son odeur de propre et de savon lui envahit les narines. Il portait un t-shirt moulant et un jean taille basse, avec les pieds nus.

Des papillons lui chatouillèrent le ventre. Ce serait encore une nuit sans sommeil. Pas grave. Cet homme était irrésistible, et elle avait envie de le lécher partout.

Le sourire de Bran s'élargit et il lui fit un clin d'œil.

Bon, d'accord, elle était fatiguée et le reluquait sans discrétion.

– Laisse-moi te débarrasser, dit-il en prenant son sac.

Ireland entra dans la maison désormais meublée d'un canapé et de la table et des chaises dont il avait parlé au téléphone. Le coin repas se trouvait à gauche du salon, avec une fenêtre qui donnait sur la forêt et le jardin. Où ils avaient eu des rapports sexuels très, très torrides.

Son visage s'empourpra — foutue rougeur caractéristique des rousses. Ça la trahissait chaque fois. Puis elle remarqua d'autres effluves en plus de son petit ami sexy. Bran avait servi le dîner sur la nouvelle table.

– Les meubles sont superbes, mais le repas… J'ai sauté le déjeuner, et j'ai l'impression d'atterrir au paradis entre la présentation et l'odeur.

Bran posa son sac au pied de l'escalier, puis il se posta derrière elle, dégagea ses cheveux sur le côté et lui embrassa la nuque.

Elle frissonna à son contact.

– Ne commence pas, dit-elle. Je suis sérieuse, je vais m'évanouir de faim.

– Pas question, dit-il en lui faisant signe de s'asseoir à table. Tout est prêt pour toi.

Pourquoi avait-elle l'impression qu'il ne parlait pas seulement de nourriture ? Parce qu'il était lubrique, voilà pourquoi, et que ses yeux étincelaient de désir. Ce qui ne la gênait pas du tout.

Bran entra dans la cuisine.

– Qu'est-ce que je te sers à boire ?

– De la vodka, dit-elle.

Il arqua un sourcil.

– Dure journée ?

Ireland prit un couteau et une fourchette, puis s'arrêta. Elle voulait couper un morceau de steak dans l'assiette et le fourrer dans sa bouche. Mais les bonnes manières l'en empêchèrent.

– Vas-y, commence, dit-il. Je reviens dans une minute.

– Tu n'imagines pas, répondit-elle à sa question initiale en découpant la viande juteuse. Si j'ai sauté le repas, c'est parce que j'ai encore passé ma pause-déjeuner dans les boutiques avec Cali et Gen. On pourrait penser que Cali serait obsédée par sa robe de mariée, mais non, elle fait une fixette sur la robe de ses demoiselles d'honneur. Prune ou bleu argenté ? Longue ou courte ?

– Quelle couleur a-t-elle choisie ?

Il posa un petit verre de vodka devant elle.

– Longue, col en V asymétrique, étoffe rose crème.

Elle mordit dans sa viande, et ferma les yeux de plaisir. Un ange passa. Elle cligna des yeux.

Bran fixait sa bouche.

– Primo, quand tu gémis comme ça en fermant les yeux, ça me donne des idées, mais tu as dit que tu voulais manger d'abord. Deusio, ta description est du charabia pour moi. Vous décorez une maison ou vous choisissez une robe ?

– On choisit une robe. Et ne t'inquiète pas. Tu n'as pas besoin de comprendre. Tant que tu me dis que je suis belle le moment venu. Tu seras mon cavalier au mariage, n'est-ce pas ?

Il s'assit à côté d'elle, une bouteille de bière blanche à la main. Il s'inclina et l'embrassa sur la bouche.

– J'adorerais être ton cavalier.

Elle avala sa bouchée et sourit. C'était la fille la plus chanceuse de la planète. Au diable le manque de temps et de sommeil, car elle était plus heureuse que jamais dans sa vie.

Bran attaqua son assiette et ils discutèrent de leur journée. Ireland réalisa que c'était la vraie vie. Elle avait eu des relations avant, mais là, elle était en couple avec Bran. Il l'encourageait et elle l'encourageait. Et quand leurs corps s'imbriquaient… un feu d'artifice.

Ireland s'éclaircit la voix. Elle venait de finir son fondant au chocolat et se sentait bien, satisfaite, ce qui la fit penser à d'autres choses…

– Alors, dit-elle en caressant le bois lisse du bout des doigts. Tu aimes la table ?

Les yeux de Bran suivirent ses doigts tandis qu'il prenait une gorgée de bière. Il avait fini son assiette bien avant elle, même en commençant à manger après elle.

– Tu l'as très bien choisie.

Elle posa la tête sur sa main.

– Je n'ai fait que t'aider.

Bran pianota sur la table, les yeux rivés sur sa bouche.

– L'apparence extérieure n'est pas le facteur déterminant de la véritable qualité d'un meuble.

– Ah bon ? sourit-elle.

— On devrait tester sa solidité. Tu sais, une épreuve de résistance à l'effort.

Elle passa un doigt sur sa lèvre supérieure, comme si elle réfléchissait à sa suggestion.

— On ne voudrait pas d'une table qui soit fragile.

Bran déglutit et se leva brusquement. Il se mit à débarrasser la table, déposant tout sur l'îlot de la cuisine, et avant qu'Ireland ait le temps d'intervenir, la vaisselle était empilée dans l'évier et il poussait les serviettes d'un revers de la main.

Il se pavana vers elle.

— Bon, où en étions-nous ? dit-il en la prenant dans ses bras. Oh, oui, test de résistance du nouveau matériel.

Bran glissa les mains derrière ses jambes, la souleva et l'assit délicatement sur la table.

— Jusqu'ici, tout va bien.

Il appuya les mains sur la table de chaque côté de ses hanches comme pour évaluer sa solidité.

Ireland rit.

— Elle est toute neuve. Et si on la cassait ?

Il la regarda d'un air sérieux.

— Je ne peux pas avoir une table branlante. Ça ruinerait ma virilité légendaire.

Ireland éclata de rire. Bran souriait aussi… en déboutonnant lentement son chemisier.

— Tu n'as pas de stores. Tout le monde peut nous voir, dit-elle.

— Qui ? souffla-t-il sur la courbe de sa poitrine, bien visible maintenant qu'il avait ouvert son haut à moitié. Il n'y a que des arbres et des ours dehors.

— Des ours ?

— Mm-hmm, marmonna-t-il en déboutonnant son chemisier jusqu'en bas et en lui enlevant.

Il plaça ses mains autour de ses seins.

Ireland se pencha en arrière et Bran s'installa entre ses jambes, pressant son corps contre le sien.

— Alors les ours ont maté nos ébats à l'arrière de ton pick-up ?

Sa voix monta dans les aigus au moment où il aspirait un téton dans sa bouche à travers le soutien-gorge.

— Sans doute pour nous encourager, murmura-t-il contre sa chair délicate, faisant jaillir des étincelles au creux de son ventre.

Impatiente de se libérer de la barrière des vêtements, Ireland passa les mains dans son dos pour dégrafer son soutien-gorge, mais Bran la prit de vitesse et l'ouvrit d'une main.

— D'où tiens-tu cette habilité ? Tu n'es pas un coureur de jupons.

— Non, je suis un amant.

Il enroula les mains autour de ses seins nus et les lécha amoureusement.

Ireland renonça à lutter et s'allongea sur la table. Elle sentit la fermeture éclair de son pantalon de tailleur noir descendre, et les mains de Bran le faire glisser, avec sa petite culotte, le long de ses jambes.

Il tira ses fesses au bord de la table, et remonta ses genoux, tout en les écartant.

Ireland jeta un coup d'œil et vit la scène la plus excitante de tous les temps. La tête de Bran ondulait entre ses cuisses et il se léchait les lèvres en fixant son intimité. Et d'un coup sa bouche fut sur elle, et elle se tortilla de plaisir.

— Un autre talent caché… tu n'es pas… censé être si doué, haleta-t-elle entre deux gémissements étouffés.

Il embrassa le pli entre sa cuisse et son mont de Vénus.

— Je pourrais faire ça toute la journée.

Les yeux d'Ireland se révulsèrent.

— Ne me laisse pas t'arrêter.

Mais cela ne lui prit pas toute la journée, car en moins d'une minute, sa langue et ses doigts magiques la firent violemment jouir et hurler de plaisir.

Ireland redescendit lentement de son orgasme explosif, un sourire comblé aux lèvres. Puis elle fronça les sourcils.

— Pourquoi tu es toujours habillé ?

— Parce que tu étais trop subjuguée par mes caresses pour t'occuper de moi.

— C'est vrai. Et je t'en remercie. Mais maintenant j'ai besoin que tu sois nu.

— Tes désirs sont des ordres.

Il passa les mains derrière son cou, enleva son t-shirt par le haut et le lança par terre, offrant à Ireland une vue spectaculaire sur de larges épaules musclées, des pectoraux toniques et des abdos dessinés comme une tablette de chocolat.

Elle voulait le sentir en elle. Tout de suite.

Il fit sauter le bouton de son jean et le glissa le long de ses jambes sans la quitter des yeux. Il ne portait pas de sous-vêtement.

La bouche d'Ireland s'assécha.

— Sans rien en-dessous ?

— Ça te pose un problème ?

Elle secoua la tête.

— Aucun problème.

Il était long et dur et prêt à la prendre.

— Tu me tues avec ce strip tease interminable.

Elle commença à s'asseoir, imaginant ses lèvres autour de lui quand il appuya une main sur son ventre pour la rallonger.

Il l'embrassa sur la bouche et se positionna devant sa fente. L'autre main glissa du ventre au creux de son dos, et il la tira vers lui, faisant remonter ses seins à son niveau. Et ensuite, il s'enfonça en elle en lui dévorant le cou.

La table trembla, son corps trembla, et un nouvel orgasme enflait au creux de son ventre.

– Elle ne va pas casser ? demanda-t-elle le souffle court.

– Je m'en fous.

Bran bougea légèrement, lui cambrant plus le dos, et elle monta en flèche.

Ses chairs palpitaient, et Bran accéléra le rythme, la pilonnant vigoureusement. Elle bascula dans le plaisir, cria, se liquéfia autour de lui.

Une seconde plus tard, il lui mordit l'épaule et grogna en déchargeant.

Et c'est là qu'une pensée la traversa, lentement, faisant son chemin dans le nuage brumeux créé par l'orgasme atomique… Ils n'avaient pas utilisé de préservatif.

Et elle ne prenait pas la pilule.

Merde.

Chapitre Vingt-Six

Bran ne s'était jamais senti aussi bien de toute sa vie. Il était encore au creux d'Ireland, le corps traversé par un plaisir résiduel. Eh ouais, la table ne s'était pas effondrée. Bingo.

— On ne l'a pas cassée, dit-il d'une voix endormie.

Ireland était allongée sur le dos, Bran affalé sur elle, ses beaux seins lui procurant le meilleur des oreillers.

— Elle est… solide, confirma-t-elle.

Il leva les yeux.

— Je t'écrase ?

— Non, j'aime bien te sentir sur moi. Et dans moi.

— Hum. On peut monter dans la chambre et reprendre cette position sur un lit confortable.

— Bran, il y a un problème…

Il fronça les sourcils.

— Un problème ?

Il scruta son corps, cherchant s'il l'avait blessée.

— On s'est un peu trop laissé emporter… Tu ne portais pas de préservatif.

La tête de Bran se vida. Enfin pas vraiment. Les

pensées défilèrent à deux cents à l'heure, dans le flou, tandis qu'il remontait le fil du temps. Il avait pris une douche, bazardé son caleçon pour faciliter leurs ébats, et pris des préservatifs dans la salle de bain. Il les avait posés sur son lit, prévoyant d'en glisser un dans sa poche plus tard.

Mais il avait oublié de le faire. Les capotes étaient toujours sur son lit.

Trop heureux de voir Ireland, il avait dévalé les escaliers en l'entendant frapper, zappant les préservatifs. Il avait tellement hâte de la prendre – sur la table, dans le lit – qu'il avait perdu la tête, putain d'abruti, et ne s'était pas protégé.

Bran se dégagea d'Ireland et attrapa son jean pour l'enfiler, comme si cacher sa nudité pouvait corriger l'erreur.

– *Putain.*

Ireland s'assit et se couvrit les seins, nue sous la ceinture.

– Je n'y ai pas pensé non plus.

Comment pouvait-il avoir oublié ? Il n'oubliait jamais.

– Bran… c'est pas grave.

Il tourna vivement la tête vers elle.

– Oh si, c'est grave, dit-il d'un ton excessivement dur, mais les mots lui avaient échappé malgré lui.

Ireland tressaillit et glissa sur le sol, puis ramassa ses vêtements à la hâte.

– Je ferais mieux de partir.

– Non, dit-il en se passant la main dans les cheveux. Excuse-moi. Je n'ai jamais fait cette erreur.

Elle leva les yeux.

– Tu l'as fait une fois.

Ce fut au tour de Bran de tressaillir.

Ireland prit un air contrit.

– Je suis désolée. C'était méchant.

– Et pourtant tellement vrai.

Elle enfila ses vêtements.

– On n'est plus des enfants. Ça va aller. C'était juste une fois. Il y a peu de chance que…

Une grossesse… un bébé ?

Il hocha la tête avec raideur, mais il n'était pas rassuré.

Comment ce revirement dramatique avait-il pu arriver ? La soirée était passée de la communion physique la plus puissante de sa vie à l'effondrement brutal de son monde.

– Je m'en vais, dit-elle, l'air perdu.

Bran s'approcha d'elle et l'enlaça.

– Je suis désolé. Je suis en colère contre moi, pas contre toi. Tu as raison, tout ira bien.

Mais ses propres mots lui semblèrent creux.

Ireland déglutit.

– On devrait dormir chacun dans son lit ce soir. Dormir vraiment. On est tous les deux épuisés, et ça n'a sans doute pas aidé ce soir.

Il détourna le regard. Il voulait dormir avec elle. La tenir dans ses bras. Mais il voulait aussi avoir le temps de réfléchir à l'erreur fatale qu'il n'avait pas commise une seule fois en dix ans, certain qu'il était de ne plus jamais la refaire.

– Tu as raison. Je t'ai fait veiller trop tard cette semaine.

Elle opina, mais il eut le temps d'apercevoir sa déception.

Il avait merdé. Encore une fois.

– Ireland…

Elle ramassa son sac près de l'escalier et le regarda.

– Tu veux que je te ramène chez toi ?

Avec un sourire forcé, ses beaux yeux bleus éteints, elle secoua la tête.

– J'ai ma voiture.

Il regarda le plafond, cherchant un truc à dire, n'importe quoi, tandis qu'elle marchait vers la porte.

– Est-ce que ça va aller ?

Elle s'arrêta, les doigts sur la poignée.

– Oui.

Mais il ne la crut pas. Il les avait mis dans une position où ils allaient devoir réfléchir à ce qu'ils feraient en cas d'une éventuelle grossesse non désirée. Il s'était laissé aller et maintenant il la laissait partir. Il n'était pas certain de pouvoir se le pardonner.

Chapitre Vingt-Sept

D ormir ? Pourquoi Bran avait-il pensé qu'il dormirait mieux sans Ireland ?

Il s'était tourné et retourné dans le lit toute la nuit, revivant le plaisir explosif qu'il avait éprouvé dans ses bras, désormais altéré par un sentiment de culpabilité.

Cela arrivait à tout le monde. De se laisser emporter par l'intensité du moment et d'oublier, ou négliger, de se protéger. Mais pas à Bran. Pas depuis qu'il avait compris la leçon au lycée et qu'il avait failli bousiller la vie d'une fille. Dieu seul savait quelles séquelles durables sa négligence avait laissé sur elle. Et voilà qu'il refaisait la même connerie. Seulement cette fois, c'était avec une femme dont il était amoureux.

Ireland était devenue un phare dans sa vie. Cette belle fille drôle et sexy lui était littéralement « tombée » dans les bras, et il les avait mis tous les deux dans une situation compromettante.

Bran entra au Prime en se demandant encore comment il avait pu faire une erreur aussi idiote, quand la responsable de l'équipe du jour débeula de nulle part et se posta devant lui.

— Salut, Jacky, dit-il. Tout se passe bien aujourd'hui ?

Jacky se tordit les mains, mal à l'aise.

— Pas vraiment.

Fabuleux.

— Qu'est-ce qu'il y a ?

— C'est le système de commande. On a encore des problèmes, mais cette fois, c'est plus grave.

Son front se plissa.

— Il marchait bien. Pas une seule commande erronée depuis qu'on a fait réécrire le programme.

— Je ne comprends pas non plus, il se passe un truc. On a reçu deux cents commandes incorrectes ce matin, et les comptes sont catastrophiques.

— Deux cents ? dit-il. Comment est-ce possible ? Il est à peine dix heures.

Elle secoua la tête.

— Je ne sais pas, mais on se fait incendier au téléphone par les clients. Commandes erronées. Facturation abusive.

Bran grinça des dents.

— Désactive le site.

— Je l'ai fait il y a une heure, mais les commandes…

Arrange-moi ça. Rembourse tout le monde. Appelle les employés en repos et fais-les venir pour t'aider à réparer les dégâts.

Jacky opina, mais son stress était visible.

Bran s'étira le cou, faisant craquer ses tendons.

— On parle d'une perte de quel montant ?

— Environ dix mille dollars, plus le coût de la matière première, du service de livraison et les frais généraux.

Donc en gros, la recette du midi des quatre restaurants.

Ils recevaient des commandes de plats à emporter et

effectuaient des livraisons en matinée, mais jamais deux cents d'un coup.

– Je vais appeler la société informatique pour savoir ce qui se passe.

Cependant, Bran ignorait comment Tech Banquet pourrait résoudre le problème. C'était le programme d'Ireland.

Ireland. *Merde.* Il ne l'avait pas appelée depuis son départ précipité la veille au soir. Et maintenant, il devait éteindre un incendie majeur au club. Un incendie dont elle était potentiellement responsable.

Il était impossible qu'il l'appelle pour ça. Bran était déjà en bisbille avec elle après son comportement cavalier de la veille au soir. Il allait essayer de régler seul le problème.

Tech Banquet lui répondit immédiatement qu'ils envoyaient un nouveau développeur. Ils avaient licencié James après les révélations de Bran sur ses agissements et l'intervention de la police. Sans surprise. Mais certains des problèmes réapparus ce matin lui semblaient étrangement familiers.

Comment était-il possible que le logiciel produise les mêmes bugs qu'avant sa reprogrammation par Ireland ? Il n'avait pas de connexion directe à Tech Banquet ; le programme fonctionnait à partir des serveurs du Club Tahoe. Ce n'était pas logique.

Le nouveau développeur passa toute la journée à étudier les commandes erronées et le code écrit par Ireland.

– Les appels arrivent de toute la région du lac Tahoe, même de la rive nord, dit le gars. C'est normal que vous receviez des commandes d'endroits si éloignés ?

– En principe, non. Ça arrive de temps en temps, mais en général c'est pour le dîner.

L'informaticien se gratta la joue.

— C'est bizarre.

— Qu'est-ce qui est bizarre ?

À part tout aujourd'hui, pensa Bran.

— En plus des commandes provenant d'endroits inhabituels, plusieurs des numéros listés sont les mêmes, mais avec des adresses différentes. Et les factures ne correspondent pas tout à fait. Les frais sont légèrement plus élevés que la facture.

— Donc on rembourse plus que le coût réel ?

— Ben, oui, mais pas de beaucoup. Un dollar ou deux, maximum.

Bran inspira à fond.

— Exactement comme la dernière fois.

Pourquoi avait-il acheté ce foutu système de merde ?

— Vous pouvez réparer le bug ?

— Certainement, mais pas en une journée. Il me faudra une semaine ou deux.

— Et c'est Tech Banquet qui couvre les frais ?

Le gars se tordit les mains comme Jacky l'avait fait plus tôt.

— En fait, non. Mon patron dit que vous avez engagé une sous-traitante qui a modifié le code source. On va devoir vous facturer mon temps.

— Tech Banquet l'a engagée comme sous-traitante, protesta Bran.

Mais c'est lui qui l'avait recommandée… et payée. *Fils de pute.*

Le développeur leva les mains.

— Je ne suis que le messager.

Bran sortit en trombe du restaurant et se dirigea vers le bar lounge où le clan Cade se réunissait ce soir. Il était temps d'affronter l'orage. Ses frères ne seraient pas contents. Mais personne n'était plus exaspéré que Bran.

———

– Encore ? s'exclama Levi.

Bran avala sa bière en baissant sa casquette sur ses yeux. Il roulait incognito quand il sortait avec ses frères — trop de groupies circulaient sur le complexe hôtelier, curieuses de voir à quoi ressemblaient les fils de riche qui avaient hérité de l'endroit. Hunt était le seul à en profiter à présent, et Bran ne voulait pas être mêlé à sa débauche. Il avait omis de porter sa casquette ces temps-ci, ne s'inquiétant plus des groupies avec Ireland dans sa vie. Mais ce soir, il avait besoin mentalement et physiquement de sortir couvert.

Le poids du regard de ses frères l'enfonça dans le sol.

– Putain, Bran, on vient juste de sortir les finances du club du rouge, et maintenant, on doit régler ça ?

C'était Wes. Il leur avait sauvé les fesses l'année dernière avec le tournoi de golf du circuit pro. Wes était optimiste sur le fait qu'ils accueilleraient de nouveau les Masters de Tahoe, mais pas cette année.

Wes se tourna vers Levi et Emily.

– À quel point c'est grave ?

– Pas trop financièrement, répondit Levi, mais ça pourrait nuire à notre réputation d'excellence des services.

– Ça fout le binz, mais on peut accuser le coup, déclara Emily. On a de nouvelles offres qui enchantent les clients. Grâce au Club Kids, on tournera à pleine capacité les deux prochains étés.

– Sauf que les nouveaux clients sont furax qu'on merde sur leurs commandes en ligne, marmonna Levi.

Ils avaient pris ensemble la décision d'investir dans le service de restauration et Bran ne laisserait pas son frère aîné impitoyable lui faire porter le chapeau.

— La plupart des commandes étaient à emporter. Ça ne devrait pas affecter la clientèle de l'hôtel.

Adam remonta ses manches, après avoir posé sa veste de costume sur le dossier de la chaise.

— C'est une faible consolation.

— C'est ça, ironisa Bran. Fais comme si tu t'en souciais. Plus le Club Tahoe s'enfonce, mieux c'est pour le Blue Casino.

— Hé, abruti, rétorqua Adam. Je possède une partie du Club Tahoe. J'ai une excellente raison de me soucier de sa rentabilité.

Hunt leva la main.

— Oh, tout le monde se calme. Bran, tu as merdé, mais on va arranger ça. Comme toujours.

— Qu'est-ce que tu insinues ? siffla Bran. C'est pas moi qui fous la merde dans cette famille.

Hunt se pencha en avant, le regard dur.

— Ai-je dit ça ? Je sais que vous pensez tous que je suis un fauteur de troubles, mais vous n'êtes pas des anges non plus. Aucun de vous.

Personne ne répondit au commentaire de Hunt. Sans doute parce qu'il était justifié.

Hunt était le frère qui s'attirait des ennuis. Mais Hunt était aussi celui qui avait imaginé le programme d'activités pour enfants qui leur sauvait la mise actuellement et séduisait une nouvelle clientèle. Alors oui, ils étaient trop durs avec lui. D'autant que lorsqu'il ne travaillait pas, Hunt était un dragueur invétéré. Une cible facile, en somme.

— Excuse-moi, dit Bran. Je suis en colère contre moi, pas contre toi. J'ai pris des libertés dernièrement, et ça me revient en pleine poire.

— Des libertés ? dit Emily en interrogeant Levi du regard.

Levi secoua la tête, l'air perplexe.

— Dans ma vie personnelle, précisa Bran. J'ai fait passer le club au second plan.

— Bran, dit Wes, aucun de nous ne fait du club sa priorité. Tu as le droit d'avoir une vie personnelle. (Il regarda ses autres frères.) En fait, on est tous heureux que tu aies enfin une copine. Ireland est une fille géniale.

— Ireland ? s'étrangla Emily. L'informaticienne ? Pourquoi tu ne me tiens pas au courant de ces trucs-là ? reprocha-t-elle à Levi.

Levi fusilla ses frères du regard.

— Je ne savais pas. Arrêtez de me mettre dans la daube.

— Ce n'est pas notre faute si tu ne fais pas attention à la vie amoureuse de Bran, dit Wes.

Adam sirota son martini.

— Hayden les a branchés. Ma femme sait ce qu'elle fait.

Hayden avait peut-être permis d'assouplir l'emploi du temps d'Ireland pour qu'elle travaille en freelance pour le Club Tahoe, mais c'était l'excursion en bateau qui avait allumé la mèche. Le travail de consultante d'Ireland n'avait fait qu'attiser la flamme.

Finalement, il ne leur avait fallu qu'une chose : la proximité. Une fois Ireland près de lui, Bran avait eu du mal à la laisser partir. Mais hélas, il avait tout foutu en l'air.

Bran soupira.

— Ouais, ben maintenant je dois lui dire que son programme vient de nous coûter dix mille dollars et la réputation de notre beau complexe.

Adam grimaça.

— Tu veux dormir dehors ? Dans le cas contraire, je te conseille une autre stratégie.

Bran le fusilla du regard.

— Quelle autre solution ai-je ? C'est soit ça, soit on paie Tech Banquet je ne sais combien pour réécrire leur programme une nouvelle fois.

– Ireland est un petit génie, affirma Adam. J'ignore ce qui se passe avec le logiciel, mais elle va le réparer. C'est une tueuse au Blue. Mes patrons baisent le sol qu'elle foule.

Bran baissa la visière de sa casquette. Il ne savait plus quoi penser. Tout ce qu'il savait, c'est qu'Ireland avait réécrit le programme, et que le Club Tahoe se retrouvait en plus mauvaise posture qu'avant.

Chapitre Vingt-Huit

Bran resta seul au bar lounge après le départ de ses frères une heure plus tard. Il devait appeler Ireland. Il avait différé ce moment toute la journée. Au début parce qu'il avait eu une crise à gérer. Ensuite parce qu'il ne voulait pas lui parler d'informatique. Il avait été nul hier soir. Et maintenant, il devait lui dire que le programme qu'elle avait écrit était une catastrophe ? Aucun homme sain d'esprit ne voudrait se retrouver dans cette situation, et Bran était tout sauf fou.

– Salut, dit-il quand elle décrocha.

– Salut.

Elle avait une voix déprimée. Ce qu'il devait lui annoncer n'allait pas lui remonter le moral.

– Tu as passé une bonne journée ? demanda-t-il.

– Moyen. Et toi ?

Super, leur relation s'était réduite à un échange de banalités en l'espace de vingt-quatre heures.

– Pas terrible.

– Ouais, j'étais contrariée après hier soir.

Bran s'éclaircit la voix.

— Moi aussi, mais… ce n'est pas la seule raison de ma mauvaise journée. En fait, le programme que tu as écrit a déraillé ce matin. On l'a désactivé, et j'ai appelé Tech Banquet. Ça va prendre des semaines à tout recoder.

— Attends, quoi ?

— Le programme a fait des erreurs sur deux cents commandes passées ce matin.

— Ce n'est pas possible, affirma-t-elle.

— Je ne sais pas quoi te dire, sinon que c'est la réalité.

— J'arrive.

Bran se redressa sur son siège.

— Tu n'as pas besoin de venir. Il y a un informaticien de Tech Banquet qui travaille sur le problème.

— Tu me vires ?

— Bien sûr que non. Mais je t'ai engagée par le biais de Tech Banquet et ils m'ont envoyé quelqu'un d'autre.

— Pourquoi tu ne m'as pas appelée en premier ? C'est moi qui ai écrit le programme.

Parce qu'il était une grosse poule mouillée ?

— C'est n'importe quoi, s'énerva-t-elle. Et la nuit dernière aussi, mais je ne veux pas y penser pour le moment.

Normalement, la colère d'Ireland était terriblement excitante. Mais là, sa poitrine se serra. Il n'aimait pas la contrarier.

— Fais-moi une faveur, dit-elle. Demande à quelqu'un de m'ouvrir le Prime pour que je regarde ce qui se passe. Je serai là dans vingt minutes.

— Je vais faire mieux. Je t'attends au restaurant.

Elle soupira.

— Très bien, mais il ne s'agit pas de nous ni de ce qui s'est passé hier soir. Il s'agit du programme.

— D'accord, concéda-t-il.

Mais il ne s'agissait pas seulement du programme. Il

s'agissait de leur vie, mais il n'ouvrirait pas la boîte de Pandore.

———

Pourquoi ne l'avait-il pas fait intervenir quand le programme s'était barré en sucette ce matin ? Sans parler de sa réaction de merde après l'accident d'hier soir. Ireland avait envie d'étrangler Bran.

Pour un peu, il lui reprocherait d'avoir oublié de lui dire de mettre une capote. Une femme peut aussi être prise dans le feu de l'action ! C'était sa maudite bouche. Ce qu'il lui avait fait avec sa langue lui avait procuré un orgasme qui lui avait complètement embrumé l'esprit. Comment une femme était-elle censée réfléchir dans ces conditions ?

Ils avaient fait une erreur. Et ils se retrouvaient dans la mouise. Mais ils étaient adultes. Bran était tellement obsédé par son passé qu'il était incapable de voir au-delà. Il ramenait tout à lui. Et maintenant, il l'écartait d'un programme qu'elle avait écrit.

Son code était infaillible. Elle avait vérifié et revérifié avant de mettre le programme en ligne. Cela ne voulait pas dire qu'elle ne pouvait pas faire d'erreurs. Mais la court-circuiter et appeler Tech Banquet sans même la consulter ? N'avait-il aucune confiance en elle ?

Il était tard, presque dix heures du soir, mais le Club Tahoe et les casinos de South Lake Tahoe ne dormaient jamais. Les clients affluaient vers le hall d'entrée tandis qu'Ireland contournait l'hôtel pour se rendre au bout du complexe, au bord du lac, où se trouvaient le Prime et les boutiques fermées à cette heure. Elle tira sur la porte du Prime, mais elle était fermée.

Bran, assis à une table voisine devant un portable

allumé, leva les yeux. Il s'empressa d'aller lui ouvrir la porte.

— Merci d'être venue.

Le cœur d'Ireland s'emballa en le voyant. Une partie d'elle voulait l'embrasser, et l'autre voulait le repousser.

Elle montra l'ordinateur du doigt.

— Ça t'embête si j'utilise ton portable ? Je suppose qu'il est connecté au serveur ?

Il scruta son visage comme s'il essayait de lire ses pensées. *Bonne chance*, songea-t-elle.

— Bien sûr, dit-il enfin, puis il s'écarta.

Ireland s'assit à table et sortit ses écouteurs. Elle devait se concentrer pour comprendre le problème. Elle ne pouvait pas réfléchir alors que Bran restait planté là, à l'observer. Elle mit donc de la musique et tenta de faire abstraction de Bran et du tourbillon d'émotions qu'il faisait naître en elle.

Elle le sentit s'éloigner vers l'arrière du restaurant. Elle leva les yeux et le vit entrer dans son bureau. Ses épaules s'affaissèrent et ses yeux la piquèrent. *Et merde.*

Elle lui avait dit qu'elle ne voulait pas parler d'hier soir. Qu'elle n'était là que pour travailler sur le logiciel. Mais au fond d'elle, elle voulait qu'il la prenne dans ses bras. Qu'il lui dise que tout irait bien. En gros, tout ce qu'il n'avait pas fait hier soir et ce soir. Au téléphone, il semblait plus préoccupé par le problème informatique que par leur relation.

Ça n'allait pas recommencer… Ireland était importante aussi, et elle ne supporterait pas une nouvelle fois les crasses d'un mec.

Elle avait cru que Bran était différent, mais en ce moment, il se comportait comme tous les hommes avec qui elle était sortie : centré sur lui-même. Il n'avait pensé qu'à lui hier soir. Et aujourd'hui, il l'avait appelée pour prendre des nouvelles, mais il était visiblement plus préoccupé par ses restaurants.

Si c'était ce qu'il voulait, très bien. Elle allait réparer son foutu programme et passer à autre chose. Il le fallait bien.

Ireland ferma les yeux pour refouler des larmes intempestives et afficha le code à l'écran. Elle remarqua tout de suite des lignes différentes de celles qu'elle avait écrites. Elle chercha la sauvegarde qu'elle avait faite par sécurité, mais elle avait disparu. Elle n'était pas là où elle l'avait enregistrée, et quand elle chercha sur le service cloud utilisé par le Club Tahoe, elle ne s'y trouvait pas non plus.

Heureusement qu'elle l'avait aussi sauvegardée sur un autre service cloud hyper-sécurisé.

Ireland afficha la sauvegarde de secours et la compara avec le programme actuel. Évidemment, ils ne correspondaient pas. Quelqu'un avait substitué par un autre le programme qu'elle avait écrit.

Les raisons d'un tel acte ne manquaient pas. Toutes malveillantes.

Ireland se leva et se dirigea vers le bureau de Bran. La porte était ouverte. Il était penché en arrière sur sa chaise, les yeux fermés, les contours solides de sa mâchoire canalisant l'attention vers ses lèvres charnues. Son imbécile de cœur se mit à battre la chamade.

Pourquoi son cœur ne pouvait-il pas être intelligent pour une fois ?

Quand un événement important était arrivé, Bran ne l'avait pas fait passer en premier. Deux fois de suite. Comme si la nuit dernière ne suffisait pas. Il était censé être son petit ami. Au lieu de ça, il l'excluait. Ireland ne voulait avoir ce genre de relation avec personne, encore moins avec Bran, l'homme avec qui elle voulait tout partager.

Il dut sentir sa présence parce qu'il ouvrit les yeux et la regarda.

— Quelqu'un a-t-il eu accès au programme ? demanda-t-elle. Au code source ?

Il secoua lentement la tête comme s'il réfléchissait.

— Non. Seulement toi et le nouveau technicien envoyé par Tech Banquet.

Ireland avait la preuve qu'on avait modifié le code original. Elle devait maintenant comprendre pourquoi. Elle tourna les talons et repartit vers le portable.

— Attends, dit Bran en se levant. Qu'est-ce qui se passe ?

Elle continua de marcher.

— Quelqu'un a remplacé mon programme par un autre.

— Qui ferait ça ?

Elle s'arrêta et pivota.

— Tu penses que j'ai quelque chose à voir avec cette histoire ? l'agressa-t-elle.

D'accord, elle était un tantinet susceptible. Elle était fatiguée, triste, et aussi perturbée que lui par ce qui se passait.

Bran encaissa le coup, légèrement surpris.

— Non. Absolument pas.

Ireland s'assit et afficha une fenêtre sur le portable.

— Alors, laisse-moi travailler et découvrir qui est le coupable.

— Ireland…

Elle dévia son regard de l'écran vers ce visage qu'elle chérissait malgré elle. Il était trop douloureux de regarder un homme en qui elle croyait et qui ne croyait pas en elle.

— Oui ?

— Merci.

Il était sincère, mais Ireland ne voyait que ce qu'elle avait perdu aujourd'hui.

Chapitre Vingt-Neuf

I reland rechercha sur le serveur l'empreinte numérique de celui qui aurait pu modifier le programme de commande en ligne. Mais l'auteur du méfait avait effacé ses traces.

Elle ne trouva rien. Sauf un lien évident avec le coupable.

Le code avait été modifié à partir de son programme original afin de faire passer l'argent par l'Europe, comme le programme initial conçu par James. Ireland était certaine que si elle vérifiait les comptes, elle trouverait des sommes détournées.

Il était une heure du matin, et elle était épuisée. Elle se rendit dans le bureau de Bran et le trouva endormi sur son siège. Elle lui secoua légèrement l'épaule, puis laissa retomber sa main sur le côté.

Bran se frotta le visage.

– Tout va bien ?

– Ça dépend. On a piraté le serveur, et trafiqué le programme que j'ai écrit pour en modifier certains segments.

Il secoua la tête.

— Génial. On peut le remplacer par celui que tu as écrit et le remettre en ligne, non ?

— On pourrait faire ça… mais tu risques d'être piraté à nouveau. Quelqu'un a accès à ton serveur, et on dirait qu'il l'utilise pour te ponctionner de l'argent.

Il pencha la tête en arrière et soupira.

— C'est ce que m'a dit l'autre type.

— Je pense que James est le coupable.

— Pardon ?

— Quelqu'un disposant d'un accès par mot de passe a réécrit des segments du code et a modifié le système de paiement en ligne. C'est un travail bâclé, d'où le fait que le programme ait en partie mal fonctionné.

La mâchoire de Bran se crispa.

— J'aurais dû changer les mots de passe après le renvoi de James. C'est une erreur de débutant. (Il fronça les sourcils.) Il y avait des écarts comptables dans le dernier programme. Tu penses que c'était voulu ?

Il lui demandait son avis maintenant ? Alors que ce matin, il ne lui faisait pas assez confiance pour l'appeler à la rescousse ?

Elle haussa les épaules.

— James est un salaud arrogant qui n'a pas apprécié qu'on touche à son programme, puis tu l'as fait virer. Il y a un certain nombre de raisons pour lesquelles cet homme voudrait voler le Club Tahoe.

— Bonne remarque.

— Mais pour répondre à ta question, oui, après avoir vu que de petites sommes d'argent étaient « accidentellement » débitées, je pense qu'il pourrait y avoir une activité criminelle en cours. Je vais devoir examiner la question de plus près. Ce que j'ai trouvé ce soir explique qui pourrait avoir fait le coup, le circuit de l'argent correspondant au programme initial de James. Ça n'explique pas l'anomalie des centaines de commandes passées ce matin. Je vais devoir y regarder de plus près.

— Pas ce soir. Je n'arrive pas à croire que je t'ai fait travailler si tard.

Ireland sentait une migraine poindre et elle avait les fesses engourdies par la position assise. Elle était tellement déterminée à résoudre le problème informatique qu'elle n'avait pas prêté attention à l'heure.

— Je reviendrai demain.

Bran se leva et s'approcha d'elle.

— Ireland, tu n'es pas obligée de faire ça.

Elle recula.

— Si. Tu n'as pas cru en moi. Et me voilà à devoir faire mes preuves auprès d'un type en qui j'avais confiance. Un homme que je croyais être mon petit ami.

— J'ai confiance en toi, j'ai juste…

— Juste quoi ?

Il se frotta les yeux.

— Tu veux la vérité ?

— Je préfère, oui.

— Après la nuit dernière, je savais que tu étais contra-riée. J'ai aussi pensé que tu avais accidentellement causé le problème informatique, puisque tu as réécrit le programme. (Il se pinça l'arête du nez.) Je… je ne peux pas planter mes frères. Il faut absolument que la restauration soit une source de profit pour le club, pas de déficit supplé-mentaire.

Ireland remonta son sac plus haut sur son épaule.

— Alors tu as pensé que le problème venait de moi, et tu m'as remplacée.

Il glissa une main dans sa poche.

— Tu sais que je ne suis pas doué pour ce genre de choses.

— L'informatique ou les relations sentimentales ?

— Les deux, ce qui semble évident aujourd'hui, dit-il. Je ne sais pas ce qui m'a pris de te demander d'être ma copine. Je ne suis pas un mec responsable.

La gorge d'Ireland se serra, et pendant un moment, elle ne n'arriva plus à parler.

— Tu n'as jamais demandé.

— Pardon ?

— Tu ne m'as jamais demandé d'être ta copine, tu as simplement déclaré que je l'étais.

— Exactement. Je n'ai pas pris en compte ce que tu voulais.

Elle roula des yeux.

— Je voulais être ta petite amie. Tu n'avais pas à demander parce que nos sentiments réciproques n'avaient pas besoin d'être exprimés.

Il baissa les yeux, puis secoua la tête.

— Je t'aime bien, Ireland. Assez pour savoir que je ne peux pas te donner ce que tu mérites.

Elle ravala la boule dans sa gorge.

— Je suis contente que tu aies compris ça pour moi. Mon cerveau est si minuscule que je n'aurais sans doute jamais réalisé toute seule que tu n'es pas assez bien pour moi, si tu ne me l'avais pas dit.

Elle sortit du bureau et traversa le restaurant en trombe.

— Ce n'est pas ce que je voulais dire, s'écria-t-il. Ton intelligence est l'une des choses que je préfère chez toi.

Ireland s'arrêta à la porte, se mordant la lèvre pour empêcher les larmes de couler sur son visage.

— Je reviendrai demain pour finir d'examiner les commandes.

Bran n'ajouta rien.

Et Ireland sortit du restaurant.

———

Wes entra au Prime avec Harlow dans les bras.

— Comment as-tu fait pour rouvrir le service de commande si vite ?

Assis au bar, Bran vérifiait les emplois du temps des employés.

— Ireland. Elle a compris ce qui se passait hier soir, elle est revenue ce matin et elle a mis à jour le système de sécurité. On a été piratés.

Wes pressa la tête de Harlow contre sa poitrine et lui couvrit l'autre oreille de la main.

— C'est quoi ce bordel ? Est-ce qu'on doit engager un service de sécurité technique ou autre ?

— Pas selon Ireland. Elle a installé un logiciel de sécurité renforcée si complexe que j'ai passé une heure ce matin à apprendre à l'utiliser et à mémoriser des mots de passe imbitables.

— C'est pratique d'avoir ta copine sous la main.

— C'est plus ma copine, dit Bran, la gorge sèche.

Wes tourna la tête vers lui, surpris, et Harlow en profita pour lui attraper le nez. Ce qui ravit Bran. Il n'y avait pas son nez qu'elle aimait trifouiller.

Wes délogea gentiment les petits doigts griffus de sa fille.

— Depuis quand ? Ne me dis pas que tu l'as laissée partir. C'est une perle rare.

— Elle mérite un mec présent, qui s'occupe d'elle… tout le tintouin.

Wes couvrit de nouveau les oreilles de Harlow.

— C'est les conneries que tu te racontes ? Allez, Bran, qu'est-ce qui se passe ? Si je ne suis pas à côté de la plaque, et je le suis rarement, tu es amoureux d'Ireland.

Bran serra les poings.

– Pourquoi es-tu venu ici ? Certainement pas pour discuter de ma vie amoureuse.

Wes lui tendit Harlow.

– Le fait que tu admettes avoir une vie amoureuse est un progrès. Garde Harlow une seconde. J'ai envie de pisser.

Bran couvrit la joue soyeuse du bébé de baisers.

Wes restait là, à l'observer.

– Dégage, dit Bran. J'ai besoin de mon quart d'heure Harlow après la semaine que j'ai eue.

– Ne sois pas si expéditif avec Ireland. Tu pourrais en vouloir un à toi un jour, dit-il en regardant Harlow.

– Un gosse ?

– Oui, un gosse, abruti. Et crois-moi, tu voudras l'avoir avec une femme que tu aimes. Ireland est la seule fille dont je t'ai vu être amoureux. Ne fous pas tout en l'air.

Bran s'empressa de boucher les oreilles de Harlow.

– Surveille ton langage.

Il se dirigea vers le bar pour montrer sa nièce au personnel. Et pour s'éloigner de Wes et de sa psychanalyse.

– Hé, s'exclama Wes en reculant vers les toilettes. Je veux que tu me la rendes quand j'ai fini. Ne l'accapare pas.

Bran l'ignora et s'empressa de parader avec Harlow devant l'équipe en service au Prime. Ils la connaissaient tous, mais chacun voulait avoir sa « minute Harlow ».

Wes était un papa très présent. Ce qui rendait Bran fier, vu qu'ils n'avaient jamais eu de vrai modèle. Même quand leur père était là, il n'était pas présent mentalement. Mais Wes était un bon père, il montrait l'exemple à ses frères. Toutefois, quoi qu'en dise Wes, Bran n'imaginait pas avoir des enfants un jour.

Puis il pensa à Ireland. Et l'absence de contraception.

Ireland avait raison. Les chances de tomber enceinte après un seul rapport non protégé étaient minces, mais pas inexistantes. En tout cas, il devait lui parler. Il avait cafouillé l'autre soir ; il pouvait mieux faire. Elle méritait mieux.

Bran serra Harlow plus étroitement. Il serait le meilleur père possible si ça devait arriver. Mais il ne voulait pas d'un bébé imprévu. Il voulait pouvoir tout donner à son enfant et à sa femme.

Quelques minutes plus tard, Bran aperçut Wes en discussion avec le manager, qui était un bon ami de Wes, et il pivota avec Harlow dans la direction opposée avant que Wes puisse lui enlever.

Pour se retrouver face à face avec la fille dont il avait bousillé la vie.

Femme — c'était une femme aujourd'hui. Debout à côté d'un homme, elle tenait la main d'un petit garçon de trois, peut-être quatre ans ?

– Bran, s'exclama Delaney en se tournant vers l'homme à ses côtés. Kevin, je te présente Bran. On était au lycée ensemble. C'est bon de te voir, lui dit-elle en souriant.

Bran cala Harlow sur sa hanche et serra la main de Kevin.

– Ravi de te rencontrer.

Il regarda Delaney et étudia son visage, sentant le sien exprimer de l'incrédulité. Elle n'avait pas l'air malheureuse ou traumatisée. En fait, elle semblait heureuse.

– Comment vas-tu ?

– Très bien, dit-elle en prenant le petit garçon dans ses bras. Je te présente mon fils, Miles. Miles, dis bonjour à Bran.

Il posa la tête sur l'épaule de sa mère et bredouilla un bonjour approximatif, puis Bran lui présenta Harlow.

– C'est ta fille ? demanda Delaney.

Bran regarda Harlow, réalisant sa méprise.

– Ma nièce. La fille de Wes.

Delaney lui demanda des nouvelles de Wes, au moment où ce dernier arrivait vers eux pour lui voler Harlow, le bougre.

– Alors c'est ici que tu as planqué Harlow, dit-il après avoir salué Kevin et Delaney, qu'il sembla reconnaître du lycée.

Wes savait que Bran avait mis une fille enceinte à l'école, mais il ne lui avait jamais révélé son nom.

– Je dois filer, dit Wes. Kaylee attend à la boutique du golf pour emmener cette demoiselle au cours d'éveil musical des tout-petits.

Il fit sauter sa fille dans ses bras, lui arrachant un éclat de rire.

– Content de t'avoir vue, Delaney. Kevin.

Il serra la main de Kevin puis il disparut avec Harlow.

Bran regarda autour de lui.

– Vous attendez une table ?

Delaney opina.

– C'est mon anniversaire et on voulait aller dans un bel endroit.

Les locaux venaient souvent aux restaurants du Club Tahoe pour des occasions spéciales. C'était rassurant de voir que le cafouillage de la semaine n'avait pas totalement ruiné leur réputation.

Bran fit signe à un serveur, qui rappliqua immédiatement.

– Donne-leur une table réservée, dit discrètement Bran au serveur, qui se fit un plaisir d'accompagner la petite famille en salle.

Bran tenta de se remettre au travail, mais il n'arrivait pas à chasser Delaney de son esprit. Après le lycée, il ne l'avait plus jamais revue. Il avait supposé qu'elle avait quitté la ville, ce qui était peut-être le cas. Tomber sur elle aujourd'hui, c'était comme boucler la boucle, mais en bien pire. Il était adolescent quand il il avait mis Delaney enceinte. Et dix ans plus tard, il avait peut-être provoqué une nouvelle grossesse non désirée.

Il avait des règles. Des règles qui l'empêchaient de refaire cette erreur. Et il avait ignoré ces règles pour être avec Ireland. Parce qu'il l'aimait.

Merde.

En partant, Delaney fit signe à son mari et à son fils de partir devant tandis qu'elle saluait Bran.

— Merci pour le dîner, dit-elle. C'était très gentil de ta part.

Bran les avait invités, c'était le moins qu'il puisse faire.

— Bon anniversaire. Je me suis souvent demandé comment tu allais.

Elle tendit la main et lui pressa le bras.

— Vraiment très bien. Et toi ?

C'était une question simple qui appelait une réponse simple. Mais bizarrement, les mots restaient bloqués dans sa gorge.

— Je voulais te dire que je suis sincèrement désolé. Pour le mal que je t'ai fait quand on était au lycée. Je ne crois pas te l'avoir jamais dit.

Elle fit un sourire triste.

— Tu l'as fait, en réalité. Plusieurs fois. J'étais désolée aussi. Mais la vie a été généreuse avec moi. Elle m'a donné une seconde chance, et j'espère qu'elle t'en a donné une aussi.

Il *avait* eu une seconde chance. Avec Ireland.

Et il l'avait gâchée.

Bran avait flippé comme un malade l'autre soir. Il n'avait pas été présent pour Ireland, tout comme il avait paniqué et n'avait pas été là pour Delaney il y a des années.

Il sourit pour cacher ses pensées.

– Tout va bien. Ça m'a fait plaisir de te voir.

Delaney hésita un instant, comme si elle percevait ses pensées.

– Prends soin de toi, Bran, dit-elle finalement avec un sourire triste avant de rejoindre sa famille.

Delaney avait tourné la page. Bran aussi. Avec Ireland. Quand il avait renoncé à combattre son attirance pour elle. Et puis il s'était défilé dès que les choses avaient dérapé.

Ireland avait besoin de savoir qu'il sera là pour elle quoi qu'il arrive. Et qu'il l'aimait.

Chapitre Trente

Ireland était assise au bar de la cuisine et travaillait sur son ordinateur pendant que Cali et Jaeg emballaient des objets à emporter chez ses parents pour le mariage, ce week-end. Ils avaient fait une répétition de la cérémonie sur place un peu plus tôt et tout était prêt.

D'une manière ou d'une autre, le mariage les prenait tous au dépourvu. Certes, Cali avait avancé la date, mais Ireland redoutait d'être bouleversée à cause de Bran et de la charge émotionnelle de la semaine. Elle n'avait pas seulement perdu son mec, elle avait aussi perdu un ami. Bran s'était introduit dans sa vie et était devenu la personne avec qui elle avait envie de parler de sa journée et de passer ses nuits. Et ce besoin d'être avec lui n'avait pas disparu. À la place qu'occupait son cœur se trouvait désormais un gouffre.

Leur histoire naissante avait explosé en vol le soir où ils avaient couché ensemble sans protection. Ce qui semblait être une raison ridicule de se séparer pour un couple. Mais cet incident avait touché un point sensible chez Bran. Il avait construit sa vie autour de la nécessité de ne plus faire cette erreur, et pourtant il l'avait refaite. Avec elle. Elle incarnait donc son pire cauchemar.

Pour elle, Bran avait scellé la rupture en la traitant comme tous les hommes avec lesquels elle avait travaillé : il avait douté de ses compétences professionnelles lorsque le programme avait bugué, la soupçonnant d'être à l'origine du dysfonctionnement. Il avait même déclaré devoir faire passer le Club Tahoe et ses frères en premier.

Elle comprenait son dévouement familial, mais elle dans tout ça ? En quelle position arrivait-elle sur la liste des priorités ?

Même si Bran s'excusait, Ireland s'était promis de ne plus jamais être avec un homme qui la traitait par-dessus la jambe. Ne la respectait pas. Bran lui avait semblé incarner son idéal romantique. Mais en réalité, il était comme tous les hommes qu'elle avait connus.

Et c'était lui qui l'avait larguée. Donc la balle n'était même pas dans son camp.

Une larme roula sur sa joue, mouillant la monture de ses lunettes.

Elle l'essuya et respira à fond. Elle survivrait. Ce n'était qu'un chagrin d'amour — le plus beau des amours, pendant un temps. Elle avait entrevu un bel avenir, et se demandait aujourd'hui si elle avait tout inventé.

La porte d'entrée s'ouvrit en couinant.

– Coucou !

Ireland fit lentement pivoter son tabouret et jeta un regard de reproche à son frère aîné.

– Tu étais censé arriver il y a plusieurs heures.

Il laissa tomber son sac de voyage sur le sol.

– Hé, je suis venu. Il est où, l'amour, dans tout ça ? Tu sais à quel point c'était dur pour moi de prendre un congé ?

— Demain, c'est le week-end. Tu n'as pris qu'un jour de congé.

— Exactement.

Ireland se frotta les tempes. Ses frères la faisaient tourner en bourrique, et elle n'était pas sûre de pouvoir supporter l'humour de Gabe aujourd'hui.

Il la dévisagea.

— Qu'est-ce qui ne va pas ? Tu as l'air d'être sur le point de vomir

Elle lui lança un regard noir.

— Merci.

Gabe fit un check à Jaeg, qui était arrivé au son de l'entrée de Gabe, et lui tendait une bière.

— Tu vois ? dit Gabe en regardant Ireland. C'est comme ça qu'on accueille quelqu'un. Merci, mec.

Gabe embrassa Cali, qui arrivait les bras chargés d'un nouveau carton d'affaires pour le mariage.

— Tu as besoin d'aide ? On dirait que vous déménagez.

— Presque, s'esclaffa Jaeg. On prépare le mariage. Ça te dirait de faire un aller-retour chez mes parents ? Cali a besoin de faire une pause.

— C'est parti, dit Gabe en soulevant le carton que Jaeg pointait du doigt.

Avant de sortir, il fit un détour pour embrasser Ireland sur le front.

Bon, d'accord, son frère n'était pas si mal. Il l'aimait ; il avait le droit d'être égocentrique et agaçant par moments. Mais c'était probablement la norme, car ses autres frères étaient pareils.

Les garçons commencèrent à transporter les cartons dans le camion de Jaeg et Cali s'affala sur le canapé.

— Je n'arrive plus à réfléchir. J'ai la cervelle en bouillie. Je suis sûre que j'oublie quelque chose.

Ireland se leva, traversa la cuisine, prit deux porte-verres dans le tiroir et sortit une bouteille de vin blanc du frigo. Elle servit deux verres, se dirigea vers le canapé et tendit le sien à Cali, avec son porte-verre bling-bling. Cali l'enfila autour du cou et y inséra son verre.

Elle avala une gorgée.

— Ça va mieux. Ton frère a raison, tu sais. Tu n'as pas l'air dans ton assiette aujourd'hui.

— Bran et moi avons rompu.

Cali se redressa brusquement, manquant de renverser son vin.

— *Quoi* ? Quand ?

Ireland s'assit à côté d'elle et se cala contre le dossier. Elle fixa le plafond.

— Officiellement hier, mais tout est parti en vrille la veille au soir.

— Qu'est-ce qui s'est passé ?

— C'est une longue histoire. Disons juste que c'est toujours le même scénario avec les mecs qui croisent ma vie.

Cali cligna des yeux.

— Mais Bran est différent. Il semblait si bien pour toi.

Ireland caressa le bord de son verre de vin.

— C'est un mec bien. Il a beaucoup de stress dans sa vie, c'est tout.

Cali fronça les sourcils.

— Comme tout le monde. Mais tu l'as aidé quand il avait besoin de tes talents informatiques pour le Club Tahoe. Et tu es incroyable dans tous les autres domaines, alors je ne pige pas.

Ireland fit la grimace.

— Le club ne compte pas. Il m'a payée pour que je l'aide, dit-elle en fixant son verre de vin. À sa décharge, on a eu une grosse frayeur. Bran pense que je pourrais être enceinte.

– Mais qu'est-ce que… *Tu l'es* ?

– J'ai un cycle irrégulier, alors je suis allée voir le médecin ce matin. On a calculé à partir de mes dernières règles, et j'ai aussi fait un test de grossesse. Le médecin ne pense pas qu'il y ait une chance que je sois enceinte.

Les épaules de Cali s'affaissèrent, et elle plissa les yeux.

– Tu n'as pas l'air soulagée.

– Parce que je suis contrariée. On s'est disputé à propos de la grossesse possible, et c'est pour ça qu'on a rompu. Je ne sais même plus pourquoi on en est arrivés à ne plus se voir, sinon que Bran m'a dit qu'il devait se recentrer sur ses frères et le club.

Elle pressa ses doigts sur ses yeux.

– Oh, Ireland, gémit Cali en lui frottant les épaules. Tu lui as dit que tu n'es pas enceinte ?

Ireland secoua la tête.

– Il doit le savoir, dit Cali.

Ireland laissa échapper un soupir tremblant.

– Tu as raison.

– N'attends pas. Où est ton téléphone ?

Ireland se leva pour aller chercher son téléphone sur le comptoir de la cuisine. Elle retourna s'asseoir sur le canapé et écrivit un texto avant de se dégonfler.

Cali se pencha sur son épaule.

—Je pense que James a passé les commandes suspectes l'autre jour.

— Quelles commandes ? demanda Cali.

– Le développeur du code initial du logiciel de restauration du Club Tahoe est un sociopathe. Il a essayé de ruiner Bran. La police est impliquée maintenant et entre ma plainte contre lui pour l'agression sur le parking et l'argent qu'il a détourné au Club Tahoe, ils ont de quoi le mettre en examen. Ils ont engagé un expert extérieur pour vérifier les codes que James a développés pour Tech

Banquet ces dernières années. Apparemment, le type a intégré des instructions pour extorquer beaucoup d'argent à plusieurs entreprises. Le Club Tahoe a été le premier à le prendre en flagrant délit.

— Grâce à toi, ajouta Cali.

Ireland haussa les épaules.

— James n'est pas un très bon développeur. Il aurait fini par se faire prendre.

— D'accord, donc Bran a des emmerdes. Les frères Cade ne savent plus où donner de la tête avec leur complexe hôtelier, mais ça n'excuse pas l'attitude de Bran à ton égard.

Cali se pencha et lut le message qu'Ireland avait écrit. *Le médecin dit que je ne suis pas enceinte.* Elle secoua la tête.

— Tu ne penses pas qu'il serait mieux de lui dire au téléphone ?

Ireland jeta sa tête en arrière contre le coussin du dossier.

— On a rompu. Tout ce qu'il a besoin de savoir, c'est qu'il ne sera pas père.

La voix de Cali se brisa sur le dernier mot et un flot de larmes lui inonda le visage.

Cali la serra fort dans ses bras ; leurs verres de vin s'entrechoquèrent.

— Je suis vraiment triste.

— Moi aussi.

— Tu voulais avoir un bébé ?

— Quoi ? s'esclaffa Ireland en s'essuyant le visage. Non. Mais je voulais le soutien de Bran. Je voulais qu'il pense à moi et pas seulement à lui.

— Et c'est ce que tu mérites. Ne te contente pas de moins.

— Ça n'arrivera pas, affirma Ireland. Je veux avoir ce que tu vis avec Jaeg. Je suis désolée de gâcher la fête.

– Le mariage n'a lieu que demain, alors tu ne gâcheras pas la fête. Parce que d'ici là, je vais te remonter le moral.

Ireland sourit.

– Ça va aller. J'ai déménagé au lac Tahoe pour prendre un nouveau départ et je n'ai pas du tout l'intention de renoncer à l'amour et au bonheur.

Cali leva son verre.

– À l'amour et au bonheur.

Chapitre Trente-Et-Un

Cali se regardait dans le miroir en pied, vêtue de la plus belle robe de mariée qu'Ireland ait jamais vue. C'était une robe fourreau avec un dos nu et une taille perlée, qui gainait parfaitement la petite silhouette de Cali.

– Je vais vomir.

Ireland récupéra le bouquet de la mariée.

– Tu ne vas pas vomir. Tu vas épouser ton homme.

Cali se tourna vers elle.

– Pour de vrai. Je vais m'évanouir.

– Je sais ce qu'il te faut.

Ireland regarda autour d'elle dans la pièce.

– Un seau à gerbe ?

– Un shot de tequila.

– Tu es folle ? Ça va me faire vomir, c'est sûr.

La bouche d'Ireland se tordit.

– Tu as raison, pas de tequila. Ça file la gueule de bois. Mais autre chose. Ne bouge pas, dit-elle en pointant un doigt vers Cali. Je reviens tout de suite.

– Attends ! Ne me laisse pas.

Cali fit un signe à Gen, qui observait Cali faire sa crise avec son stoïcisme habituel.

— Je la clouerai au sol s'il le faut, dit Gen. Assure-toi juste de trouver un truc fort.

— Veille à en rapporter assez pour tout le monde, renchérit Kerstin, la sœur de Jaeg.

— Je fonce !

Ireland se précipita hors de la suite nuptiale — autrement dit, la chambre des parents de Jaeg et Kerstin.

Elle scruta le hall de la vaste maison à deux étages et aperçut Gabe qui flirtait avec une blonde magnifique.

— Gabe, chuchota-t-elle de l'étage.

Il leva les yeux, glissa un mot à la blonde, puis marcha avec nonchalance vers Ireland comme s'il était en promenade dominicale.

— Tu as besoin de quelque chose, ma chère sœur ?

— Pourquoi tu flirtes avec une autre femme ? Et Jennifer ?

Gabe regarda ailleurs.

— On a rompu.

— Vraiment ?

— Il était temps, cracha-t-il.

Ireland secoua la tête. Elle ne pouvait pas gérer ça et la crise de panique de Cali.

— Bon, écoute, Cali a besoin de toute urgence d'un remontant. Tu veux bien demander au barman de nous préparer un plateau de shots de cognac à la liqueur de menthe ?

Gabe grimaça.

— Pourquoi de la menthe ?

— Pour ne pas que son haleine sente l'alcool quand elle accueillera les invités.

— Tu as vu la queue au bar ? Personne ne remarquera qu'elle a bu. Ils sont tous à moitié bourrés.

Ireland croisa les bras.

— Tu me conseilles quoi ?

— Ne t'inquiète pas, dit-il en lui tapotant la tête de façon agaçante. Je m'occupe de tout. Et toi, tu retournes calmer Cali.

— Attends, dit-elle alors qu'il s'éloignait. Comment va Jaeg ?

— D'un calme olympien.

— C'est vrai ?

Gabe pouffa.

— Non, il fait des fentes pour réduire son niveau d'anxiété, au grand dam d'Adam qui a peur que ce grand gaillard pète les coutures de son costume.

Ça peut arriver, songea Ireland. Qui aurait cru que les mariages étaient aussi stressants ?

Quelques minutes plus tard, on toqua à la porte de la suite nuptiale. Ireland courut ouvrir.

— Vos shots sont arrivés, mesdames.

Gabe essaya de jeter un coup d'œil dans la pièce.

Ireland s'empara du plateau et le poussa dehors.

— Interdiction de voir la mariée avant la cérémonie.

Il roula des yeux.

— C'est pour le marié. Les cousins ne comptent pas.

Il sembla reluquer la sœur de Jaeg, qui était tout à fait son type et se trouvait en danger maintenant qu'il était célibataire.

Ireland bigla sur le plateau de verres.

— Qu'est-ce que c'est ?

— Vodka citron. Ça se boit comme du petit lait. N'en donne pas trop à Cali, c'est tout.

— Merci, dit Ireland.

Elle lui bloqua la vue une nouvelle fois avant de lui fermer la porte au nez.

Ireland servit les shots et leva son verre.

— À ce grand jour.

— À ma meilleure amie qui a trouvé son âme sœur, dit Gen.

— À ma fille et à Jaeg, déclara Maddie, la mère de Cali.

Gen lui avait envoyé un SOS par SMS pour qu'elle monte les aider à apaiser Cali.

— À mon frère qui a trouvé la femme parfaite pour lui, dit Kerstin.

— À ne pas s'évanouir, conclut Cali en avalant son verre cul sec. (Elle grimaça, puis sourit.) Tu ferais mieux de m'en donner un autre.

———

IRELAND AVAIT LIMITÉ la consommation de Cali à deux shots, ce qui fit des miracles. La nervosité de Cali diminua et ses joues reprirent des couleurs. Elle rayonnait quand elles descendirent dans le jardin des parents de Jaeg, où devait se dérouler la cérémonie.

Et c'est là qu'Ireland aperçut Bran.

Il était assis avec trois de ses frangins super gaulés et leurs chéries au premier rang, du côté du marié. C'était un mariage habillé, et elle apercevait juste ses cheveux châtain-blond et ses épaules larges moulées dans un smoking, mais elle n'avait pas besoin d'en voir plus. Elle l'aurait reconnu n'importe où.

Bonjour le stress. Une chance qu'elle ait aussi avalé deux verres.

Ireland, Gen et Kerstin montèrent lentement l'allée vers l'autel où officiait le pasteur. On avait disposé des centaines de chaises blanches sur l'immense pelouse de la propriété, avec vue sur le lac.

Des ornements floraux pourpres décoraient les chaises en bout de rangée, et une arche de fleurs de la même teinte s'élevait à l'endroit où Jaeg et Cali allaient prononcer leurs vœux. Le ciel était bleu et l'air sentait les pins et les roses. Bref, une vue et un décor à couper le souffle.

Cali avait pris la bonne décision d'organiser le mariage chez les parents de Jaeg. C'était une demeure immense, plantée sur un terrain spectaculaire, et suffisamment grand pour y dresser un chapiteau destiné à accueillir les deux cents invités présents.

Quand Ireland dépassa la dernière rangée de chaises, Bran leva les yeux et croisa immédiatement son regard. Elle frémit et fit un sourire forcé.

C'était le mariage de Cali, il ne s'agissait pas de Bran et d'elle.

Kerstin, Gen et Ireland prirent place à gauche du pasteur tandis que Jaeg, Adam, Lewis (le copain de Gen) et Tyler (le frère de Cali) se tenaient à sa droite.

Jaeg fixait le bout de l'allée, visiblement impatient de voir son épouse. Ireland devina l'apparition de Cali au sourire incroyable qui illumina le visage de Jaeg.

Les invités se retournèrent et se levèrent au moment où Cali descendait l'allée au bras de sa mère, dont les cheveux étaient proches de la teinte rousse d'Ireland. Le père de Cali, l'oncle paternel d'Ireland, n'était pas roux, mais le gène circulait dans la famille, comme en témoignait la chevelure d'Ireland. Avec des roux des deux côtés, Cali et Tyler s'étaient fait avoir, leur rousseur était plus édulcorée que la teinte flamboyante d'Ireland. Le père de Cali ne faisait pas partie de sa vie, et le fait que sa mère accompagne la mariée à l'autel était une belle façon d'honorer le dévouement de Maddie pour sa fille.

Ireland jeta un regard furtif vers Bran, mais au lieu

d'admirer la jolie mariée, il observait Ireland, et il n'avait pas l'air heureux.

Après l'envoi du texto hier soir, Bran lui avait répondu qu'il désirait lui parler. Mais Ireland était trop émotive, et voulait être présente pour Cali la veille de son mariage. Elle ne lui avait pas répondu, pensant qu'elle le contacterait après le mariage.

Gabe avait emmené Jaeg boire et faire des trucs de mecs, et ils étaient restés dehors toute la nuit tandis qu'Ireland et Cali avaient passé la soirée à boire du vin et à regarder des films des années 80 avec Gen et quelques amies de Cali. Mais Ireland n'avait pas cessé de penser à Bran.

Elle ne savait pas pourquoi il voulait lui parler ni ce qu'il y avait d'autre à dire. Ils avaient rompu et ils n'allaient pas avoir d'enfant. Dont acte.

Ireland ravala la boule dans sa gorge et sourit malgré sa peine quand Jaeg prononça ses vœux.

— Je promets d'aimer notre chien Buddy autant qu'un enfant, bien que j'espère en avoir aussi un jour. (Rires du public.) Et je promets de t'aimer, de te protéger et de prendre soin de toi tous les jours de ma vie.

De maudites larmes montèrent aux yeux d'Ireland. Les mots de Jaeg étaient si tendres et si sincères. Il *voyait* Cali, et il l'aimait, elle et toutes ses petites manies. C'était ce qu'Ireland voulait.

— Je promets de m'occuper de toi quand tu auras un rhume d'homme, dit Cali, ce qui fit rire les invités. Et de te soutenir dans tous tes projets créatifs.

Cali termina ses vœux, le pasteur prononça quelques mots, puis Jaeg embrassa la mariée.

Cali et Jaeg étaient mariés. *Mariés.*

Cali n'était pas la première cousine d'Ireland à convoler, mais c'était sa préférée. Et Ireland ne pouvait pas être plus heureuse pour sa cousine fleur bleue qui aspirait à jouer les marieuses.

Les convives rayonnants de joie acclamèrent Cali et Jaeg qui remontaient l'allée.

Les invités passèrent une demi-heure à faire des photos avec les mariés, puis tout le monde se dirigea vers le chapiteau pour faire la fête.

— Ireland.

Les épaules d'Ireland se raidirent, son cœur s'emballa.

Elle reconnaîtrait la voix de Bran entre mille. Une voix à vous faire frissonner l'échine, qui transformait ses os en gélatine. Aurait-il toujours cet effet sur elle ?

Elle se retourna.

— Salut. Désolée de ne pas t'avoir répondu hier. J'aidais Cali.

À boire du vin et à regarder des films, pensa Ireland. À vrai dire, c'était une activité importante, car elle voulait être là pour sa cousine la veille de son mariage, quoi qu'il arrive.

Il glissa la main dans la poche de son pantalon de smoking.

— Je voulais te parler de ce qui s'est passé.

— Je ne suis pas enceinte, donc tu n'as plus à t'inquiéter, dit-elle en essayant de sourire, mais sa voix tremblait.

— Je ne voulais pas parler de ça, enfin de ça aussi, mais du soir où on a oublié de se protéger. J'ai tout ramené à moi, mais j'aurais dû penser à toi. J'aurais dû être là pour toi.

Elle n'allait pas le contredire.

— Tu aurais dû, oui. Mais tu m'as dit clairement que tu avais d'autres priorités.

— C'est autre chose. C'est l'argument du connard qui reprend ses vieilles habitudes quand les choses se compliquent. Je veux être présent pour mes frères, mais pas à tes dépens. *Jamais*, affirma-t-il en se passant la main sur le visage. Depuis le jour où on s'est embrassés, je t'ai considérée comme ma petite amie. Je ne suis pas doué pour les relations sentimentales. J'ai merdé et je t'ai blessée, mais je ferai tout ce que tu veux pour me racheter.

Ireland sourit à Gen qui passait, mais aux mots de Bran, sa tête pivota vers lui.

– Quoi ?

Bran lui prit la main, entrelaçant leurs doigts.

– Je ne sais pas ce qui m'a pris de foutre en l'air notre histoire.

– Mais… si tu redeviens idiot et que tu changes d'avis ?

– Je ne doute pas que je serai idiot de temps en temps, mais je te promets de ne pas changer d'avis. J'espère que tu m'avertiras la prochaine fois que je serai con et que tu me balanceras tes mots durs à la figure.

– C'est ma spécialité.

Il rit.

– Comme si je n'étais pas déjà au courant ! Alors, tu en dis quoi ? Tu me donnes une seconde chance ?

Ireland regarda sa main dans la sienne.

– Je ne pensais pas qu'on allait parler de ça. Je pensais que tu me dirais que tu es heureux que je ne sois pas enceinte.

– Je le suis.

– Pardon ?

– Je suis heureux que tu ne sois pas enceinte parce que lorsqu'on décidera d'avoir un enfant, je ne veux pas que ce soit un accident. Je veux que tu saches à quel point je désire avoir des enfants avec toi et je m'efforcerai sans relâche d'être le meilleur père possible.

Sacrebleu !

– Tu veux avoir des enfants ?

— Avec toi, oui. Surtout si on a une petite boule de feu flamboyante et intelligente.

Ireland déglutit. Elle ne rêvait pas ?

Il avait dit exactement tout ce qu'elle rêvait d'entendre de sa bouche. Pourtant, il avait anéanti ses espoirs il y a quelques jours.

— Tu m'as blessée et je ne sais pas si je peux te faire confiance.

Chapitre Trente-Deux

Ireland regagna sa place à la table d'honneur, mais elle jetait sans cesse des coups d'œil à Bran et le surprenait en train de la regarder. Lorsqu'ils s'étaient séparés, son comportement trahissait qu'il n'était pas heureux de la façon dont elle avait conclu la discussion, mais il n'avait pas insisté.

D'ailleurs, en ce moment, il parlait à sa voisine, qui lui souriait et lui touchait le bras.

Ireland avait envie de frapper cette fille. Mais inutile de la jouer femme des cavernes, car Bran ne lui montrait aucun signe d'intérêt. Il n'y avait pas de regards de braise comme ceux qu'il lui envoyait à travers la salle. Il était simplement poli avec la jeune femme, ce qu'Ireland ne pouvait pas lui reprocher. C'était un chic type.

Un chic type. Et il voulait qu'elle revienne. Il avait reconnu ses erreurs et désirait une seconde chance.

Mais resterait-il à ses côtés quoi qu'il arrive ? Elle s'était brûlé les ailes trop de fois dans sa vie professionnelle et personnelle. Elle ne supporterait pas que Bran la plante encore.

Ireland dansa et se mêla aux invités des deux familles. Hunt était sur la piste de danse, plongeant en piqué sur toutes les belles femmes à portée de main, y compris Kerstin. Ce qui fit tiquer Gabe, qui crispa la mâchoire.

Intéressant.

Gabe n'était pas un homme jaloux, pas même avec son ex, Jennifer. Et à la connaissance d'Ireland, Gabe n'avait jamais croisé Kerstin avant le mariage.

Son frère arrogant avait peut-être enfin trouvé une femme qu'il voulait et ne pouvait pas avoir ?

Méditant sur la vie amoureuse de son frère, Ireland traversa la salle pour aller chercher du champagne quand elle entendit son nom dans une conversation.

— Ireland est une employée irréprochable, mais le désastre du logiciel du Club Tahoe a refroidi l'envie de notre PDG de lui faire concevoir un programme similaire pour nos établissements de Las Vegas, disait Adam à Levi. Le projet est au point mort.

Ireland se raidit. Son employeur ne l'en avait pas informée. Mais le programme qu'elle avait écrit pour le Club Tahoe *avait* dysfonctionné, même si ce n'était pas de sa faute. La seule pensée que son travail au club entachait la bonne réputation qu'elle avait réussi à se forger à South Lake Tahoe lui noua l'estomac.

— Qu'est-ce que tu veux dire ?

Bran s'éloigna d'une conversation voisine et se joignit à Adam et Levi, qui lui tournaient le dos. Ils ne semblaient pas avoir remarqué la présence d'Ireland, Bran non plus.

Adam haussa les épaules et tira sur les manches de sa veste de smoking.

— Ireland est une fille bien, mais le groupe Blue ne se risquera pas à utiliser ses services. Ils vont engager quelqu'un à qui ils peuvent faire confiance.

— Ils peuvent lui faire confiance, protesta Bran. Ireland est une programmeuse brillante, et le Blue Casino a de la chance de l'avoir. En fait, s'ils ne l'apprécient pas, le Club Tahoe l'engagera.

La mâchoire d'Ireland se décrocha et elle fixa Bran, qui tourna la tête à ce moment-là et la vit.

Il cligna des yeux et se détourna. Puis il se passa la main dans les cheveux et s'éloigna précipitamment.

Ireland le vit traverser le chapiteau à longues enjambées.

Il l'avait défendue.

Quand rien ne l'y obligeait. Il ne savait pas qu'elle entendait la discussion.

Ireland se sentait en partie responsable de l'envenimement de la situation avec James. L'employé de Tech Banquet était un enfoiré, mais ses modifications du code source l'avaient rendu furieux.

Elle partit à la recherche de Bran, sans succès. Elle voulait… Elle n'était pas sûre de ce qu'elle voulait. Mais il l'avait défendue, et cela signifiait quelque chose. Il ne savait pas si elle lui donnerait une deuxième chance. *Elle-même* ne le savait pas. Pourtant, il avait pris sa défense devant sa famille, ces mêmes frères qui, selon lui, passaient en premier il y a quelques jours.

Mais si Bran était réellement prêt à faire d'elle une priorité… Eh bien, cela changeait tout.

Ireland vérifia que Cali n'avait besoin de rien, puis elle s'esquiva en douce du chapiteau pour rejoindre la maison. Elle avait besoin d'air. Pour se vider la tête. Pour réfléchir au comportement de Bran.

Elle monta les escaliers et entra dans les vastes toilettes à l'étage. Les Lang avaient installé de luxueuses toilettes mobiles à l'extérieur du chapiteau, mais une sanisette, aussi élégante soit-elle, n'offrait pas l'espace dont elle avait besoin.

Elle posa les mains sur le meuble-lavabo et se regarda dans la glace. *Putain de merde.* Un homme l'avait-il déjà défendue comme Bran l'avait fait ce soir ? Comme il l'avait fait la nuit où James l'avait agressée sur le parking ?

Bran s'était montré plus présent pour elle qu'elle ne voulait bien l'admettre : il l'avait nourrie, aimée, considérée comme sa petite amie. Oui, il avait merdé, mais Ireland avait imaginé le pire en le voyant prendre du recul. Dans un moment où une épée de Damoclès était suspendue au-dessus de sa tête et de celles de ses frères.

Il méritait une seconde chance. *Ils* méritaient une seconde chance.

La poitrine d'Ireland se réchauffa pour la première fois depuis cette nuit horrible au chalet de Bran. Elle vibrait d'excitation et de fébrilité, car de toute façon, l'amour était un saut dans l'inconnu. Mais si Bran était prêt à essayer, cela en valait la peine.

La porte s'ouvrit — et se referma aussitôt. Mais pas avant que Bran ne se glisse dans les toilettes.

Ireland pivota, le cœur battant.

– Qu-qu'est-ce que tu fais ici ?

– Je te cherchais.

Il s'étira le cou, le visage tendu.

– Je suis désolé pour ce qui vient de se passer. Je ne voulais pas te mettre mal à l'aise, mais Adam avait tout faux. Il n'est pas au courant des détails de l'enquête de police sur James, et je ne pouvais pas le laisser débiter des conneries. Tu es une développeuse incroyable, et plus intelligente que nous cinq réunis.

Ireland fixa sa mâchoire virile, puis ses yeux bleus et sincères.

– Tu m'as fait passer en premier.

– Je te ferai toujours passer en premier.

Ireland frémit d'émotion. Elle attrapa les revers de la veste de Bran et le tira vers elle, puis l'embrassa avant qu'il puisse dire un autre mot.

Bran mit une milliseconde à réagir avant de lui rendre son baiser en l'enlaçant.

Il suspendit ses lèvres au-dessus des siennes.

– C'était pour quoi ? Je ne m'en plains pas, cela dit.

– Tu l'as bien cherché.

– Tu utilises mes mots maintenant ?

Bran avait justifié le baiser de l'excursion, il y a des semaines, en lui disant qu'elle l'avait bien cherché.

– C'était les mots justes, dit-elle.

Il descendit sa bouche au niveau de la sienne, et glissa une main sous son postérieur, lui pétrissant les fesses à travers l'étoffe soyeuse de la robe asymétrique choisie par Cali pour ses demoiselles d'honneur.

– T'ai-je dit que tu es sublime dans cette robe ?
Elle sourit.

– Elle te plaît ? Ma description te semble plus claire maintenant ?

– Nan. Mais peu importe ce que tu portes ; je te trouve belle dans toutes les tenues… même si je te préfère nue.

– Tu étais sérieux tout à l'heure ? À propos de réessayer ?

Il inclina la tête et la regarda dans les yeux.

– J'ai été con. Ne m'en veux pas. Je t'aime, Ireland, et je veux que ça marche entre nous.

Un grand sourire illumina le visage d'Ireland. L'amour était dangereux, mais il n'y avait personne d'autre avec qui elle préférait être imprudente que son petit ami pas-si-moine-que-ça, qui s'efforçait de contenter les gens qu'il aimait. En fin de compte, le cœur de Bran était rempli de bonnes intentions, et c'est ce qui comptait.

— Je veux moi aussi qu'on se donne une autre chance.

Il ferma les yeux et poussa un gros soupir.

— Merci mon Dieu.

Il embrassa Ireland qui s'arrima à ses épaules.

Elle glissa les mains à l'arrière de son cou puissant, là où la peau était douce, et caressa ses mèches soyeuses.

— J'ai une idée, dit-elle.

— Hmm, marmonna-t-il en continuant de lui embrasser et mordiller les lèvres, tout en lui malaxant les fesses.

Elle supposa que ce marmonnement monosyllabique signifiait : à quoi penses-tu ?

— Tu sais qu'on a toujours été interrompus dans les toilettes et les bureaux ? dit-elle.

Ses mains s'immobilisèrent sur son cul.

— Que penses-tu de baptiser l'une de ces petites pièces sacrées dont on raffole ?

Bran passa une main derrière son dos, verrouilla la porte à l'aveugle et la hissa sur le meuble-lavabo. Il glissa les mains le long de ses jambes et sa robe.

— C'est pour ça que je t'aime. Pour tes brillantes idées.

Ireland lui arracha sa veste de smoking et s'attaqua à sa chemise.

— Tu n'as pas besoin de tout m'enlever pour qu'on s'y mette, dit-il.

— J'aime voir le corps canon de mon homme, répondit-elle.

Il lui fit un sourire coquin et se débarrassa de sa chemise. Il l'accrocha à la poignée de porte.

— Admire-moi autant que tu veux, mais ta robe va y passer aussi.

Et c'est ainsi qu'ils se retrouvèrent nus dans les toilettes du premier étage.

Bran lui embrassa les seins et glissa les doigts entre ses cuisses.

– Tu mouilles pour moi.

Oh, le vilain garçon.

– Je suis tellement, tellement mouillée, souffla-t-elle.

Bran grogna et lui écarta les jambes. Puis il fouilla dans la poche de son pantalon et en sortit un emballage carré. En quelques secondes, la tête de son sexe la pénétrait, emplissant son intimité.

– Je t'aime, murmura-t-elle.

Il lui embrassa la joue, les paupières, puis les lèvres au moment où il s'enfonçait jusqu'à la garde.

– Pas autant que moi je t'aime. Je suis désolé de t'avoir blessée.

Elle rejeta la tête en arrière. Elle le sentait profondément en elle.

– Tu es pardonné. Maintenant, remets-toi au travail.

Bran passa un bras derrière elle, pour soutenir son poids, et l'inclina dans la bonne position.

Cette pénétration sur lavabo stimula une nouvelle zone érogène interne, car avant de s'en rendre compte, elle haletait en s'agrippant à lui, au bord de l'orgasme.

Bran creusa la cambrure de ses reins, en la soutenant de ses bras puissants, et lui lécha un téton longuement. Puis il l'aspira.

Effet déclencheur. Un orgasme puissant frappa Ireland de plein fouet. Son corps se convulsa et son esprit s'envola haut dans le ciel.

Redescendant lentement de ses nuages, elle entendit *et sentit* Bran exploser de plaisir quelques secondes plus tard.

Ireland lui embrassa le haut du crâne alors qu'il avait le visage enfoui dans son décolleté, après s'être effondré sur elle dans une torpeur post-coïtale.

– C'était chouette.

– Hmm.

Encore une monosyllabe. Il fallait lui laisser le temps de s'en remettre.

Ils restèrent accrochés l'un à l'autre jusqu'à ce qu'Ireland craigne que son postérieur ne porte à jamais l'empreinte du rebord du meuble-lavabo.

Ils se rhabillèrent, et Bran lorgna ses fesses.

– Ne recommence pas, dit-elle.

– Quoi ? Tu m'as manqué, gémit-il. Tu ne peux pas me le reprocher.

Elle enfila ses escarpins, puis tomba dans les bras de Bran, où elle sentait si bien.

– Non. Parce que je n'arrêtais pas de penser à toi, moi aussi.

Ils retournèrent à la réception de mariage, sans que personne n'ait remarqué leur absence, et dansèrent toute la nuit avec leurs amis et proches.

Bran tenait la main d'Ireland et souriait quand leurs yeux se croisaient, complices du plus délicieux des secrets.

– Parfait, dit Adam en s'approchant d'eux, Hayden s'éclipsant pour discuter avec des convives.

– Que veux-tu dire par « parfait » ? s'enquit Bran.

– Mon plan a marché. Ireland et toi êtes de nouveau ensemble.

Bran lâcha la main d'Ireland et passa un bras autour de ses épaules.

– Qu'est-ce que tu racontes ?

Adam secoua la tête.

– L'orgueil des Cade a marché à fond. J'ai lâché cette phrase sur le PDG de Blue qui avait viré Ireland du projet, et bam !.

Ireland écarquilla les yeux.

– Le PDG n'a pas remis en question mes compétences pour le projet à Las Vegas ?

Adam ramassa un petit four sur le plateau d'un serveur ambulant.

— Bien sûr que non. Cet homme t'adore. Il n'a aucune idée de ce qui s'est passé au club — même si tu n'y es pour rien.

— Tu m'as piégé, sourit Bran.

Adam engouffra le petit four.

— Ouaip. Et ça a marché.

Bran fronça les sourcils.

— Ça m'a aidé. J'essayais déjà de la reconquérir.

Adam haussa les épaules.

— Inutile de me remercier. Mais n'oublie pas de donner mon nom à ton premier enfant.

— Et si c'est une fille ? intervint Ireland, trouvant la bonne blague d'Adam amusante maintenant qu'elle savait que sa réputation au Blue était intacte.

Adam leva les yeux comme s'il réfléchissait.

— Adamina, ça sonne bien.

Hayden s'approcha et lui enlaça la taille.

— Qu'est-ce que tu manigances ? demanda-t-elle.

Adam lui planta un baiser sur les lèvres.

— Juste quelques coups de boule fraternels. Tu sais comment sont les Cade.

— Butés et arrogants ? J'espère qu'il ne vous embête pas, ajouta-t-elle à l'adresse de Bran et Ireland.

Ireland regarda Bran et rougit en repensant à la scène des toilettes. Elle s'éclaircit la voix.

— Non, pas du tout. Comme je sais que Bran ne le fera pas, je te remercie, dit-elle à Adam.

— Je t'en prie. N'oublie pas… Adamina, ajouta-t-il en s'éloignant avec Hayden. Ça lancera une nouvelle mode dans les prénoms de bébé.

Bran secoua la tête.

— Abruti.

– Il a eu raison, dit Ireland après leur départ. Je voulais être certaine que tu serais là pour moi. J'avais besoin de ce coup de pouce.

Bran l'entoura de ses bras et la serra contre lui, cuisses contre cuisses, devant tous les invités de la réception.

– Je serai toujours là pour toi.

Chapitre Trente-Trois

Ireland entra au Prime et chercha son petit ami dans le restaurant bondé. Elle aperçut Bran, souriant, qui servait du champagne à des clients.

Depuis le mariage de Cali et Jaeg, un mois plus tôt, Ireland était plus heureuse que jamais dans sa vie, professionnelle et personnelle. Ces dernières semaines, elle avait aidé Bran à décorer son chalet et ils avaient passé presque tout leur temps libre ensemble, notamment pendant les deux semaines de lune de miel de Cali et Jaeg.

Ce qui souleva une autre question. Ireland devait trouver un nouvel endroit où vivre. Elle ne pouvait pas squatter plus longtemps la maison du jeune couple. Encore un truc à ajouter à sa liste des choses à faire, et à caser entre ses déplacements pour son travail et les moments passés avec son amoureux.

Bran la rejoignit.

– Salut, ma beauté. Prête à transpirer ?

Ireland portait du lycra. Personne n'est beau en lycra, mais Bran était tout excité à l'idée de faire du sport à deux pour qu'Ireland se muscle au cas où elle aurait de nouveau besoin de se protéger d'un pervers comme James.

— Plus prête que jamais. Mais je ne te promets pas d'être performante.

Il lui prit la main.

— Je vais te faire travailler si dur que tu me supplieras d'arrêter.

— Ça ressemble à une proposition indécente, lui dit-elle tout bas.

— Je ne peux pas m'empêcher de penser à certaines choses quand je te vois en tenue moulante, dit-il en la déshabillant du regard. Finissons-en avec la séance d'entraînement en salle pour la continuer chez moi par du sport… en chambre.

— Tu es un obsédé.

— Oui, je l'avoue. Donne-moi cinq minutes pour briefer le manager, et je reviens tout de suite.

Ireland sortit faire quelques pas sur la plage et admirer le lac en attendant Bran. Hunt animait le Club Kids. Il était assez tôt et la plupart des parents n'avaient pas encore récupéré leurs enfants.

En moins de deux, Bran l'avait déjà rejointe.

— Hé, je ne t'ai pas vu arriver, dit-elle et son sourire s'effaça. Tout va bien ?

Bran avait l'air très ému, et il fixait le lac.

— Je viens de recevoir une lettre.

Elle jeta un coup d'œil au restaurant.

— Ici ?

Il opina.

— L'ancienne secrétaire de mon père est venue la déposer. C'est une lettre de *lui*.

Ireland ne savait pas grand-chose du père de Bran sinon qu'il avait fondé le Club Tahoe et n'avait pas passé beaucoup de temps avec ses fils.

– Je ne comprends pas, dit-elle. Pourquoi la secrétaire de ton père te donnerait sa lettre maintenant ? Pourquoi pas quand il est mort ?

Il lui prit la main et soupira.

– Esther a travaillé avec mon père pendant des décennies. Elle était plus qu'une secrétaire, elle était comme une deuxième mère pour nous. Lis la lettre et tu sauras pourquoi elle ne me la donne que maintenant.

Il lui tendit une feuille de papier pliée en trois. Elle était datée d'il y a deux ans presque jour pour jour.

Cher Bran,

Je me suis fait du souci pour toi, mon fils. Tu n'as plus jamais été le même après ce qui s'est passé au lycée. Oh, tu pensais que je ne savais pas pour la fille que tu as mise enceinte ? Je n'étais pas souvent à la maison, mais ça ne veut pas dire que je n'avais pas les yeux sur vous, mes garçons.

Cinq, vous étiez cinq. Et j'étais débordé de travail. C'est pourquoi je gardais un œil sur vous, même sans être présent. Je devais m'assurer que mes fils restent en vie, sinon votre mère m'aurait tué dans l'autre monde.

Bref, j'espère que cette lettre te trouvera en bonne santé. J'espère que tu ne culpabilises plus à propos du passé. Et j'espère que la femme dont tu es tombé amoureux comprendra que sous tes dehors revêches, tu es un homme attentionné et doux.

Si tu te demandes pourquoi tu reçois cette lettre aujourd'hui, eh bien, la réponse est simple. J'ai donné des instructions strictes à Esther. Tous les cinq, mes fils, devez recevoir une lettre le jour où vous tombez amoureux. Ne le dis donc pas au prochain. Je pense que Hunter sera le dernier, mais je me suis déjà trompé.

Tout mon amour,
Papa

Des larmes brillèrent dans les yeux de Bran, et il cligna plusieurs fois.

— Il y avait un fossé énorme entre nous, mais je ne savais pas qu'il veillait sur nous à sa manière. On pensait tous qu'il se fichait de notre sort.

Ireland l'enlaça.

— Avec le recul, je ne peux même pas lui en vouloir, dit Bran. Tu as vu comment on est, mes frères et moi. On est des têtes de mule, et notre adolescence était avant tout une période de rébellion. Pas étonnant que le paternel ait eu des espions qui nous surveillaient. Le seul qui a travaillé avec lui, c'est Adam, le lèche-cul. J'étais barman dans un restaurant local et je suivais des cours à l'université publique. J'ai passé un diplôme en deux ans, et j'ai tenu une petite auberge. J'ai travaillé là-bas plusieurs années, pensant que c'était mon idéal de vie. Puis mon père est mort et on s'est soudain retrouvés, mes frères et moi, à la tête du Club Tahoe. J'ai accepté de m'occuper de la restauration, mais je n'aurais jamais cru que j'y prendrais du plaisir. Je l'ai plus vu comme un châtiment pour mes péchés.

Il se tourna et la regarda.

— Travailler au Club Tahoe était pile ce dont j'avais besoin pour être obligé de sortir de ma zone de confort. Et ça m'a permis de te rencontrer. Si je n'avais pas travaillé ici et remplacé Hunt sur la *croisière alcool'eau*, tu ne te serais pas jetée sur moi sur le bateau.

— Je ne me suis pas jetée sur toi !

Bran sourit et l'embrassa.

— Mon père m'a offert le plus beau des cadeaux : toi. En quelque sorte.

Elle le serra dans ses bras.

— Alors je remercie ton père, car tu es l'homme le plus adorable que j'ai jamais rencontré. Je suis tellement heureuse d'avoir la chance de voir le vrai Bran. L'homme que tu caches sous ton entêtement et ton orgueil de Cade.

Il fronça les sourcils.

– À t'entendre, je suis un méchant.

– Comment te dire… j'adore les punitions. Tu n'as pas parlé d'un genre de punition à la gym ?

– Mais si, tout à fait, dit-il l'œil pétillant.

Épilogue

I reland se blottit contre Bran sur leur canapé.

– Tu as un goût excellent en matière de mobilier.

– C'est toi qui as choisi les meubles, s'esclaffa-t-il.

– Ah oui ? Je pensais que tu m'avais aidée.

– Tu réalises que je t'ai emmenée dans ce magasin pour que tu aimes mes achats et me rendes plus volontiers visite dans mon repaire ?

– Je ne peux pas croire que tu ferais une telle chose, sourit-elle.

Il se décala pour qu'elle s'allonge. Puis il se mit sur elle.

– Regarde où on en est maintenant. Tu vis avec moi, et on va faire l'amour sur mon nouveau canapé.

– *Notre* canapé. Et on l'a déjà étrenné, comme d'ailleurs tous *nos* meubles.

– On n'a pas fait l'amour sur la penderie de la chambre. Et tu as raison, ce sont nos meubles. Tout ce qui est à moi est à toi.

Elle sourit, car Bran le lui avait déjà prouvé dans toutes les petites choses qu'il faisait chaque jour pour la rendre heureuse.

– Si on n'a pas fait l'amour sur la penderie, c'est parce que c'est physiquement impossible.

Sa bouche se tordit sur le côté.

– Et contre la penderie ? Je pourrais me tenir sur les mains et…

Elle lui enfonça les doigts dans les côtes. Il se tortilla et lui cloua les mains au-dessus de la tête.

– Arrête ! s'esclaffa-t-elle.

Il l'embrassa.

– Promets-moi d'essayer ou je te chatouille sous les bras.

Ireland rit en se libérant, car il ne la tenait pas d'une main ferme, et elle se protégea des chatouilles.

– Et si c'était moi qui me mettais sur les mains ?

Les yeux de Bran s'arrondirent et il se releva d'un bond pour la tirer sur ses pieds.

– Faisons cela.

Ireland monta l'escalier en gloussant tout du long, jusqu'à la chambre qu'elle partageait avec Bran.

Le sexe de la penderie se révéla une impasse. Bran se mit sur les mains — *il avait insisté* –, mais dès qu'Ireland toucha son érection, il bascula comme un arbre abattu.

Il la souleva et l'emporta sur le lit, où ils firent l'amour jusqu'à l'aube.

Ensemble pour toujours.

———

Chers lectrices et lecteurs,

J'espère que vous avez aimé l'histoire de Bran et Ireland dans *La Séduction de Bran* !

Hunt Cade trouve une adversaire à sa taille en la personne d'Abby, une mère célibataire dont le fils passe son temps au Club Kids. Et vous savez ce qu'on dit des séducteurs ? Plus ils jouent avec le feu, plus ils se brûlent les ailes… Découvrez l'histoire de Hunt dans ***La Réforme de Hunt.***

Bises,
Jules

LA RÉFORME DE HUNT

Le séducteur a trouvé une adversaire à sa taille…

Hunt Cade aime les femmes. *Toutes les femmes.*

La vie est belle tant qu'il a son bateau, le flux constant des belles filles qui séjournent au Club Tahoe, et les soirées bière avec ses frères.

Jusqu'à l'arrivée d'un petit nouveau au Club Kids de l'hôtel, qui rappelle à Hunt son enfance privée de présence paternelle. Sans parler de l'effet que la mère du gamin, Abby, a sur lui.

La dernière fois que Hunt Cade a séduit celle qu'il n'aurait pas dû, cela a failli détruire sa relation avec ses frères, la seule famille qui lui reste.

Hunt devrait rester à distance d'Abby… *mais il a du mal à s'interdire quoi que ce soit.*

Envie de lire l'histoire de Hunt dans **La Réforme de Hunt** ?

À propos de l'auteur

Jules Barnard est une auteure à succès de USA Today dans les genres romance contemporaine et fantaisie romantique. Ses récits contemporains comprennent les séries Jamais avec lui et les Frères Cade. Elle écrit de la fantaisie romantique sous son nom de plume dans la collection Halven Rising que le Library Journal qualifie de « … nouvelle aventure fantastique passionnante. » Qu'elle écrive sur les hommes séduisants du lac Tahoe ou sur le monde féérique d'un campus universitaire, Jules nous délecte d'histoires captivantes, pleines d'amour et d'humour.

Quand Jules n'est pas en jogging en train d'écrire en se récompensant par des chocolats, elle passe du temps avec son mari et ses deux enfants dans leur petite ville natale sur la côte Pacifique. Elle a le super pouvoir d'être capable de lire en cavalant sur un tapis de course ou en brûlant le dîner.

Pour avoir accès à des l'actualité des parutions et des offres spéciales, inscrivez-vous à la newsletter de Jules:

julesbarnard.com/francais

www.ingramcontent.com/pod-product-compliance
Lightning Source LLC
Chambersburg PA
CBHW061120310726

48974CB00002B/620